# SAS

# L'OR D'AL-QAIDA

## (Pages à découper ou à copier)

**Je souhaite recevoir :**

Le catalogue complet

Les volumes ci-dessous cochés au prix de 6 € l'unité, soit :

…… livres à 6 € = …………

+ frais de port  = …………
(1 vol. : 2,50 € ; 2 à 3 vol. : 3,70 € ; 4 vol. et plus : 4,70 €)

Total : …………

Nom : ………………………………… Prénom : ……………………
Adresse : ……………………………………………………………………
………………………………………………………………………………...
Code postal : …………………… Ville : …………………………………
Tél. : ……………………………………………………………………………

Paiement par chèque à l'ordre de :
**ÉDITIONS GÉRARD DE VILLIERS**
**14, rue Léonce Reynaud**
**75016 Paris**

## DU MÊME AUTEUR
*(\* titres épuisés)*

  N°  1  S.A.S. A ISTANBUL
\*N°  2  S.A.S. CONTRE C.I.A.
  N°  3  S.A.S. OPÉRATION APOCALYPSE
  N°  4  SAMBA POUR S.A.S.
\*N°  5  S.A.S. RENDEZ-VOUS A SAN FRANCISCO
  N°  6  S.A.S. DOSSIER KENNEDY
  N°  7  S.A.S. BROIE DU NOIR
\*N°  8  S.A.S. AUX CARAÏBES
  N°  9  S.A.S. A L'OUEST DE JÉRUSALEM
  N° 10  S.A.S. L'OR DE LA RIVIÈRE KWAI
  N° 11  S.A.S. MAGIE NOIRE A NEW YORK
  N° 12  S.A.S. LES TROIS VEUVES DE HONG KONG
  N° 13  S.A.S. L'ABOMINABLE SIRÈNE
  N° 14  S.A.S. LES PENDUS DE BAGDAD
  N° 15  S.A.S. LA PANTHÈRE D'HOLLYWOOD
  N° 16  S.A.S. ESCALE A PAGO-PAGO
  N° 17  S.A.S. AMOK A BALI
\*N° 18  S.A.S. QUE VIVA GUEVARA
\*N° 19  S.A.S. CYCLONE A L'ONU
\*N° 20  S.A.S. MISSION A SAIGON
\*N° 21  S.A.S. LE BAL DE LA COMTESSE ADLER
\*N° 22  S.A.S. LES PARIAS DE CEYLAN
\*N° 23  S.A.S. MASSACRE A AMMAN
\*N° 24  S.A.S. REQUIEM POUR TONTONS MACOUTES
\*N° 25  S.A.S. L'HOMME DE KABUL
\*N° 26  S.A.S. MORT A BEYROUTH
\*N° 27  S.A.S. SAFARI A LA PAZ
\*N° 28  S.A.S. L'HÉROINE DE VIENTIANE
\*N° 29  S.A.S. BERLIN CHECK POINT CHARLIE
\*N° 30  S.A.S. MOURIR POUR ZANZIBAR
\*N° 31  S.A.S. L'ANGE DE MONTEVIDEO
\*N° 32  S.A.S. MURDER INC. LAS VEGAS
\*N° 33  S.A.S. RENDEZ-VOUS A BORIS GLEB
\*N° 34  S.A.S. KILL HENRY KISSINGER !
\*N° 35  S.A.S. ROULETTE CAMBODGIENNE
\*N° 36  S.A.S. FURIE A BELFAST
\*N° 37  S.A.S. GUÉPIER EN ANGOLA
\*N° 38  S.A.S. LES OTAGES DE TOKYO
\*N° 39  S.A.S. L'ORDRE RÈGNE A SANTIAGO
\*N° 40  S.A.S. LES SORCIERS DU TAGE
\*N° 41  S.A.S. EMBARGO
\*N° 42  S.A.S. LE DISPARU DE SINGAPOUR
  N° 43  S.A.S. COMPTE A REBOURS EN RHODÉSIE
\*N° 44  S.A.S. MEURTRE A ATHÈNES
\*N° 45  S.A.S. LE TRÉSOR DU NÉGUS
\*N° 46  S.A.S. PROTECTION POUR TEDDY BEAR
\*N° 47  S.A.S. MISSION IMPOSSIBLE EN SOMALIE
\*N° 48  S.A.S. MARATHON A SPANISH HARLEM
\*N° 49  S.A.S. NAUFRAGE AUX SEYCHELLES
\*N° 50  S.A.S. LE PRINTEMPS DE VARSOVIE
\*N° 51  S.A.S. LE GARDIEN D'ISRAËL
\*N° 52  S.A.S. PANIQUE AU ZAÏRE
\*N° 53  S.A.S. CROISADE A MANAGUA
\*N° 54  S.A.S. VOIR MALTE ET MOURIR
\*N° 55  S.A.S. SHANGHAI EXPRESS
\*N° 56  S.A.S. OPÉRATION MATADOR
\*N° 57  S.A.S. DUEL A BARRANQUILLA
\*N° 58  S.A.S. PIÈGE A BUDAPEST
\*N° 59  S.A.S. CARNAGE A ABU DHABI
\*N° 60  S.A.S. TERREUR A SAN SALVADOR
\*N° 61  S.A.S. LE COMPLOT DU CAIRE
\*N° 62  S.A.S. VENGEANCE ROMAINE
\*N° 63  S.A.S. DES ARMES POUR KHARTOUM
\*N° 64  S.A.S. TORNADE SUR MANILLE
\*N° 65  S.A.S. LE FUGITIF DE HAMBOURG
\*N° 66  S.A.S. OBJECTIF REAGAN
  N° 67  S.A.S. ROUGE GRENADE
\*N° 68  S.A.S. COMMANDO SUR TUNIS
\*N° 69  S.A.S. LE TUEUR DE MIAMI
\*N° 70  S.A.S. LA FILIÈRE BULGARE
\*N° 71  S.A.S. AVENTURE AU SURINAM
\*N° 72  S.A.S. EMBUSCADE A LA KHYBER PASS
  N° 73  S.A.S. LE VOL 007 NE RÉPOND PLUS
  N° 74  S.A.S. LES FOUS DE BAALBEK
\*N° 75  S.A.S. LES ENRAGÉS D'AMSTERDAM
\*N° 76  S.A.S. PUTSCH A OUAGADOUGOU
\*N° 77  S.A.S. LA BLONDE DE PRÉTORIA
\*N° 78  S.A.S. LA VEUVE DE L'AYATOLLAH

*N° 79 S.A.S. CHASSE A L'HOMME AU PÉROU
*N° 80 S.A.S. L'AFFAIRE KIRSANOV
*N° 81 S.A.S. MORT A GANDHI
*N° 82 S.A.S. DANSE MACABRE A BELGRADE
*N° 83 S.A.S. COUP D'ÉTAT AU YEMEN
*N° 84 S.A.S. LE PLAN NASSER
*N° 85 S.A.S. EMBROUILLES A PANAMA
*N° 86 S.A.S. LA MADONE DE STOCKHOLM
*N° 87 S.A.S. L'OTAGE D'OMAN
*N° 88 S.A.S. ESCALE A GIBRALTAR
 N° 89 S.A.S. AVENTURE EN SIERRA LEONE
 N° 90 S.A.S. LA TAUPE DE LANGLEY
 N° 91 S.A.S. LES AMAZONES DE PYONGYANG
 N° 92 S.A.S. LES TUEURS DE BRUXELLES
 N° 93 S.A.S. VISA POUR CUBA
*N° 94 S.A.S. ARNAQUE A BRUNEI
*N° 95 S.A.S. LOI MARTIALE A KABOUL
*N° 96 S.A.S. L'INCONNU DE LENINGRAD
 N° 97 S.A.S. CAUCHEMAR EN COLOMBIE
 N° 98 S.A.S. CROISADE EN BIRMANIE
 N° 99 S.A.S. MISSION A MOSCOU
 N° 100 S.A.S. LES CANONS DE BAGDAD
 N° 101 S.A.S. LA PISTE DE BRAZZAVILLE
 N° 102 S.A.S. LA SOLUTION ROUGE
 N° 103 S.A.S. LA VENGEANCE DE SADDAM HUSSEIN
 N° 104 S.A.S. MANIP A ZAGREB
 N° 105 S.A.S. KGB CONTRE KGB
 N° 106 S.A.S. LE DISPARU DES CANARIES
*N° 107 S.A.S. ALERTE AU PLUTONIUM
 N° 108 S.A.S. COUP D'ÉTAT A TRIPOLI
 N° 109 S.A.S. MISSION SARAJEVO
 N° 110 S.A.S. TUEZ RIGOBERTA MENCHU
 N° 111 S.A.S. AU NOM D'ALLAH
*N° 112 S.A.S. VENGEANCE A BEYROUTH
 N° 113 S.A.S. LES TROMPETTES DE JÉRICHO
 N° 114 S.A.S. L'OR DE MOSCOU
 N° 115 S.A.S. LES CROISÉS DE L'APARTHEID
 N° 116 S.A.S. LA TRAQUE CARLOS
 N° 117 S.A.S. TUERIE A MARRAKECH
 N° 118 S.A.S. L'OTAGE DU TRIANGLE D'OR
 N° 119 S.A.S. LE CARTEL DE SÉBASTOPOL
 N° 120 S.A.S. RAMENEZ-MOI LA TÊTE D'EL COYOTE
 N° 121 S.A.S. LA RÉSOLUTION 687
 N° 122 S.A.S. OPÉRATION LUCIFER
 N° 123 S.A.S. VENGEANCE TCHÉTCHÈNE
 N° 124 S.A.S. TU TUERAS TON PROCHAIN
 N° 125 S.A.S. VENGEZ LE VOL 800
 N° 126 S.A.S. UNE LETTRE POUR LA MAISON-BLANCHE
 N° 127 S.A.S. HONG KONG EXPRESS
 N° 128 S.A.S. ZAÏRE ADIEU
*LE GUIDE S.A.S. 1989

*AUX ÉDITIONS MALKO PRODUCTIONS*

 N° 129 S.A.S. LA MANIPULATION YGGDRASIL
 N° 130 S.A.S. MORTELLE JAMAÏQUE
 N° 131 S.A.S. LA PESTE NOIRE DE BAGDAD
 N° 132 S.A.S. L'ESPION DU VATICAN
 N° 133 S.A.S. ALBANIE MISSION IMPOSSIBLE
*N° 134 S.A.S. LA SOURCE YAHALOM
 N° 135 S.A.S. CONTRE P.K.K.
 N° 136 S.A.S. BOMBES SUR BELGRADE
 N° 137 S.A.S. LA PISTE DU KREMLIN
 N° 138 S.A.S. L'AMOUR FOU DU COLONEL CHANG
 N° 139 S.A.S. DJIHAD
 N° 140 S.A.S. ENQUÊTE SUR UN GÉNOCIDE
 N° 141 S.A.S. L'OTAGE DE JOLO
 N° 142 S.A.S. TUEZ LE PAPE
 N° 143 S.A.S. ARMAGEDDON
 N° 144 S.A.S. LI SHA-TIN DOIT MOURIR
 N° 145 S.A.S. LE ROI FOU DU NÉPAL
 N° 146 S.A.S. LE SABRE DE BIN LADEN
 N° 147 S.A.S. LA MANIP DU « KARIN A »
 N° 148 S.A.S. BIN LADEN : LA TRAQUE
 N° 149 S.A.S. LE PARRAIN DU « 17-NOVEMBRE »
 N° 150 S.A.S. BAGDAD EXPRESS

*AUX ÉDITIONS VAUVENARGUES*
LA CUISINE APHRODISIAQUE DE S.A.S. (9 €)
LA MORT AUX CHATS (9 €)
LES SOUCIS DE SI-SIOU (9 €)

# GÉRARD DE VILLIERS

# SAS

# L'OR
# D'AL-QAIDA

Éditions Gérard de Villiers

Photo de couverture : Thierry Vasseur
Maquillage : Lucie Musci
Arme fournie par : Armurerie Courty et fils,
44, rue des Petits-Champs – 75002 PARIS.

Le Code de la propriété intellectuelle n'autorisant, aux termes de l'article L. 122-5, 2° et 3° a), d'une part, que les « copies ou reproductions strictement réservées à l'usage privé du copiste et non destinées à une utilisation collective » et, d'autre part, que les analyses et les courtes citations dans un but d'exemple et d'illustration, « toute représentation ou reproduction intégrale ou partielle faite sans le consentement de l'auteur ou de ses ayants droit ou ayants cause est illicite » (art. L. 122-4).
Cette représentation ou reproduction, par quelque procédé que ce soit, constituerait donc une contrefaçon sanctionnée par les articles L. 335-2 et suivants du Code de la propriété intellectuelle.

© Éditions Gérard de Villiers, 2003

ISBN 2-84267-226-7

# CHAPITRE PREMIER

Abdul Zyad déclencha l'ouverture électrique du portail de son *diwan*[1] après s'être assuré, d'un coup d'œil sur l'écran de contrôle, de l'identité de son visiteur. L'émirat de Dubaï avait beau être un des endroits les plus sûrs du monde, il valait mieux être prudent, surtout lorsqu'on en était un des hommes les plus riches. Même dans ce quartier élégant de Jumeira composé de maisons neuves et de petits immeubles coquets, à l'ouest du Creek, le bras de mer séparant Dubaï en deux, patrouillé jour et nuit par les Mercedes verdâtres de la police. Sécurité supplémentaire, le *diwan* se trouvait dans la même rue que la résidence de Benazir Bhutto, ex-Premier ministre du Pakistan, qui bénéficiait d'une garde statique. Son mari, Arif Ali Zardari, qui, lui, croupissait en prison au Pakistan, avait été, quelques années plus tôt, un partenaire intéressant pour Abdul Zyad. Lorsque son épouse se trouvait « aux affaires », il avait, moyennant une modeste commission de dix millions de dollars, accordé à Abdul Zyad l'exclusivité de l'importation d'or au Pakistan. Ce qui avait permis à ce dernier d'y envoyer pour cinq cents millions de dollars de métal précieux, en quatre ans.

1. Maison servant de garçonnière dans les pays arabes.

Un bref coup de sonnette précipita l'Indien à la porte de bois sculptée du *diwan*, séparée de la rue par un jardin au gazon plus anglais que nature, signe de richesse dans ce pays où l'eau valait souvent plus cher que l'or. Une blonde élancée, serrée dans un manteau de cuir noir très ajusté descendant jusqu'aux chevilles, se tenait dans l'embrasure. Elle entra et, aussitôt, se débarrassa de son manteau, découvrant un pull de fine laine noire moulant et une jupe de cuir très courte d'où émergeaient d'interminables jambes bronzées, montées sur des escarpins. Abdul Zyad éprouva un frisson de concupiscence devant cette bombe sexuelle, mais se força à exprimer une mauvaise humeur totalement fabriquée.

– Tu ne pouvais pas venir plus tôt ? lança-t-il.

Il était près de trois heures du matin.

– Je t'ai dit que j'étais avec un client, laissa tomber placidement la blonde aux jambes de deux mètres de long, en se dirigeant vers le bar.

Le regard d'Abdul Zyad se fixa sur sa croupe moulée par le cuir noir. Dès qu'il avait rencontré Ilona Strogov, il s'était mis à fantasmer devant cette blonde au regard froid, mais à la bouche épaisse, à la poitrine modeste mais à la croupe si cambrée qu'il avait les mains moites rien que d'y penser. Arrivée de Volgograd pour faire la pute dans les Émirats, comme des centaines d'autres Russes, elle aurait pu terminer à la discothèque du vieil hôtel *Hyatt* où, tous les soirs, Libanaises, Marocaines, Russes, Ukrainiennes, Bulgares et, depuis peu, Chinoises, attendaient le client dans une ambiance glauque, devant une piste de danse toujours vide, sous les regards lubriques de futurs clients agglutinés au bar, buvant leur bière au goulot, noyés dans une musique assourdissante.

Heureusement pour elle, une de ses copines lui avait signalé qu'un certain Abdul Zyad servait parfois de «sponsor» à des filles comme elle, s'en portant garant auprès des autorités émiraties. Le *deal* était simple : la fille recevait un permis de séjour valable un an, ce qui évitait les allers-retours à l'île de Kish, en Iran, pour renouveler le visa seulement valable trois mois. En échange, l'heureuse bénéficiaire versait une redevance mensuelle à son « sponsor » qui, bien entendu, avait également un droit de cuissage illimité.

Arrivée au bar, Ilona Strogov se retourna et demanda d'une voix égale :

– Tu veux baiser tout de suite ou j'ai le temps de prendre un verre ?

– Si tu veux, bougonna Abdul Zyad.

Il avait attendu jusqu'à trois heures du matin, il pouvait bien patienter quelques minutes de plus. Son regard demeura glué à la croupe de la Russe tandis qu'elle prenait une bouteille de Defender « Success » et versait trois doigts de scotch pur dans un verre de cristal. Abdul Zyad, bon musulman, ne buvait pas, mais pensait à ses invités. Il y avait toujours dans son *diwan* une bouteille de Taittinger Comtes de Champagne Blanc de Blancs au frais pour ses invités indiens. Avec ses lunettes à monture dorée, ses traits réguliers et sa barbe soigneusement taillée, il évoquait un peu un imam.

Ilona avala la moitié du scotch d'une seule rasade et demanda, un sourire salace retroussant ses lèvres épaisses :

– *Well, what is the game tonight*[1] ?

Leur « jeu » avait commencé dès leur première rencontre, un an plus tôt. Dans un petit bureau à la porte blindée, au troisième étage du Gold Land Building, immense bâtiment à la façade dorée situé dans Al-Khaleej Road, en bordure du Sikkat al-Khael, le souk de l'or. Tous les négociants en métal précieux y avaient leurs bureaux, y compris les plus riches, comme Abdul Zyad, qui vendait près de trente tonnes de bijoux et cinquante tonnes de lingots par an. Lorsqu'il était arrivé ce jour-là, Ilona était entrée,

---

1. Bon, à quoi on joue ce soir ?

hautaine comme une princesse, avait ouvert son manteau, découvrant une robe s'arrêtant au-dessus du genou, et s'était assise. Ses jambes étaient si longues que sa jupe était remontée à mi-cuisses, laissant apercevoir le trait noir d'une culotte.

À partir de cet instant, Abdul Zyad avait cessé de penser. Il avait senti son sexe gonfler instantanément sous sa belle *dichdach* d'un blanc immaculé. Bien qu'Indien musulman d'origine, Abdul Zyad était depuis longtemps citoyen émirati et s'habillait selon la mode locale.

Figé derrière son bureau, il n'était pas arrivé à détacher les yeux de ce trait noir tandis qu'Ilona Strogov exposait le motif de sa visite. À la fin, leurs regards s'étaient croisés. Ilona, qui savait lire celui des hommes, s'était levée gracieusement et avait contourné le bureau pour se planter devant Abdul Zyad, les jambes légèrement écartées, moulée dans sa robe de maille grise. Juchée sur ses escarpins, elle était si grande que son ventre était presque à la hauteur du visage de son interlocuteur.

– Vous pensez pouvoir m'aider, *mister* Zyad ? avait-elle demandé dans son anglais teinté d'accent russe.

Sans attendre la réponse, elle avait fait un pas en avant, effleurant de ses longs doigts la bosse qui tendait la *dichdach* blanche. Abdul Zyad avait eu l'impression de recevoir une décharge de 3 000 volts et balbutié :

– *Yes, yes, I think so.*

Le temps de s'agenouiller sur le sol de marbre et de relever la *dichdach*, Ilona avait enfourné dans sa bouche le membre raide et avait administré à Abdul Zyad une fellation à lui faire renier sa foi... Lorsqu'elle était ressortie du Gold Land Building, elle était en possession d'un permis de séjour et du bail d'un petit deux pièces sur Al-Khaleej Road, juste en face du *Hyatt Regency*, pour 15 000 dirhams[1] par an, avec comme seule obligation de

---

1. Environ 4 000 euros.

verser 2 000 dollars par mois à son « sponsor » et de lui fournir autant de prestations en nature qu'il le souhaiterait.

Si on avait dit à Abdul Zyad que c'était du proxénétisme, il aurait été très étonné. Bien qu'il soit un des hommes les plus riches de Dubaï, il ne dédaignait pas les petits profits et ne gaspillait jamais l'argent durement gagné. Un de ses grands luxes était sa collection de montres. Toutes les Breitlings. Il venait de s'offrir la toute dernière, la chronographe « Bentley Motors » qui lui donnait l'impression d'être un lord anglais.

Ses relations avec Ilona avaient été sans nuage. Au début de chaque mois, elle apportait une enveloppe à son « sponsor » et, lorsqu'il le souhaitait, satisfaisait ses pulsions sexuelles. Abdul Zyad n'avait jamais abusé de ses prérogatives et ne se serait pas permis d'interférer avec les obligations professionnelles d'Ilona. Quand, plus tôt dans la soirée, alors qu'il lui demandait de venir le rejoindre dans son *diwan*, elle lui avait dit avoir rendez-vous avec un Saoudien de passage à l'hôtel *Intercontinental*, il ne lui avait pas demandé de se décommander, se contentant simplement de lui dire : « Rejoins-moi après. » Jusqu'à trois heures du matin, il avait regardé des films sur son grand écran à cristaux liquides. Il partageait ses rares moments de détente entre sa maison familiale, à un jet de pierre, et ce *diwan* destiné en principe à recevoir ses amis hommes qui, selon la tradition, n'avaient pas le droit de venir chez lui. Et aussi ses innombrables maîtresses.

La plupart des mariages étaient arrangés, dans les Émirats, et, dès qu'ils leur avaient fait des enfants, les Émiratis ne touchaient plus leur femme. Celles-ci se déchaînaient alors, draguant partout où elles le pouvaient, protégeant leur anonymat grâce au *hijab*[1]. Seulement, lorsqu'elles avaient mis la main sur un homme, elles ne le

---

1. Voile noir recouvrant tout le visage.

lâchaient plus. Aussi Abdul Zyad, soucieux de sa tranquillité, les fuyait-il.

Le sourire sexuel d'Ilona lui envoya une décharge d'adrénaline à lui faire exploser les coronaires. Il s'approcha d'elle et, glissant une main sous la jupe de cuir, empoigna à pleine main le sexe de la Russe.

– Qu'est-ce qu'il t'a fait, ton Saoudien ? demanda-t-il, les yeux dans ceux d'Ilona.

– Je l'ai sucé et il m'a enculée, précisa-t-elle avec simplicité.

Intérieurement, Abdul Zyad fut déçu : il avait sodomisé des dizaines de vierges émiraties désireuses d'arriver intactes au mariage et cela ne l'excitait plus. Écartant l'élastique de la culotte, il glissa deux doigts épais dans le sexe d'Ilona qui eut le bon goût de soupirer, ce qui augmenta encore son érection. Ilona sourit et lança :

– Enlève ton drap !

En un clin d'œil, Abdul Zyad se débarrassa de sa *dichdach* sous laquelle il était nu, et velu comme un ours. Ilona eut un regard connaisseur sur le sexe dressé.

– Tu n'as pas besoin que je te suce, remarqua-t-elle. C'est dommage, j'aime bien avoir ta grosse queue dans ma bouche.

L'Indien avait beau savoir que ce n'était que du dialogue de théâtre, il sentit son ventre s'embraser encore plus. Fébrilement, il fit glisser la culotte de dentelle noire le long des interminables jambes bronzées et, prenant Ilona par les hanches, la força à se retourner, face au bar.

– Mets un pied sur le tabouret, ordonna-t-il.

Ilona posa son escarpin gauche sur le barreau le plus haut du tabouret voisin, dégageant ainsi son ventre. Abdul Zyad vint se coller à elle par-derrière et l'embrocha d'une seule poussée. C'était sa position favorite. Puis, les deux mains crochées dans les hanches de la Russe, il se mit à baiser furieusement, le regard glué à cette croupe sublime, se dressant parfois sur la pointe des pieds pour s'enfoncer plus loin dans son ventre. Accoudée au bar, Ilona donnait quelques coups de reins polis, afin de montrer sa participation. Elle avait sommeil et son Saoudien avait tellement tiré sur ses seins que sa poitrine la brûlait.

Abdul Zyad commençait à râler, son ventre claquant bruyamment contre les fesses d'Ilona, quand son portable posé sur le bar sonna. Un petit Motorola pliant laqué rouge avec, incrustée dans le couvercle, une montre carrée ornée de diamants. L'Indien s'immobilisa, emmanché jusqu'à la garde dans le ventre de la Russe. Il hésitait, mais ce portable-là, c'était sa « ligne rouge » à lui. Il ne pouvait pas ne pas répondre. Dans le mouvement qu'il fit pour attraper l'appareil, son sexe quitta le ventre d'Ilona, laquelle ne broncha pas, bien élevée.

— *Aiwa ?* lança-t-il.

— *Salam aleykoum!* lança une voix d'homme.

— *Aleykoum salam,* fit automatiquement Abdul Zyad qui avait reconnu son interlocuteur.

Il avait bien fait de répondre.

— Le mariage est toujours prévu pour mardi, continua en urdu [1] son interlocuteur.

— Bien, approuva Zyad. Je serai là.

— Seulement, il y a un problème : le marié est *très* malade. Il a attrapé un sale virus. Ce serait gentil que tu prennes de ses nouvelles. Je te donne son numéro. Tu peux noter ?

— Attends ! grommela Zyad.

Tout nu et déjà moins glorieux, il courut jusqu'à la cuisine et revint au bar avec un stylo.

— Vas-y !

— 00 18 7001 887 250, dit son interlocuteur, répétant pour qu'il n'y ait pas d'erreur. Appelle-le. Pardon de t'avoir réveillé.

Abdul Zyad referma le portable. Ilona s'était retournée

---

1. Langue parlée au Pakistan.

et l'observait. Elle eut un sourire ironique devant son sexe ramolli.

– C'était de mauvaises nouvelles ?

– Non, non, marmonna Abdul Zyad en se rapprochant d'elle.

Gentiment, elle prit le membre entre ses doigts et entreprit de lui redonner de l'allure. L'Indien ferma les yeux sous la caresse habile, mais le cœur n'y était plus. En dépit des efforts d'Ilona, son membre se dressait paresseusement, incapable de pénétrer quoi que ce soit.

– Attends ! fit Ilona.

Elle allait s'agenouiller en face de lui quand Abdul Zyad l'arrêta d'un geste.

– Non, ça va. *Rouh*[1].

La Russe n'insista pas : le client est roi. Elle ramassa sa culotte, la remit, termina d'un trait ce qui restait de son Defender et prit son sac. Abdul Zyad la poussa pratiquement dehors. Lorsqu'elle se retrouva dans la rue calme et déserte, elle appela de son portable le numéro des taxis, le 269 3244. En attendant le véhicule, elle s'appuya au mur du *diwan*, alluma une cigarette avec un petit Zippo Swarowski, un de ses rares luxes, et se demanda ce qui avait troublé Abdul Zyad au point qu'il n'ait plus envie de se servir de son corps.

*\*\**

Installé à un petit bureau, Abdul Zyad alignait des chiffres, reconstituant le *vrai* numéro de téléphone qu'il devait appeler, à partir du code, simple mais efficace, utilisé par son interlocuteur. Il prenait chaque chiffre et y ajoutait le nombre nécessaire pour arriver à 10. Ainsi, le 1 devenait 9, le 8, 2, etc. Lorsqu'il eut reconstitué le numéro, cela donnait : 92 3009 223 850. Un numéro de

---

1. Va-t'en.

portable au Pakistan. Le reste du message était aussi codé. « Mariage » signifiait la date d'une opération qu'il connaissait. « Malade » qu'il y avait un gros problème avec la personne et « virus » voulait dire « police ».

Tout cela n'avait rien de rassurant. Il regrettait presque d'avoir laissé partir Ilona qui aurait pu lui laver le cerveau en reprenant leur affaire là où il l'avait laissée. Mais le spectacle de son sexe mou l'avait humilié. Il n'admettait la fellation que pour parfaire un état déjà existant.

À cette heure de la nuit, il ne pouvait rien faire : pas question de téléphoner de son *diwan*. Demain matin, il appellerait d'une cabine publique et en saurait plus. N'ayant plus sommeil, il alla se réinstaller devant son écran géant et choisit une vidéo X. Abdul Zyad était un bon musulman : il ne touchait ni à l'alcool ni au porc et priait cinq fois par jour. Mais, comme le cheikh Zaied d'Abu Dhabi qui avait vingt-sept fils, il aimait les femmes, ce qui n'était pas interdit par le Coran. Et même s'il leur consacrait plus de temps qu'à la prière, il comblait cette lacune en participant au *djihad* contre les infidèles, sans en retirer le moindre bénéfice matériel, mettant son influence et sa position sociale au service de cette cause sacrée.

\*\*\*

Aziz Ghailani sortit parmi les premiers de l'avion. Le vol en provenance de Quetta était à l'heure : il était juste neuf heures et demie du matin. Il avait quitté la capitale du Béloutchistan à dix heures, gagnant deux heures grâce au décalage horaire.

Il s'engagea dans les interminables couloirs équipés de trottoirs roulants de l'aéroport de Dubaï et repéra aussitôt ce qu'il cherchait : des toilettes. Il alla s'enfermer dans l'une des cabines et ôta d'abord sa veste, puis sa chemise, baissant ensuite son pantalon. Une sorte de gros boudin noir était fixé autour de sa taille, grâce à de larges bandes de scotch qu'il décolla une à une. Il respira : le tout pesait plus de huit kilos et tenait horriblement chaud. Il posa le boudin sur le siège des waters et se rhabilla. Puis, avec un petit couteau, il entreprit d'éventrer le plastique, découvrant des colliers d'or torsadés les uns autour des autres afin de tenir moins de place. De l'or à 22 carats dont l'exportation était lourdement taxée au Pakistan, et dont la provenance aurait en outre suscité des questions de la part des douaniers.

Aziz Ghailani, coutumier de ces voyages, avait mis au point une organisation locale, en achetant quelques douaniers et employés de l'aéroport de Quetta, ce qui, étant donné la corruption ambiante, n'était pas très difficile. Il franchissait les portiques magnétiques de l'aéroport de Quetta sans rien sur lui et retrouvait ensuite dans les toilettes un complice qui lui remettait le chargement d'or qu'il n'avait plus qu'à fixer sur lui. Parfois, il s'agissait de lingots d'un kilo ou de dix tolas[1], encore plus pénibles à transporter.

Il acheva de démailloter les chaînes d'or et les fourra dans son gros attaché-case. À Dubaï, l'importation de l'or était totalement libre et il n'y avait même pas à le déclarer. Quittant les toilettes, il reprit le trottoir roulant vers la sortie. N'ayant aucun bagage de soute, il franchit rapidement la douane et l'immigration pour se retrouver dans le hall de l'aérogare. Il agit alors selon les instructions et s'arrêta devant un comptoir de Hertz, comme s'il allait louer une voiture. Quelques instants plus tard, il fut abordé par un jeune homme filiforme et moustachu, qui lui demanda :

– Vous arrivez d'où ?

– De Quetta, répondit Aziz Ghailani. Je viens pour le mariage de mon cousin Adnan.

– Vous avez votre passeport ?

1. Le tola est une mesure indienne qui pèse 116,7 grammes.

Aziz Ghailani le lui donna. L'autre y jeta un bref coup d'œil et dit :

— Bien. Venez avec moi.

Ils gagnèrent le parking extérieur et le jeune homme se mit au volant d'une petite Toyota Echo blanche. Aziz Ghailani se détendait. À chacun de ses voyages, on l'emmenait dans un hôtel où on lui avait réservé une chambre. Là, il donnait l'or à son correspondant qui s'éclipsait.

Cette fois, il fut un peu surpris de voir son conducteur s'engager à gauche vers le pont Al-Maktoum franchissant le Creek, au lieu de filer tout droit vers Dubaï. Il remonta ensuite vers le nord jusqu'à l'énorme rond-point à côté de la tour du World Trade Center qui ressemblait à une ruche gigantesque avec ses alvéoles destinées à la protéger de la chaleur. Le conducteur s'engagea dans la chaussée à trois voies de Cheikh-Zaied Road en direction d'Abu Dhabi. Un terre-plein herbeux la séparait d'une *service road* permettant d'accéder aux buildings de bureaux et aux commerces bordant l'autoroute. Il parcourut ainsi deux kilomètres, puis s'arrêta sur sa droite, après avoir mis ses warnings.

— Venez, dit-il à Aziz Ghailani. On change de voiture.

Ils sortirent de la petite Echo et traversèrent le terre-plein. Une autre Toyota était garée en épi sur la *service road*. Le jeune moustachu l'ouvrit et invita Aziz Ghailani à le rejoindre. Trente secondes plus tard, ils repartaient en sens inverse.

— Pourquoi fais-tu cela ? demanda le Pakistanais.

— Je suis les instructions, répondit simplement le chauffeur.

Aziz Ghailani avait compris. Si une voiture les avait suivis depuis l'aéroport, elle avait été obligée de continuer tout droit sur des kilomètres, les perdant à coup sûr. Ils se retrouvèrent sur le rond-point ovale du World Trade Center et le jeune moustachu effectua un grand détour pour rejoindre l'autre *service road* en direction de Dubaï. Juste après le building du *Khaleej Times*, il s'engagea dans un passage étroit entre deux immeubles et stoppa au fond de cette impasse. Aziz Ghailani, mal à l'aise, sortit le premier, son lourd attaché-case à la main. La gorge desséchée par la poussière et la climatisation du Boeing des Pakistan Airways, il avait hâte de prendre un thé.

Son guide sonna à une porte visiblement blindée, surmontée d'une caméra de surveillance, lança son nom dans l'interphone et la porte s'ouvrit sur un petit bureau aux murs ornés de photos de lingots d'or. De là, ils passèrent dans un atelier en désordre. Des bidons en plastique noir d'acide nitrique étaient empilés à côté de fûts d'acide chlorhydrique. Tous les produits nécessaires au raffinage de l'or. C'était la première fois qu'Aziz Ghailani venait dans cet endroit. Deux hommes se trouvaient là, des moustachus à l'air indien mais qui s'adressèrent à lui en urdu. À Dubaï, on ne savait jamais qui était qui. C'était avant tout une ville indienne, mais un grand nombre de ses habitants étaient musulmans, ce qui compliquait les choses. Et même les Afghans parlaient urdu.

Il posa son attaché-case sur une table, l'ouvrit et commença à en sortir ses chaînes d'or. Les deux hommes les étalèrent sur la table. L'un des deux avait une carrure de lutteur professionnel.

– Quel poids ? demanda-t-il.

– Huit kilos, précisa Aziz Ghailani. Ils ont été pesés au départ.

Ils entassèrent les chaînes sur une balance de précision. Le poids y était. Aziz Ghailani avait hâte de gagner son hôtel, de prendre une douche, d'aller traîner dans un des grands *malls*, chose inconnue à Quetta, et ensuite de trouver une des putes chinoises dont on lui avait parlé. Comme il n'y avait qu'un vol par semaine pour Quetta, il était obligé de passer, au retour, par Karachi, ce qui lui laissait une soirée pour s'amuser à Dubaï.

— Quelqu'un peut m'accompagner à mon hôtel, maintenant ? demanda-t-il.

— Oui, bien sûr, fit le jeune homme qui l'avait amené. Tu ne veux pas un thé avant ? Ou un Coca ?

— Si, bien sûr.

Un des deux hommes qui avaient réceptionné les chaînes d'or vint s'attabler en face de lui. Il portait une courte barbe noire bien taillée et lui adressa un sourire amical.

— Je m'appelle Mohand, dit-il. J'ai entendu parler de toi. Tu fais souvent le voyage ?

— Au moins une fois par mois, répondit le Pakistanais. Quelquefois plus. Il y a deux mois, j'ai été chercher de la marchandise à Kaboul. Des lingots. J'ai failli me les faire prendre à l'aéroport. C'est plus facile à Quetta.

Mohand savait très bien de quoi il s'agissait. De l'or remis à des ex-talibans par des marchands de drogue, en échange d'opium. Là-bas, l'or était le moyen de paiement le plus courant. On apporta le thé. Du thé indien, très relevé, qu'Aziz Ghailani goûta avec plaisir. Du coin de l'œil, il vit que les chaînes venaient d'être mises dans un creuset sous lequel on avait allumé une ligne de becs Bunsen. L'or fondant à 1060 degrés, il était relativement facile de le faire changer de forme. Les lingots obtenus ainsi seraient ensuite raffinés, ce qui demandait un peu plus de temps.

— Tout va bien à Quetta ? demanda Mohand.

— Comme d'habitude.

Le silence retomba. Soudain, Aziz Ghailani se sentit mal à l'aise. Il y avait quelque chose d'inhabituel dans l'attitude des hommes autour de lui. La transformation de la marchandise qu'il apportait ne le regardait pas. Il ne voulait d'ailleurs rien savoir ; le transport qu'il assurait n'était qu'un des maillons d'une longue chaîne sophistiquée dont la plaque tournante était Dubaï et qui possédait des ramifications dans le monde entier. Il n'avait plus rien à faire ici : il était payé d'avance à Quetta et il n'y avait aucune contestation sur le poids. Ostensiblement, il regarda sa montre.

– Bon, je vais y aller, fit-il. Tout est O.K. ?

– À un gramme près, affirma Mohand. Quand repars-tu à Quetta ?

– Demain, *via* Karachi.

Mohand le fixait avec insistance.

– J'ai une question à te poser, dit-il tout à coup.

– Quoi ?

– Il ne t'est rien arrivé ces derniers jours ? Pas de problème ? Pas d'ennuis ?

Aziz Ghailani sentit son cœur se ratatiner dans sa poitrine. Il avait compris. Machinalement son regard se porta vers la porte par laquelle il était entré. Un lourd battant blindé qui était maintenant fermé. L'atelier semblait assez grand, mais il n'apercevait pas d'autre ouverture. Le silence se prolongea quelques instants, seulement troublé par le chuintement des becs Bunsen en train de chauffer le creuset. Il leva la tête pour affronter le regard de son interlocuteur.

– Non, assura-t-il.

L'autre le fixa longuement puis laissa tomber :

– Tu as tort de mentir. Tu as été arrêté par l'ISI[1]. Il y a huit jours. Et ils t'ont relâché seulement avant-hier. Tes voisins t'ont vu revenir.

Le Pakistanais encaissa le coup. La tête lui tournait. Il hésitait sur la conduite à tenir et il choisit l'attaque.

– Ça ne vous regarde pas, fit-il. C'est une affaire privée. Cela ne m'a pas empêché de faire mon boulot, non ?

– Pourquoi t'ont-ils arrêté ? insista Mohand.

---

1. Inter Service Intelligence : services de renseignements pakistanais.

– Une erreur. C'était une erreur, ils m'avaient confondu avec un autre type qui a presque le même nom.
– Et ils ont mis six jours à vérifier ?

Aziz Ghailani resta muet. Comment ces salauds avaient-ils pu apprendre cette histoire ? Au regard impitoyable de l'homme assis en face de lui, il se dit qu'il avait affaire à un membre de la mafia indienne. Des féroces. Quelques mois plus tôt, la police de Dubaï ayant arrêté un de leurs chefs, ils avaient placé un fourgon bourré d'explosifs sous un pont enjambant l'autoroute Cheikh-Zaied. Et téléphoné ensuite à la police pour avertir que si on ne le relâchait pas, ils faisaient sauter l'ouvrage. La police avait cédé. Les Indiens étaient des durs, responsables de nombreux meurtres. Avides, économes et féroces. Personne ne se frottait à eux.

Aziz Ghailani sauta sur ses pieds et cria :
– Vous m'emmerdez avec tout ça.

Il n'eut même pas le temps de faire un pas. L'Indien taillé comme King Kong referma ses bras autour de lui, le souleva du sol et le jeta sur une chaise de fer. Les deux autres se précipitèrent avec des cordelettes. Impassible, Mohand annonça alors :

– Avant de sortir d'ici, tu vas nous dire *tout* ce que les policiers t'ont demandé. Et surtout, *tout* ce que tu leur as dit.

Aziz Ghailani ne se démonta pas.
– C'était une erreur, je vous l'ai dit, répéta-t-il. Et de toute façon, je n'aurais rien pu dire. Vous savez bien qu'on ne m'envoie jamais la même personne.

C'était vrai, le cloisonnement était parfait. À Quetta aussi, ce n'était jamais la même personne qui lui apportait l'or à transporter.

– Si vous ne m'aviez pas amené ici, renchérit-il, je serais déjà à mon hôtel.

Mohand eut un sourire dangereux.

– Bien sûr, mais il y avait peut-être d'autres personnes qui t'attendaient à l'aéroport de Dubaï.

Aziz Ghailani comprenait mieux à présent la gymnastique avec la Toyota. C'était une rupture de filature. Il décida de faire l'idiot.

– Qui ?

– Des Américains, par exemple. Mais si c'est le cas, ils ne savent pas où tu te trouves maintenant.

Le ton menaçant de sa voix glaça Aziz Ghailani qui protesta :

– Je ne connais pas d'Américains. Je travaille pour votre organisation depuis longtemps. Pourquoi voulez-vous que je vous trahisse ?

Mohand lui jeta un regard perçant et dit d'une voix lente :

– Je ne te crois pas. Je vais te tuer.

Aziz Ghailani vit dans son regard qu'il était sérieux et faillit faire sous lui. À cinquante-quatre ans, il avait souvent choisi la mauvaise option, ce qui expliquait qu'il ne soit encore qu'une « mule », modestement rétribuée. Il se dit que cette fois, il allait prendre la *bonne* option.

– O.K. ! dit-il, je vais vous dire la vérité. Mais après, je pourrai partir ?

– Bien sûr, fit l'Indien.

\*
\* \*

Aziz Ghailani transpirait. Les liens entraient dans sa chair. Depuis deux heures, Mohand lui posait des questions, parfois dix fois de suite la même, d'une voix douce et insistante. On ne l'avait pas frappé et il recommençait à croire qu'il allait s'en sortir. Il avait tout dit sur son arrestation. Un matin, les policiers de l'ISI avaient débarqué chez lui, l'avaient emmené, menotté et jeté dans une cellule où il avait été battu pendant trois jours, sans subir le moindre interrogatoire... Puis on l'avait extrait de sa cellule et amené dans le bureau du chef local de l'ISI.

Deux étrangers se trouvaient là. Le policier pakistanais les avait présentés : deux agents du FBI venus le prendre en charge, direction Guantanamo. On lui avait expliqué que devant la gravité de son cas – participation à un réseau financier d'Al-Qaida –, les Pakistanais avaient accepté de le livrer aux Américains. Sa place était réservée sur un vol spécial de l'US Air Force.

Aziz Ghailani s'était effondré. Un aller simple pour Guantanamo, c'était pire que tout. Là-bas, il n'y avait ni avocat ni soutien. Rien. Pire que les goulags de l'ex-Union soviétique. Et on pouvait y rester des années, sans que personne puisse rien pour vous. On devenait des « non-êtres », on disparaissait de la surface de la terre.

– Je ferai ce que vous voudrez, avait-il supplié, mais ne m'envoyez pas là-bas.

Un des Américains parlait urdu. Il s'était contenté de dire :

– Il y a peut-être une autre solution pour toi... Si tu es assez intelligent pour la saisir.

Aziz Ghailani avait saisi la perche tendue, sachant qu'il faisait un pacte avec le diable. Et que le diable réclamait toujours son dû, un jour ou l'autre. Mais d'abord, il fallait échapper à Guantanamo. Maintenant, c'était l'heure de l'addition.

– Donc, on t'attendait à Dubaï, conclut Mohand. Pour suivre celui que tu rencontrerais.

– Je ne pouvais pas vous prévenir, remarqua Aziz Ghailani.

– Mais tu pouvais ne pas accepter de partir pour Dubaï, objecta Mohand d'une voix froide. Si nous n'avions pas pris nos précautions, les Américains seraient ici...

Aziz Ghailani baissa la tête sans répondre. Soudain, il vit quelque chose qui le glaça. L'homme taillé en lutteur venait de tremper dans le creuset où l'or des chaînes était désormais liquide une sorte de minilouche au manche de bois. Il en avait déjà vu dans des fonderies : la mesure contenait exactement une once. Le géant s'approcha rapidement de lui. Dans un ultime réflexe, Aziz Ghailani serra les lèvres et baissa la tête. Mohand se plaça alors derrière lui. De la main droite plaquée sur son front, il lui rejeta la tête en arrière et, de la gauche, il lui pinça le nez.

Le géant était à moins d'un mètre et Aziz Ghailani sentait la chaleur du creuset tout près de son visage. Il résista près de trois minutes. Puis, les poumons prêts à éclater, il ouvrit la bouche pour aspirer un peu d'air.

Le géant avança la main et, d'un geste précis, versa la louche d'or dans sa bouche. L'or en fusion brûla d'abord la langue d'Aziz Ghailani, et ce dernier poussa un hurlement effroyable. Ensuite il eut l'impression que le feu de l'enfer coulait sur son palais puis dans sa gorge et son cri s'arrêta net.

# CHAPITRE II

— Ça ne leur a coûté que 365 dollars, au cours d'aujourd'hui, laissa tomber avec un certain cynisme Richard Manson, le responsable de la CIA à Dubaï. L'or a baissé ces dernières semaines. Le médecin légiste a trouvé exactement une once d'or dans la bouche et la gorge de ce pauvre type. Il a dû mourir dans d'effroyables souffrances.

Malko se força à jeter un dernier coup d'œil sur les abominables photos couleur d'un cadavre, la bouche ouverte, abandonné dans un coin de désert, puis les reposa sur la table basse devant lui. Pour se laver le cerveau, il laissa son regard errer, au-delà de la baie vitrée, sur le désert et l'extrémité du Creek. Le consulat général des États-Unis, qui abritait l'antenne locale de la CIA, occupait à Dubaï une grande partie du 21e étage du World Trade Center, une tour déjà vieillotte à la façade jaunâtre, au début de l'autoroute Cheikh-Zaied menant à Abu Dhabi. Le bureau de Richard Manson, avec ses immenses baies, semblait suspendu dans le ciel. Déconnecté du monde. Malko repensa à sa mission précédente. La guerre était déclarée en Irak depuis une semaine et les bombardements américains faisaient rage. Il regrettait de n'avoir pas réussi à enrayer ce processus grâce au plan mis au point par George Tenet, le directeur de la CIA. Vaincu par les pièges tendus des deux côtés. Deux mois plus tard, il se retrouvait à 800 kilomètres au sud de l'Irak, dans les Émirats arabes unis, une fédération de sept émirats coincés le long du golfe Persique, face à l'Iran, entre le sultanat d'Oman et l'Arabie Saoudite.

Il était arrivé le matin même à Dubaï, l'émirat le plus occidentalisé, traditionnellement consacré au commerce de l'or et jadis le plus riche. Avant la découverte du pétrole à Abu Dhabi, les Émiratis n'étaient que de pauvres Bédouins survivant grâce à la récolte des perles et à l'élevage des chameaux. Une population de 700 000 personnes. Depuis, le vieux cheikh Zaied d'Abu Dhabi était devenu un des hommes les plus riches du monde... Et près de trois millions d'Indiens, de Pakistanais, d'Iraniens, d'Afghans et d'Arabes de différentes origines s'étaient rués sur cet eldorado. Les U.A.E.[1] étaient sûrement le seul pays du monde où les nationaux ne représentaient que 17 % de la population.

– Qui est ce mort ? demanda Malko.

Comme d'habitude, on ne lui avait donné aucune indication sur sa mission, mais au moins, cette fois, il avait eu le temps de dire au revoir à Alexandra[2].

– Il avait sur lui un passeport au nom de Aziz Ghailani, commença Richard Manson, mais...

Un coup frappé à sa porte l'interrompit et sa secrétaire passa la tête dans l'entrebâillement.

– Les gentlemen d'Islamabad sont arrivés, annonça-t-elle.

– Faites-les entrer, demanda aussitôt Richard Manson.

Le premier à pénétrer dans le bureau était une vieille connaissance de Malko : Greg Bautzer, chef de la station de la CIA à Islamabad[3]. Les deux hommes se serrèrent

---

1. United Arab Emirates.
2. Voir SAS n° 150, *Bagdad Express*.
3. Voir SAS n° 148, *Bin Laden : la traque*.

chaleureusement la main et le nouveau venu présenta à Malko les deux hommes qui l'accompagnaient.

– *Special agent* John Blunt, *special agent* Leo Carl. John représente le Bureau à Quetta et Leo, à Karachi.

Les deux agents du FBI se ressemblaient : massifs, le cheveu ras, costumes et cravates stricts, visages sans expression mais regards extrêmement mobiles. Richard Manson les installa autour de la table basse. La secrétaire apporta du café et le responsable de la CIA à Dubaï se tourna vers Malko :

– Avant de revenir à ce mort, je vais laisser Greg vous briefer sur le *background* de l'opération « Alpha Zoulou ». Ce qui nous amène ici, en fait.

Les Américains adoraient donner des noms de code à leurs opérations. Greg Bautzer but une gorgée de café et se lança :

– La mort de cet homme est un coup sérieux porté à « Alpha Zoulou ». C'est-à-dire l'assèchement des sources de financement d'Al-Qaida. Grâce à nos interceptions techniques et à notre réseau d'informateurs, nous avons appris que les dirigeants d'Al-Qaida, depuis plus de six mois, ont entrepris d'évacuer leur trésor de guerre caché dans la zone Afghanistan-Pakistan vers un endroit plus sûr.

– Lequel ? demanda Malko.

– Nous ne l'avons pas encore identifié, mais nous savons que Dubaï est une étape importante. Depuis des mois, les opérationnels d'Al-Qaida n'utilisent pratiquement plus les circuits bancaires. Notre organisation « Green Quest[1] » a tellement fait peur aux banques, en les menaçant de sanctions très graves, que même les plus pourries y regardent à deux fois avant de coopérer avec Al-Qaida.

---

1. Organisation fédérale américaine qui traque le financement du terrorisme.

– Il s'agit donc d'argent liquide ? questionna Malko.
Greg Bautzer secoua.
– Non. Il s'agit d'or. Al-Qaida en possédait des stocks importants, surtout en Afghanistan. Cet or venait de différentes sources. D'abord, lorsqu'ils ont fui, fin 2001, les talibans ont emporté tout l'or de la banque centrale de Kaboul. Ensuite, les responsables d'Al-Qaida contrôlaient des stocks importants d'opium et d'héroïne, en Afghanistan et au Pakistan. Au cours des derniers mois, il se sont mis à les vendre. Il y en a de telles quantités qu'ils ont même fait baisser les cours ! Or, les trafiquants de drogue paient souvent en or, car les gens d'Al-Qaida refusent les virements bancaires, même dans les paradis fiscaux. De toute façon, l'or a toujours servi de monnaie d'échange dans cette région, plus que les billets. Donc, depuis des mois, un flot d'or s'écoule par différents canaux, d'Afghanistan et du Pakistan vers Dubaï.
– Pourquoi Dubaï ?
Greg Bautzer adressa un sourire ironique à Malko.
– Demandez à Richard. C'est probablement le seul endroit du monde où on peut arriver avec une tonne d'or dans ses bagages sans que l'on vous pose la moindre question et qu'on réclame un dollar de droits de douane. Quand on demande aux autorités émiraties, elles traînent des pieds. Tout le commerce ici est basé sur la liberté de circulation de *toutes* les marchandises. Ils ne veulent pas tuer la poule aux œufs d'or en imposant des règlements contraignants. En plus, Dubaï, dont la population est un patchwork d'Indiens, de Pakistanais et d'Afghans, compte de nombreux sympathisants d'Al-Qaida. Sans parler de la population locale. N'oubliez pas qu'un des kamikazes du 11 septembre, Marwan al-Shani, venait d'une tribu de la zone frontière avec Oman.
– Je croyais pourtant que les Émirats étaient de fidèles alliés des États-Unis, remarqua perfidement Malko.
Richard Manson eut un sourire amer.

– Certes, ils nous laissent faire beaucoup de choses. Mes homologues sont très coopératifs quand *je* leur amène un tuyau. Mais *eux* ne me disent jamais rien. De surcroît, je pense qu'ils ne savent pas tout. Contrôler les entrées d'or serait une tâche presque impossible. Il y a une demi-douzaine d'aéroports dans les Émirats, sans parler des ports où des centaines de *dhaws*[1] font du cabotage entre les Émirats, l'Inde, l'Iran, le Pakistan, Oman, Barheïn et j'en oublie. Ils alimentent des circuits de contrebande établis depuis des générations.

Un ange traversa le bureau, le vol alourdi par les lingots accrochés sous ses ailes.

– Je vois très bien le *background*, affirma Malko. Richard Manson vient de me montrer la photo du cadavre d'un homme assassiné d'une façon peu courante : on lui a fait avaler de l'or en fusion. Quel est le lien avec « Alpha Zoulou » ?

Greg Bautzer reprit la parole :

– Vous avez entendu parler de l'arrestation, à Rawalpindi, d'un des chefs opérationnels d'Al-Qaida, Khalid Cheikh Mohammad ?

– Bien sûr, dit Malko. Celui que l'on surnomme « Al-Mouk ». Le Cerveau.

Tous les journaux avaient publié la photo d'un barbu hirsute au regard mauvais, menotté sur son lit, en tricot de corps. Velu comme un singe.

– *Right !* approuva Greg Bautzer. On a beaucoup parlé de Cheikh Mohammad, parce qu'il planifiait des attentats, mais moins du « client » qui se trouvait dans la chambre voisine. Un certain Mustapha al-Awsawi. Un Yéménite, d'après son passeport, mais ce n'est pas certain. Or, il se trouvait tout en haut de la liste de Green Quest en tant que directeur financier d'Al-Qaida. Un « client » encore plus dur que son copain Khalid Cheikh Mohammad. Alors,

---

1. Bateaux traditionnels en bois.

avant de l'expédier dans notre centre d'interrogatoire de Bagram, près de Kaboul, nous avons laissé l'ISI l'interroger, pendant quarante-huit heures. Comme ce sont eux qui l'avaient arrêté – sur nos indications, bien sûr –, c'était parfaitement légal.

– Ce n'est pas long, deux jours, observa Malko.

Greg Bautzer baissa pudiquement les yeux.

– Si on l'avait laissé plus longtemps, il n'aurait pas été présentable quand on l'aurait récupéré. Bref, les types de l'ISI l'ont « attendri ». Nos homologues pakistanais ont une nouvelle méthode : ils piquent le prisonnier avec de très fines aiguilles d'argent, pour éviter l'infection. Un peu partout. Quand on lui a transpercé une couille, Al-Awsawi a décidé de coopérer.

Malko sentit ses poils se dresser d'horreur. Il fallait espérer que le Dieu invoqué par George W. Bush pour mener la guerre contre l'Irak n'était pas le même que celui de la lutte contre Al-Qaida... Et reconnaître aussi que la CIA était consternée par cette croisade qui allait considérablement aider l'organisation d'Oussama Bin Laden.

– Je suppose que ce Al-Awsawi a fait des révélations intéressantes, laissa tomber Malko.

– D'abord, il a confirmé nos informations selon lesquelles Al-Qaida avait décidé de transférer tous ses avoirs en or d'Afghanistan et du Pakistan vers Dubaï.

– Ils ont beaucoup d'or ?

– Dans cette partie du monde, ils n'ont pratiquement plus que cela, répondit l'Américain. Discrètement, Al-Qaida a fait savoir à ses « sponsors » wahhabites, la myriade d'ONG qui la financent, qu'elle n'acceptait plus que les dons en nature : en or. Les réserves d'or de la banque centrale de Kaboul ont souvent été planquées un peu partout en Afghanistan et dans la zone tribale pakistanaise sous la garde de groupes d'Al-Qaida. Ceux-ci se sont dit que les talibans n'étaient pas près de revenir au pouvoir mais qu'ils avaient, eux, besoin de cet or. Donc, ils ont commencé à le faire sortir d'Afghanistan, par petits paquets. Au cas où les talibans réclameraient leur bien, ils peuvent jurer qu'ils l'ont mis à l'abri.

Cela promettait quelques beaux règlements de comptes dans l'avenir...

John Blunt, le *special agent* du FBI, précisa aussitôt :

– En plus, les Pachtouns ont repris la culture du pavot qu'ils vendent à des trafiquants qui paient en or.

– Mais pourquoi faire sortir cet or du pays ? s'étonna Malko.

– À vrai dire, on n'en sait rien, reconnut Greg Bautzer. C'est une décision *stratégique* d'Oussama Bin Laden, selon Mustapha al-Awsawi. Il estime que le Pakistan est trop infesté d'Américains et l'Afghanistan trop isolé. D'après ses déclarations, l'opération dure depuis plusieurs mois, par avion ou par bateau. Des centaines de *dhaws* font du cabotage entre les Émirats et le Pakistan où ils desservent quantité de petits ports du Béloutchistan où il n'y a aucun contrôle. Sans compter les cargos plus importants qui partent de Karachi et dans la cargaison desquels on peut cacher tout ce qu'on veut. En plus, les Émirats sont reliés par avion à Kaboul, Quetta, Peshawar, des aéroports où il n'y a guère de contrôle.

– Et il s'agit d'une quantité d'or importante ? demanda Malko.

– Nous l'estimons à cinq tonnes, laissa tomber calmement Greg Bautzer.

Malko crut avoir mal entendu.

– Cinq tonnes ?

Le chef de station d'Islamabad eut un sourire suave.

– C'est le chiffre que Al-Awsawi a donné et que nous avons pu reconstituer d'après les disques durs saisis chez lui. Il en était comptable, et ces types sont très honnêtes. Cela représente seulement cinquante millions de dollars, mais pour Al-Qaida, c'est beaucoup. Leurs opérations ne coûtent pas cher.

Moins que la guerre en Irak à deux milliards de dollars la journée, se dit Malko.

– L'unique raffinerie d'or des Émirats en raffine environ cinquante tonnes par an, continua l'Américain. Dans les années 1980, il transitait 650 tonnes par *an* par Dubaï, à cause du trafic avec l'Inde. Désormais, le chiffre est retombé à environ 250 tonnes par an.

– C'est énorme, commenta Malko.

Richard Manson précisa :

– Il y a près de huit cents bijouteries dans les Émirats. Et beaucoup d'or repart vers l'Asie, l'Inde, l'Europe ou même les États-Unis. Et n'oubliez pas qu'ici vous pouvez entrer dans une boutique, demander cent kilos d'or et payer en cash, par chèque certifié sur une banque de Dubaï ou par l'*hawala*[1]. Il n'y a aucun contrôle, aucune taxe, ni à l'entrée ni à la sortie.

Les contrebandiers devaient être au chômage dans ce beau pays.

– Vous savez désormais où se trouve cet or ? demanda Malko innocemment.

Huit paires d'yeux furieux se posèrent sur lui et Richard Manson répliqua avec une certaine froideur :

– Si nous le savions, vous ne seriez pas là...

L'Américain enchaîna aussitôt :

– Étant donné la quantité d'or plus ou moins légale qui transite par Dubaï, il est impossible de repérer cinq tonnes d'or, qui de surcroît ne sont sûrement pas arrivées en une seule fois. D'autant que le cheikh de Dubaï, Mohammad Bin Rashid al-Maktoum, a juré de faire de Dubaï la plus grande place d'or du monde. Il est donc très réticent vis-à-vis de tout ce qui pourrait en ternir la réputation. À entendre les Émiratis, il n'y a rien d'illégal à Dubaï, Al-Qaida n'existe pas et les banques locales n'ont jamais fait de transactions illégales.

---

1. Système de compensation beaucoup utilisé par les Pakistanais.

— Et vos moyens techniques ne vous permettent pas de progresser ?

— Nous apprenons certaines choses, admit l'Américain, mais les négociants en or n'utilisent pas beaucoup le téléphone. En plus, Al-Qaida trouve un terrain favorable ici. Les tribus de l'Est sont très islamisées, Sharjah vit pratiquement sous le joug de la Charia[1] et le cheikh Zaied d'Abu Dhabi, l'homme fort des Émirats, malgré ses quatre-vingt-dix ans, a toujours embrassé les talibans sur la bouche. Ce pays est l'un des trois, avec l'Arabie Saoudite et le Pakistan, à avoir reconnu leur régime. À Abu Dhabi, tous les chauffeurs de taxi sont pachtouns. Quand un de ses fils, Sultan, a fait des bêtises en 1986, Zaied l'a expédié en Afghanistan combattre les Soviétiques. Il est en train de construire à l'entrée d'Abu Dhabi une gigantesque mosquée. Ne vous fiez pas aux gratte-ciel de Dubaï, aux *malls*, à l'apparente décontraction de ce pays, occidentalisé en surface. Le fond est islamiste et ils ne nous portent pas dans leur cœur. Surtout aujourd'hui avec la guerre en Irak. Seulement, comme tous les Arabes, ils respectent la force. Mais quand le général Tommy Franks est venu leur demander la semaine dernière l'autorisation d'utiliser leurs aéroports pour les opérations contre Bagdad, le cheikh Zaied a refusé tout net. Et lui, on ne peut pas l'acheter comme l'Égypte ou la Jordanie. Quand la banque BCCI a fait faillite, il y a dix ans, Zaied y a englouti vingt-trois milliards de dollars sans sourciller.

— Bon, résuma Malko, les Émirats sont un bouillon de culture islamiste et une base d'Al-Qaida, et je ne vais sûrement pas changer cela. Si on revenait à votre cadavre assassiné à l'or pur ?

Richard Manson se tourna vers les deux agents du FBI et annonça :

— Leo Carl va vous expliquer cela très bien.

---

1. Loi islamique.

Le *special agent* s'ébroua et prit la parole :

– *Sir*, dit-il, reprenons au début. Grâce à l'interrogatoire de Mustapha al-Awsawi, nous avons eu la confirmation de la décision stratégique d'Al-Qaida de transférer ses avoirs en or d'Afghanistan et du Pakistan à Dubaï. Seulement, Al-Awsawi est devenu muet comme une carpe et nous n'avons rien pu apprendre sur leurs opérations passées, présentes et futures. En fait, il semble qu'il ne connaisse rien de la partie « Dubaï » de l'opération. Il avait simplement pour mission de collecter l'or et de l'expédier par différents moyens. Au fur et à mesure, toutes les informations ponctuelles étaient détruites et il ne gardait en mémoire que les quantités transférées. Mais en fouillant ses papiers, nous avons trouvé un nom : Aziz Ghailani, avec un numéro de téléphone que nous avons criblé. C'est celui d'une cabine téléphonique de Quetta, au Béloutchistan. Or, en passant le nom d'Aziz Ghailani dans le *computer*, nous avons découvert que c'était celui d'un membre d'Al-Qaida tué en Afghanistan en novembre 2001.

– Bizarre ! reconnut Malko.

– *Indeed !* approuva le *special agent*. J'ai donc passé l'affaire à John qui, lui, opère à Quetta. Et il a eu une idée formidable : cribler tous les listings de compagnies aériennes au départ de Quetta. Bingo, on a trouvé une réservation sur le vol Quetta-Dubaï des Pakistan Airways de mardi dernier au nom de Aziz Ghailani. J'ai débarqué le lendemain à Quetta et l'ISI nous a donné un coup de main. Avec la réservation, il y avait un numéro de téléphone. L'abonné s'appelait Pervez Ifthikar et habitait Quetta. Une heure plus tard, on était chez lui. On l'a embarqué et on a trouvé un passeport au nom de Aziz Ghailani. Le passeport authentique du mort dont on avait juste changé la photo. Ghailani étant officiellement mort, il n'était plus recherché. De nouveau, nos partenaires pakistanais nous ont donné un sacré coup de main.

Un ange repassa, les ailes dégoulinantes de sang. Le *special agent* du FBI n'avait pas mis la moindre pointe d'humour dans sa déclaration. Ravi, il continua :

– Pervez Ifthikar s'est mis à table. Il a expliqué qu'il avait été contacté par un certain Mansour qui lui avait demandé s'il était prêt à effectuer quelques voyages pour un client. Des chaînes d'or à emmener à Dubaï. Ifthikar a accepté, moyennant deux mille dollars, plus les frais de voyage. On lui a réclamé une photo, quelques jours plus tard on lui a remis le passeport d'Aziz Ghailani avec sa photo et de quoi acheter un billet d'avion. Il devait effectuer l'aller-retour, passant une nuit à Dubaï.

– Pourquoi lui donner un passeport ? Il n'en avait pas ? demanda Malko.

– Je pense que de cette façon, ceux qui l'ont accueilli à l'arrivée étaient sûrs qu'il s'agissait bien de leur « mule ».

– Et qui devait-il rencontrer à Dubaï ?

– Il n'en savait rien. Quelqu'un devait l'aborder en lui demandant s'il s'appelait bien Aziz Ghailani. Il devait alors lui remettre sa cargaison d'or et ne plus s'occuper de rien.

– Qui est ce Pervez Ifthikar ?

– Une simple « mule ». Un type spécialisé dans le transport clandestin de l'or, comme il y en a des milliers, répondit John Blunt. Il a travaillé dans plusieurs pays, en Europe aussi, entre la Suisse et la Grande-Bretagne, entre Dubaï et le Pakistan, entre l'Asie et l'Inde. Il connaissait tous les gens qui dealent de l'or et avait, au Pakistan, ses propres réseaux lui permettant de franchir la douane, des fonctionnaires corrompus. À une petite échelle, mais cela lui suffisait.

– Il n'avait pas de lien avec Al-Qaida ?

– Non, pas du tout. Il aurait transporté de l'or pour n'importe qui. D'abord, au début, il n'était pas trop inquiet. La contrebande d'or, ce n'est pas un gros délit.

C'est quand il a compris qu'il était mouillé dans une affaire de terrorisme qu'il a paniqué. Dans le bureau du superintendant de l'ISI, je lui ai fait une offre qu'il ne pouvait pas refuser : un aller simple pour Guantanamo ou sa coopération. Apparemment, il n'aimait pas les Caraïbes, ajouta le *special agent* avec un humour plutôt lourdingue.

– Où est-ce que cela s'est gâté ?

Richard Manson reprit la parole.

– Nous avions décidé de le suivre à son arrivée, expliqua-t-il, sans prévenir la police locale. Au début, à l'aéroport, tout s'est bien passé : Ghailani-Ifthikar a été contacté par un jeune homme qui l'a emmené en voiture. Ils sont partis dans la direction d'Abu Dhabi par l'autoroute Cheikh-Zaied. Mais là, ils ont fait une rupture de filature, abandonnant leur véhicule sur l'autoroute pour un autre garé dans une contre-allée. Notre équipe a été semée et nous n'avons revu Ghailani-Ifthikar que mort.

– Et la voiture abandonnée ?

– Volée une semaine plus tôt.

– La police locale n'a rien trouvé ?

– Non. Ils pensent qu'il s'agit d'un règlement de comptes de la mafia indienne. Pour punir Ifthikar d'un détournement... Effectivement, le type qui est venu le chercher à l'aéroport avait le type indien. Comme les trois quarts de la population de Dubaï...

– Cette manip' signifie qu'ils se méfiaient, remarqua Malko.

– *You bet*[1] *!* laissa tomber, désabusé, John Blunt. Quelqu'un de l'ISI à Quetta a balancé. Leur maison est infestée d'islamistes et de sympathisants d'Al-Qaida. Seulement, c'est un coup dur pour nous. En suivant Ifthikar, nous espérions bien découvrir l'échelon Dubaï de l'opération d'Al-Qaida et faire avancer « Alpha Zoulou ». Maintenant, c'est foutu.

---

1. Évidemment !

Un lourd silence suivit cet aveu. Tous regardaient leurs chaussures et la chaleur faisait gondoler le désert, au-delà de la baie vitrée. Après cet involontaire hommage funèbre à feu Aziz Ghailani, mort deux fois, Malko se hasarda à poser *la* question :

– Je suppose que vous avez une idée à mon sujet ?

Richard Manson lui adressa un sourire franc et massif.

– Oui. Mais je dois vous avouer que cela ne va pas être facile. Cependant, il s'agit d'une femme. Cela devrait être dans vos cordes.

– J'ai connu quelques tueuses particulièrement féroces, corrigea Malko. J'espère que ce n'est pas le cas.

Nouveau silence : inquiétant pour son avenir.

# CHAPITRE III

— Voilà, en dépit de la mort d'Aziz Ghailani, commença Richard Manson, nous avons quand même une ébauche de piste. La NSA[1] « monitore » toutes les communications téléphoniques données de Dubaï à destination du Pakistan et *vice versa*. Les ordinateurs ont tourné et Langley nous a envoyé des éléments à vérifier. Trois jours avant l'arrivée d'Aziz Ghailani à Dubaï, un appel a été lancé de Quetta depuis un portable que nous savons être Al-Qaida, le 92 300 922 3850, à destination d'un autre portable, un numéro des Émirats, le 050 554 3217, enregistré au nom d'une société de Sharjah. Nous avons pu localiser son emplacement à l'heure de cet appel, grâce aux relais. Cette communication a été très courte, une minute dix-sept secondes. Le portable qui l'a reçue à 3 h 27, heure de Dubaï, se trouvait dans une zone de cent mètres autour de la résidence de Benazir Bhutto.

— Vous pensez qu'il s'agit d'elle ?

— Non, bien sûr, corrigea aussitôt l'Américain, mais tout à côté se trouve la garçonnière d'un homme sur lequel nous avons déjà enquêté sans succès, Abdul Zyad. Un richissime Indien musulman qui possède des dizaines de

---

1. National Security Agency.

bijouteries, un comptoir de vente de lingots et a déjà été soupçonné de blanchiment au profit des islamistes. C'est une personnalité ici et les Émiratis nous ont fait comprendre que, sauf si on le prenait en flagrant délit, il ne fallait pas l'ennuyer. C'est un ami personnel du cheikh Maktoum... Or, le lendemain, la NSA a intercepté un second coup de fil donné de Dubaï, d'une cabine publique, à destination du *même* numéro à Quetta, le 92 300 922 3850. Or, cette cabine se trouve juste en face du bureau d'Abdul Zyad, dans le Golden Land Building à Deira.

– C'est un peu léger, remarqua Malko.

– Certes, reconnut l'Américain. Mais nous avons repéré un troisième coup de fil, le lendemain de l'arrivée d'Aziz Ghailani, donné de ce portable non identifié, le 050 554 3217, toujours au même portable pakistanais. L'analyse des relais nous a permis de déterminer la localisation des deux appels : le portable pakistanais se trouvait à Quetta et l'émirati dans le Golden Land Building... Évidemment, celui-ci doit contenir deux cents bureaux, plus les boutiques. Devant une cour, on ne tiendrait pas cinq minutes, mais nous ne sommes pas devant une cour.

– Vous voulez que j'aille demander à cet Abdul Zyad s'il a téléphoné à Quetta ? ironisa Malko.

Richard Manson ne se donna même pas la peine de hausser les épaules.

– *Bullshit!* Nous voulons savoir si ce portable – 050 554 3217 – est en sa possession. Si c'est le cas, cela permettra d'engager un dialogue constructif.

– Vous n'avez rien d'autre ?

– Peut-être. La NSA a intercepté une autre communication intéressante. Entre un portable – le 050 550 9816 – immatriculé dans une petite société de Dubaï qui est contrôlée par Abdul Zyad et le numéro d'un chauffeur de taxi, environ dix minutes après la communication de 3 h 27 entre Quetta et le portable non identifié, appel relayé par la même borne-relais. Ce qui peut signifier que quelqu'un se trouvait en compagnie d'Abdul Zyad lorsqu'il a reçu ce coup de fil du Pakistan. Et que cette personne a ensuite pris un taxi. Ce qui indiquerait un étranger, car les locaux ont tous une voiture. Ou plutôt une étrangère : à trois heures du matin, Abdul Zyad ne traite pas d'affaires, mais il peut très bien recevoir une pute dans son *diwan*.

— C'est passionnant, bien qu'un peu flou, reconnut Malko, mais je ne vois pas où vous voulez en venir.

Richard Manson sourit.

— L'avion a engourdi votre cerveau. La société dont je vous parle sert de « sponsor » à une douzaine de putes russes qui lui versent une redevance. Imaginez que cette nuit-là, Abdul Zyad se soit trouvé avec l'une d'elles, elle a assisté au coup de fil.

— Vous savez de qui il s'agit ?

— Non. Mais si on réussit à l'identifier, on pourrait probablement vérifier si le 050 554 3217 est bien le portable d'Abdul Zyad. Elle est assez intime avec lui pour le savoir.

Cela semblait à Malko tiré par les cheveux, mais il ne discuta pas.

— Rien ne dit que cette fille collabore, remarqua-t-il, mais on peut toujours essayer. À condition de l'identifier.

— C'est là que j'ai une idée, asséna l'Américain. Nous avons une « taupe » à l'American Hospital de Dubaï. Une Marocaine, nommée Touria Zidani. Elle est aide-soignante et un peu pute à ses moments perdus. Les Émiratis voulaient l'expulser et on l'a tirée d'affaire. Depuis, elle nous mange dans la main. Lorsque Oussama Bin Laden était à l'American Hospital, en 2001, elle nous a aidés à sonoriser sa chambre, ce qui n'a pas servi à grand-chose d'ailleurs, car il se méfiait.

Malko regarda Richard Manson, estomaqué. Certains journaux avaient prétendu qu'Oussama Bin Laden avait séjourné à l'hopital américain de Dubaï en juillet 2001, pour une affection rénale, et qu'il y avait même reçu la visite d'un agent de la CIA. Lui qui avait pourtant beaucoup travaillé sur Bin Laden n'y avait pas cru et la CIA n'avait jamais abordé avec lui ce sujet.

– Alors, il est *vraiment* venu ? interrogea-t-il. Et reparti ?

Mal à l'aide, Richard Manson balaya cet épisode sulfureux d'un geste agacé.

– *That's History now*, dit-il. Nous n'y pouvions rien. Bin Laden a débarqué à Dubaï le 1er juillet 2001, invité par le cheikh Zaied, avec une dizaine de gardes du corps, en provenance de Quetta, et a été immédiatement hospitalisé dans le service du professeur Calloway, un spécialiste d'urologie. Bien entendu, la réservation était faite sous un autre nom.

– Et vous n'avez rien pu faire ?

L'embarras de Richard Manson s'accrut encore.

– Quand nous l'avons appris, avoua-t-il, le cheikh Zaied a convoqué notre ambassadeur pour nous faire savoir qu'Oussama Bin Laden se trouvait sous sa protection personnelle. Si on touchait un cheveu de sa tête, c'était un *casus belli*... grave. Bien entendu, les dépêches ont volé entre ici et Langley, mais la Maison-Blanche a interdit toute intervention. Évidemment, c'était *avant* le 11 septembre...

– Mais il y avait déjà eu les attentats à Nairobi et Dar Es-Saalam, rectifia Malko. Et vous en rendiez Bin Laden responsable.

– Je sais, fit piteusement le chef de station, mais nous avions des ordres. Nous en avons profité pour tenter un dialogue avec lui, mais ça n'a pas bien marché...

– Un dialogue à quel sujet ?

– L'Afghanistan. Nous avions de gros problèmes avec l'Alliance du Nord. Washington aurait aimé qu'elle sorte du paysage.

Une idée abominable traversa l'esprit de Malko. Le meurtre du commandant Massoud, chef de l'Alliance du

Nord, avait-il été organisé à l'hopital américain de Dubaï grâce à la coalition contre nature entre Bin Laden et la CIA ? Massoud avait été assassiné deux mois plus tard. Et tout le monde savait que l'Unocal, le consortium américain chargé de construire un pipeline en Afghanistan, était très proche des talibans. À l'époque, l'Alliance du Nord se faisait tirer l'oreille pour approuver ce projet. Il n'eut pas le temps de poser d'autres questions. Pressé d'en finir avec ce sujet gênant, le chef de station précisa :

– J'ai joint Touria Zidani sur son portable. Elle vous attend en fin de journée, vers six heures, au magasin Debenhams, dans le Mall City Center, sur Al-Gahroub Road. Je vous ai décrit. C'est au niveau 2, tenez-vous près de la parfumerie.

– Mais que peut-elle faire pour moi ?

– Elle connaît toutes les putes qui gravitent à Dubaï, sauf les Chinoises, et si Abdul Zyad voit régulièrement une des filles qu'il sponsorise, elle doit pouvoir le savoir. Si ça ne marche pas, on essaiera autre chose.

Il se leva, imité par Greg Bautzer et les deux agents du FBI qui, eux, repartaient pour le Pakistan. Malko baissa les yeux sur sa Breitling : onze heures. Il avait la journée à tuer. Arrivé le matin même de Vienne, il avait été stupéfait par les changements survenus à Dubaï. Mélange de New York, Las Vegas et Disneyland ! Des buildings futuristes presque tous inoccupés bordaient le Creek où jadis il n'y avait que quelques souks. Les centres commerciaux avaient poussé comme des champignons. Des autoroutes urbaines partaient dans tous les sens, canalisant tant bien que mal une circulation démente.

Sous un ciel bleu et lourd, le sable du désert reparaissait partout entre les buildings trop neufs. Le nouveau Dubaï était une ville totalement artificielle. Tout était propre, neuf, aseptisé et sans charme. Le seul endroit ayant conservé un peu de pittoresque était le Creek avec les *dhaws* alignés le long des quais.

Malko gagna le parking du World Trade Center où il retrouva sa Mercedes de location transformée en four et prit Cheikh-Zaied Road, bordée de gratte-ciel futuristes évoquant Gotham City. Perplexe, il se demandait pourquoi, pour un enjeu de cette importance, la CIA ne recourait pas à davantage de moyens humains. Il y avait une raison peu avouable : à cause de l'hostilité du monde arabe, la CIA avait un mal fou à dépasser les relations officielles avec les services arabes. Ceux-ci ne coopéraient que du bout des lèvres. Et le conflit en Irak n'allait pas arranger les choses...

Conduisant au jugé, il se retrouva presque par hasard dans Bani-Yas Road qui épousait la berge est du Creek. Des dizaines de *dhaws* étaient alignés le long des quais, comme au bon vieux temps, chargeant des monceaux de marchandises protégées par des toiles jaunes. Arrivé devant l'hôtel *Saint-Georges*, il tourna à gauche et se gara en face de l'emplacement des anciens souks de l'or, Sikkat al-Khael. Puisqu'il devait s'occuper d'or, autant se mettre dans l'ambiance.

*\*
\* \**

Le gigantesque Golden Land Building étalait sa façade dorée tout droit sortie de Disneyland sur plus de cent mètres dans Al-Khaleej Road, abritant les plus belles boutiques. De l'or, il n'y avait que cela. Il dégoulinait de toutes les vitrines : des chaînes, des bracelets, de l'or ajouré, tordu, travaillé, toujours à 22 carats, vendu par des Indiens insistants, souriants et patients. Quelques rares touristes. La guerre n'arrangeait pas les affaires. Pourtant, ici, les bijoux étaient vendus pratiquement au poids de l'or, fabriqués à la chaîne en Malaisie ou à Singapour. Malko croisa le regard lourd d'une blonde arrêtée avec une copine devant une vitrine. Elles échangèrent quelques mots en russe et sourirent à Malko. À Dubaï, les classes sociales étaient bien délimitées : le personnel des hôtels et restaurants était philippin, les jardiniers pakistanais et les Indiens, eux, étaient partout. Les Émiratis travaillaient peu, ils étaient presque invisibles. Quant aux putes, les Marocaines et les Libanaises tenaient le haut du pavé, suivies par les filles d'Europe de l'Est et, depuis peu, par les Chinoises, qui arrivaient du fin fond de l'Asie la faim au ventre et les dents traînant par terre.

Après un tour dans le Golden Land Building, Malko ressortit et gagna les souks, juste derrière. Consternant : tout avait été démoli pour faire place à des boutiques neuves. Une sorte de galerie marchande rappelant plus la Floride que l'Orient. Pas une odeur, pas une saleté. Aseptisé. Et de l'or, de l'or à perte de vue... Il s'arrêta devant une vitrine blindée proposant à côté de Zippo plaqués or au sigle de la « Zippo Bank » un assortiment de véritables lingots. Certains portaient la mention « 5 tolas » ou « 10 tolas ». Intrigué, il entra dans la boutique et demanda ce que c'était.

– Une mesure indienne, lui répondit aussitôt le vendeur. Un tola pèse 116,8 grammes. Mais ces lingots sont aussi purs que les autres.

Malko prit en main un lingot de un kilo, estampillé *Emirates Gold*, 995,5 gr. Cela ne tenait pas beaucoup de place. Il comprenait Al-Qaida. Il ressortit, croisant deux femmes aux croupes moulées dans des jeans trop serrés, mais un foulard sur la tête. Soudain, il sentit une présence derrière lui et se retourna. Une femme, entièrement voilée, regardait elle aussi les bijoux de la vitrine. Enveloppée jusqu'aux pieds dans une *abaya* noire et le visage dissimulé sous un *hijab*, avec juste une fente pour les yeux. Un fantôme noir. La femme resta quelques instants à côté de lui, comme si elle attendait quelque chose, puis s'éloigna. Impossible de deviner son âge ou son apparence physique. Il continua son tour du souk puis revint sur ses pas pour récupérer sa voiture.

**\***

On se serait cru en Floride ou en Californie. Le City Center regroupait sur trois étages des boutiques variées, des restaurants, desservis par d'interminables galeries. Un *mall* climatisé, grouillant de monde, offrant tous les produits de l'Occident et, particulièrement, ceux importés des États-Unis. À côté des derniers DVD, une vitrine entière proposait tous les derniers modèles de briquets Zippo. Beaucoup de femmes. En *abaya* ou en tenue occidentale. Il gagna le deuxième étage par l'escalator. La boutique Debenhams était une sorte de supermarché de la beauté, avec une clientèle massivement féminine. Malko s'arrêta près de l'entrée, devant les parfums, observant les clientes. Des putes russes, reconnaissables à leurs regards insistants et à leurs jeans moulants, des locales en pantalon, et, bien entendu, des *abayas*. Pas de Touria Zidani, mais il était légèrement en avance. Tandis qu'il surveillait la porte, on le frôla et ses narines humèrent un parfum connu : N° 5 de Chanel. Le temps de se retourner, il vit une *abaya* noire qui s'éloignait vers le fond du magasin. Et puis une voix timide demanda :

– Malko Linge ?

Il se retourna et se trouva face à face avec une jeune femme ravissante aux longs cheveux frisés encadrant des traits fins, un nez retroussé, des yeux un peu en amande, une grande bouche charnue. Vêtue d'un pull moulant et d'un jean hypercollant, elle n'était presque pas maquillée.

– Oui, dit-il, vous êtes Touria Zidani ?
– Oui. Vous voulez prendre un verre ?

Ils s'installèrent dans la cafétéria voisine, devant des expressos. Touria Zidani était vraiment très sexy, mais pas vulgaire. Avec un air vaguement timide plein de charme.

– Qu'est-ce que je peux faire pour vous ? demanda-t-elle. M. Manson ne m'a pas donné de détails au téléphone.

C'était un peu délicat d'évoquer son second métier, aussi Malko s'y prit-il par la bande et demanda :

– Vous connaissez un certain Abdul Zyad ?

– Bien sûr, répondit-elle avec un sourire, c'est un des hommes les plus riches de Dubaï.

– Que savez-vous de lui ?

Touria Zidani sembla embarrassée.

– Pas grand-chose, avoua-t-elle. Il est dans le commerce de l'or et c'est un homme très religieux, paraît-il : on voit souvent sa photo dans les journaux lors de manifestations de charité. Il ne sort presque jamais, va de chez lui à ses bureaux. En fait, très peu de gens le rencontrent.

– C'est tout ?

– Oui, je crois.

– Il paraît, insista Malko, qu'il a d'autres activités moins reluisantes. Il procure des permis de séjour à des Russes et leur loue des appartements, moyennant une contrepartie.

Touria Zidani, brusquement nerveuse, sortit de son sac un paquet de Marlboro et Malko lui en alluma une avec son Zippo armorié.

– C'est ce qu'on dit, reconnut-elle. Mais il n'est pas le seul à le faire. Cela s'appelle du sponsoring. Cela évite aux filles de ressortir du pays tous les mois.

En Europe, cela s'appelait du proxénétisme... Touria Zidani semblait mal à l'aise et Malko la rassura d'un sourire.

– Pouvez-vous en savoir un peu plus sur les filles qu'il « sponsorise » ? Leurs noms, où elles habitent, où elles travaillent ? S'il a des liaisons avec elles ?

La Marocaine eut un sourire en coin.

– On dit qu'il aime beaucoup les femmes et a beaucoup d'aventures. Cela n'a rien d'étonnant. Ici, vous savez, tous les hommes sont obligés d'épouser leur cousine ou une amie de la famille. Ils leur font des enfants et après ne les touchent plus. Dès qu'ils ont de l'argent, ils s'installent un *diwan* où ils reçoivent leurs amis et leurs maîtresses. Leurs femmes délaissées prennent des amants ou deviennent lesbiennes. Je vais essayer de me renseigner sur Abdul Zyad. Vous pouvez venir me chercher demain à l'American Hospital ? Je termine à quatre heures. Attendez-moi dans le parking. Ce soir, je verrai quelques amies. Dubaï est tout petit.

Elle termina son café et Malko ne put s'empêcher de demander :

– Vous avez vu Oussama Bin Laden lorsqu'il était à l'American Hospital ?

– Non, personne n'avait le droit d'entrer dans sa chambre, sauf le professeur et deux infirmières. Et les chambres voisines de la sienne étaient occupées par ses gardes du corps.

Malko paya, ramassa son Zippo en argent massif et ils se dirigèrent vers l'escalator. Soudain, Malko aperçut du coin de l'œil une silhouette en *abaya*, immobile à l'entrée de Debenhams. Elle bougea. Lorsqu'ils s'engagèrent dans l'escalator, elle leur emboîta le pas. Malko sentit son pouls s'accélérer. Qu'est-ce que signifiait cette filature ? Il ne voulut pas en parler à Touria Zidani pour ne pas l'alarmer et ils se séparèrent à l'entrée du parking.

Il mit quelques minutes à retrouver sa voiture et pendant qu'il la cherchait dans l'immense parking, il repéra une silhouette noire qui semblait coller à ses zigzags. De nouveau, l'inquiétude lui crispa l'estomac. D'autant qu'il n'était même pas armé. Il retrouva enfin sa voiture. Il devait y avoir deux cents Mercedes dans ce parking ! Au moment où il se glissait à l'intérieur, il vit surgir l'*abaya* noire ! Cette fois, il n'y avait aucun doute : elle avançait droit sur lui d'un pas rapide. Une bouffée d'angoisse l'envahit. Ce serait trop bête de mourir de cette façon. Il se dit qu'une fois au volant, il serait sans défense. Si cette femme était armée, elle aurait dix fois le temps de tirer à travers la glace avant qu'il puisse se dégager. Elle n'était plus qu'à quelques pas. Brutalement, il ouvrit la portière et jaillit de la Mercedes, se trouvant nez à nez avec l'inconnue en *abaya*. Aussitôt, des effluves de Chanel n° 5 l'enveloppèrent. C'était la femme qui l'avait frôlé chez Debenhams. Les mains enfoncées dans les poches de son *abaya*, elle le fixait, immobile, à moins d'un mètre de lui.

Il baissa les yeux et eut la nette impression que sa main droite, plongée dans les plis noirs du vêtement, serrait quelque chose. Son pouls grimpa en flèche. Elle s'apprêtait à le tuer…

## CHAPITRE IV

Malko se rua sur l'inconnue en *abaya*, la repoussant contre un des piliers de ciment du parking. Il saisit, à travers le tissu noir, la main plongée dans la poche. Visiblement stupéfaite, la femme ne résista pas quand il lui prit le poignet et tira violemment sa main hors de la poche. Les doigts étaient crispés sur un petit portable argenté. La tension de Malko tomba d'un coup et il eut envie d'éclater de rire. Plutôt honteux, il lança à la femme :

– *I am terribly sorry*[1].

Espérant qu'elle comprendrait. Il s'attendait qu'elle hurle ou s'enfuie, mais il se passa alors quelque chose d'extraordinaire. Se décollant du pilier, l'inconnue vint s'appuyer à lui, de tout son corps. Il sentait, à travers la dentelle du *hijab* noir, son souffle tiède. Mais surtout, il reçut le choc d'un corps souple qui se soudait à lui par le bassin. Dans un « *body-language* » sans équivoque.

La surprise le paralysa quelques secondes, puis il eut l'impression que tout son sang refluait vers son ventre pour gonfler son sexe qui se développa instantanément, tant la situation était chargée d'érotisme. L'inconnue

---

1. Je suis vraiment désolé.

voilée ne put pas ne pas s'apercevoir de sa réaction, mais, au lieu de s'écarter, elle se colla encore plus à lui.

Instinctivement, Malko posa une main sur sa hanche, mais, cette fois, elle recula et murmura en anglais :
— *You live in Dubaï ?*
— *Yes.*
— *Where ?*
— *Hotel Intercontinental.*
— *What room ?*
— 512.

Elle fila aussitôt comme un courant d'air, dans un envol de voile noir, et il l'aperçut qui reprenait l'escalator menant au *mall*. Encore stupéfait et frustré, il se laissa tomber sur le siège de la Mercedes. Quelle drôle d'histoire ! Cette inconnue l'avait dragué très habilement, avec un mélange de timidité et d'audace. Pourquoi s'était-elle enfuie ? Ou était-ce autre chose : un moyen adroit et anonyme de le localiser ? L'opération « Alpha Zoulou » ne laissait pas Al-Qaida indifférente. N'importe qui pouvait se dissimuler derrière le *hijab*. Il sortit du parking, perplexe, et reprit la direction de Bani-Yas Road. Jusqu'à son rendez-vous du lendemain avec Touria Zidani, il n'avait rien à faire, sauf reconnaître la ville. Il décida d'aller repérer le *diwan* d'Abdul Zyad.

Après avoir remonté le Creek, il s'engagea dans le tunnel Al-Sindagha, passant sous le bras de mer, et fila dans Dubaï-Ouest, le long de la côte, vers Jumeira, le nouveau quartier résidentiel. De belles maisons baroques construites sans plan bordaient des rues sans nom. Cela sentait encore le désert. Le long de Jumeira Road, parallèle à Port-Rashid puis à la plage, s'alignaient des dizaines de petits immeubles, tous semblables comme des cottages anglais, encore inoccupés. Au loin, se dressait la silhouette futuriste en forme de voile géante de l'hôtel *Jumeira Beach*, clapier de luxe pour touristes allemands et bataves, avec ses six cents chambres. Dans la brume de chaleur, on apercevait dans le lointain les gratte-ciel bordant Cheikh-Zayed Road. Dubaï, jadis recroquevillée le long du Creek, mangeait le désert sur des kilomètres, dans un joyeux désordre. Les Émiratis avaient reçu de leur cheikh l'ordre de faire des enfants et ils obéissaient : dix à douze par famille, en moyenne. Les Indiens n'étaient pas en reste et colonisaient tous les nouveaux immeubles de Bur-Dubaï, le quartier des affaires. Tout cela sans le moindre plan d'urbanisme.

Malko tourna à gauche et s'enfonça dans les allées calmes de Jumeira. Toutes les villas étaient flambant neuves, pleines de colonnes, de marbre et de tourelles, avec, pour les plus riches, un petit jardin, car l'eau coûtait cher. Seuls les Abu-Dhabiens, avec leurs trois millions de barils de pétrole par an – presque la production de l'Irak –, pouvaient se permettre de faire pousser des plates-bandes le long de leurs autoroutes. L'économie de Dubaï était beaucoup plus fragile, basée sur le tourisme, le commerce et le blanchiment d'argent, ce qui expliquait tous ces buildings barrés de l'infamante banderole : *To let*[1].

Malko ralentit : une guérite signalait une maison protégée. Celle de Benazir Bhutto. Le *diwan* d'Abdul Zyad n'était pas loin, mais Malko ne put le repérer : il n'y avait ni nom ni adresse.

Après avoir fait demi-tour, il reprit la direction de Dubaï. En dépit de ce foisonnement de constructions, il n'y avait rien à faire, sauf si on était un malade du shopping. Et dès le mois de mai, il faisait 50 °C… Il abandonna sa Mercedes au valet de l'*Intercontinental* et pénétra dans le hall, passant devant la réception. Au moment où il allait prendre l'ascenseur, il aperçut deux femmes en *abaya* et *hijab* qui se précipitaient. Galant, il retint la porte. Elles se tassèrent au fond de la cabine, sans un mot. Finalement,

1. À louer.

le *hijab* leur donnait une grande liberté. Aucun homme n'osait poser de question à une femme, de peur de la froisser. Encore moins les Indiens du personnel ou les Philippins. La cabine s'arrêta au cinquième et Malko sortit.

Aussitôt, une des deux femmes en fit autant. Elle était derrière lui lorsqu'il glissa sa carte magnétique dans la serrure du 512. Immobile, muette, mais parfumée.

Au Chanel n° 5.

De nouveau, son pouls grimpa vers le ciel. Si elle avait de mauvaises intentions, il n'avait aucune chance.

* * *

À peine eut-il ouvert la porte que la femme voilée entra sur ses talons, refermant vivement. Son geste suivant fut de faire glisser son *hijab*, révélant un visage plein de sensualité, très maquillé, avec une grosse bouche et d'immenses yeux noirs. Elle ne devait pas avoir plus de trente ans. Son regard se fixa sur celui de Malko, avec une expression parfaitement claire. Un regard insistant, audacieux et complice. Appuyée au placard, le corps projeté en avant, elle le provoquait.

Sans un mot.

Il s'approcha et, aussitôt, l'inconnue se jeta contre lui, nouant ses bras autour de son cou, le pressant à l'étouffer. Sans l'embrasser, sa bouche dans son cou. Puis, elle se mit sur la pointe des pieds et, sans crier gare, lui enfonça une langue chaude et agile dans l'oreille, expédiant dans ses artères une sérieuse décharge d'adrénaline. Le message était limpide : elle était là pour se faire baiser. L'anxiété de Malko disparut d'un seul coup et il se mit à la caresser à travers l'*abaya*, découvrant une lourde poitrine protégée par un bustier raide comme une armure. Ses mains glissèrent vers la taille, les fesses dures et cambrées, puis le devant de son corps. Lorsqu'il posa les doigts à l'endroit de son sexe, la femme eut un recul comme si on l'avait brûlée et poussa un bref gémissement. Pour revenir aussitôt au-devant des doigts de Malko.

Ils s'explorèrent ainsi debout un long moment, oscillant comme des ivrognes. L'inconnue fondait, haletante, sautant en l'air dès qu'il touchait ses seins ou son ventre. Quand elle effleura son sexe bandé, cela déclencha chez elle une réaction presque hystérique. Elle faillit se casser les ongles en le libérant tant elle avait hâte de le toucher. Elle l'entoura aussitôt de ses doigts, le masturbant si furieusement qu'il dut l'écarter. Il y eut une pause. Brusquement, elle se débarrassa de son *abaya* qui forma par terre un petit tas noir. Dessous, elle portait un pull rose très fin et un jean brodé. Elle se débarrassa du second, presque avec fureur, découvrant une culotte de satin noir et des jambes très blanches bien galbées. Puis, toujours sans un mot, elle prit Malko par la main et l'entraîna vers le lit. Elle s'y laissa tomber, sur le dos, les jambes ouvertes, et l'attira sur elle. Le contact de son sexe nu la mit en transes. Elle se tortillait sous lui, frottant son bas-ventre à la tige dressée, manquant le faire éjaculer.

Malko remonta le pull et le fit passer par-dessus sa tête, découvrant un bustier signé La Perla dont deux gros seins jaillissaient, leurs pointes brunes raidies. Il les effleura et l'inconnue eut une secousse qui l'ébranla tout entière. Elle souleva son bassin et se débarrassa de sa culotte en un clin d'œil. Malko n'eut même pas le temps de la caresser. Les cuisses largement écartées, d'une main ferme nouée autour de son membre, elle se le planta dans le ventre.

Elle était tellement inondée que sans effort il s'engloutit de toute sa longueur, lui arrachant un râle prolongé. Elle écarta encore davantage les cuisses, les repliant comme une grenouille, pour être certaine d'être bien transpercée, puis se mit à se frotter contre lui comme une folle. Une de ses mains lui tenait le dos, l'autre, crispée sur sa nuque, commença à lui arracher des lambeaux de chair à chaque poussée dans son ventre. Sa bouche se colla à celle de

Malko, cherchant à lui aspirer les amygdales. En même temps, elle remuait sous lui comme si elle avait été attachée sur une plaque brûlante.

En quelques minutes, Malko fut en nage. C'était une tornade tropicale. Sa nuque le brûlait horriblement, il étouffait sous ce bouche-à-bouche féroce et donnait des coups de reins de plus en plus violents, excité par cette furie sexuelle. Si l'inconnue avait été moins inondée, il aurait joui depuis longtemps. Pourtant, il sentit la sève commencer à monter de ses reins et poussa, à son tour, un gémissement. En quelques secondes, la femme qu'il était en train de baiser eut un orgasme foudroyant, accompagné d'un grognement étouffé par leur interminable baiser. Il sentit son sexe couler encore plus sur le sien, mais n'en profita pas longtemps. Au moment où lui-même allait jouir, l'inconnue se détacha brusquement de lui, le repoussant avec une violence incroyable. Malko retomba à côté d'elle, sur le dos. Il n'eut pas le temps de se poser de questions. La bouche de sa partenaire s'abattit sur lui, à la seconde précise où sa semence jaillissait, l'engoulant jusqu'à la glotte.

Sensation extraordinaire. Il se vida, non dans sa bouche, mais directement dans son gosier, en hurlant à son tour. L'inconnue l'aspira jusqu'à la dernière goutte, gluée à lui comme une goule, puis elle se redressa, le regard halluciné. Sans un regard pour lui, elle sauta du lit, rajusta son bustier et ramassa sa culotte.

Encore sonné, Malko la vit remettre son *abaya*, puis son *hijab*. Elle s'enfuit littéralement, claquant la porte derrière elle. Il ignorait même son nom... Après avoir récupéré quelques minutes, il se leva à son tour. Sa nuque le brûlait affreusement : il y passa la main et ramena du sang. La femme lui avait arraché des morceaux de peau. Quand l'eau chaude de la douche coula sur lui, il faillit crier : il était à vif. Pas question de mettre une cravate. Le seul contact du col de chemise le brûlait. Ou il était tombé sur une folle de sexe, ou sa partenaire n'avait pas fait l'amour depuis des siècles.

Et pourtant, elle était jeune, sexy et plus que sensuelle. Il regretta de n'avoir pu goûter à sa croupe, mais ce n'était pas lui qui avait mené le jeu. Si beaucoup d'Émiraties étaient comme ça, il se demanda comment les innombrables putes qui s'étaient abattues sur Dubaï comme des vautours arrivaient à gagner leur vie à la sueur de leurs cuisses. Voilà pourquoi Touria Zidani conservait son poste d'aide-soignante.

*\*\**

Touria Zidani adressa un regard complice au filtreur posté à l'entrée de «La Première», la discothèque de l'hôtel *Hyatt*. Ici, les femmes ne payaient pas les soixante-dix dirhams d'entrée, mais ristournaient un pourcentage de leurs gains aux Indiens gérant la boîte de nuit. Elle descendit l'escalier, aussitôt agressée par la musique assourdissante. Une piste rectangulaire, violemment éclairée comme un ring de boxe, occupait tout le centre de la salle. Toujours vide : les gens ne venaient pas pour danser. Les filles étaient là, tapies dans l'ombre des tables le long des murs ou debout, au bar, mêlées à leurs futurs clients, ou encore accoudées à la balustrade entourant la piste de danse en contrebas. Il y avait de tout : beaucoup de filles de l'Est, quelques Libanaises ou Marocaines et les Chinoises, par grappes, très maquillées, vêtues de pantalons de soie moulants, agressives avec les rares clients comme des barracudas affamés. Au début, leur exotisme avait plu, puis elles s'étaient révélées trop dures, trop criardes, parlant à peine quelques mots d'anglais. Touria Zidani fit le tour de la salle, la tête haute, adressant quelques sourires, afin de bien montrer qu'elle ne venait pas ôter le pain de la bouche de ces malheureuses. Elle trouva enfin ce qu'elle cherchait à une table reculée.

Kristova, une petite Moldave au nez retroussé et à la peau pleine de taches de rousseur, aux jambes trop épaisses et à la poitrine trop peu fournie, qui avait bien du mal à joindre les deux bouts. Touria l'avait hébergée quelques semaines chez elle et Kristova lui en avait gardé une éternelle reconnaissance.

Elles s'embrassèrent chaleureusement et Touria expliqua ce qu'elle cherchait.

— Attends-moi là ! dit la Moldave, je vais monter me renseigner.

Les filles les plus chics opéraient au rez-de-chaussée, dans le bar ou les salons du *Hyatt*. Touria Zidani alla chercher un Coca au bar, aussitôt harponnée par un Australien rubicond qui en était à sa sixième bière et lui fit l'affront de lui proposer deux cents dirhams « *for a quick blow-job* » dans les toilettes. Vexée, Touria ne répondit même pas et regagna son coin.

\*\*\*

Kristova réapparut une heure plus tard et se glissa sur le tabouret voisin.

— J'ai ce que tu veux, cria-t-elle pour dominer le vacarme. Abdul Zyad est le « sponsor » d'une douzaine de filles qui lui donnent entre deux et trois mille dollars par mois. En même temps, il leur loue des appartements dans un immeuble lui appartenant, sur Al-Khaleej Road, pas loin d'ici, ce qui est bien pratique.

Le *Hyatt* avait mal vieilli, devenant le point de ralliement des putes de Dubaï. Un nouveau *Hyatt* venait d'ouvrir, de l'autre côté du Creek, dans Bur-Dubaï, mais, en pleine guerre contre l'Irak, ce n'était vraiment pas le moment : il était vide comme le cerveau d'une vache.

— C'est tout ? demanda Touria.

— Non. Il a une fille qu'il baise régulièrement. Une certaine Ilona, qui vient de Volgograd. Une très grande

blonde, avec une vraie gueule de salope. Et plus dure qu'une Chinoise. Elle habite pas loin, mais je ne sais pas où exactement. Par contre, il paraît qu'elle travaille surtout au *Sheraton*, au *Marriott* et au *Méridien*. À cette heure-ci, si elle n'est pas avec un client, elle doit y être. Tu peux lui dire que tu viens de ma part.
– Merci, fit la Marocaine en lui glissant deux billets de cent dirhams. Tiens, je t'ai fait perdre du temps.

Elles s'embrassèrent et Touria Zidani remonta à la surface. De nuit, les coursives du *Hyatt* étaient encore plus sinistres. Elle décida de commencer ses recherches par le *Sheraton*, le plus proche.

*\*
\* \**

Un peu découragée, Touria Zidani gara sa Toyota dans le parking du *Méridien*. Elle avait interrogé des filles au *Sheraton* et au *Marriott*, mais personne n'avait vu Ilona. Héroïque, elle avait même refusé au *Marriott* l'offre plutôt honnête d'un Omanais : cinq cents dollars pour la nuit, sodomie comprise. Ils adoraient les Marocaines avec qui ils pouvaient échanger des obscénités en arabe. Mais Touria savait ce qu'elle devait à la CIA. Elle se dit qu'elle devrait faire comprendre discrètement à son agent aux yeux dorés que, pour lui, ce serait « *on the house* [1] ». Une bonne manière qui ne tirait pas à conséquence.

Le *Méridien*, juste en face de l'aéroport, était d'habitude animé. Mais ce soir, le hall était désert. Ne restait que le bar, à droite, un peu surélevé, où se trouvaient une douzaine de clients. Des Européens, trois « *dichdachas* » à des tables séparées et quatre filles. L'une d'elles, seule à sa table, visiblement maussade, avait de longs cheveux blonds, des pommettes hautes et une lippe dédaigneuse. Juste au moment où Touria arrivait, elle se leva et se

---

1. Gratis.

dirigea vers les toilettes, exposant une croupe extraordinaire, moulée par un pantalon de satin grège. Touria en eut froid au cœur : avec un cul pareil, elle aurait fait fortune.

Elle hâta le pas pour rattraper la fille et appela à voix basse :

— Ilona.

La blonde se retourna vivement et la toisa. En une fraction de seconde, elle eut catalogué Touria, en dépit de sa tenue trop sage.

— Je te connais ? lança-t-elle en anglais, plutôt agressive.

Touria Zidani arbora son sourire le plus doux.

— C'est Kristova, la petite Moldave, qui m'a parlé de toi.

Ilona se détendit un peu, toujours sur ses gardes.

— Qu'est-ce que tu veux ?

La Marocaine avait échafaudé un plan dans sa tête pour essayer de la faire collaborer, mais elle sentit instantanément que cela ne marcherait pas. Cette fille était dure comme de l'acier. Ses yeux froids la regardaient comme un insecte. Alors, elle choisit le plan B...

— J'ai un client qui voudrait aller avec toi, annonça-t-elle.

— Qu'il vienne, fit simplement la Russe, je suis là jusqu'à onze heures. J'attends un Saoudien.

— Il ne peut pas ce soir, balbutia la Marocaine.

— Eh bien, demain. Je serai au *Marriott*.

Tania Zidani se lança.

— Écoute, c'est un type important, il ne veut pas courir les hôtels à la recherche d'une fille. Tu peux me donner ton portable ? Il t'appellera.

— Je n'aime pas travailler avec des gens que je n'ai jamais vus, rétorqua Ilona, méfiante.

Cela sentait la mafia russe. À Dubaï, elle travaillait sans mac, ayant déjà à payer Abdul Zyad. L'autre conne devait être envoyée par un des nombreux voyous russes qui traînaient dans l'émirat entre deux trafics. Renonçant aux toilettes, elle poussa Touria vers sa table, avec un sourire de commande.

– Viens m'expliquer cela. Qui est ce type ? D'où sort-il ? Comment il me connaît ?

Touria s'assit en face d'elle, les jambes tremblantes, le cerveau vide. Elle n'avait pas prévu un tel accueil.

\*
\* \*

Ilona était nerveuse. Son client saoudien venait d'arriver et manifestait des signes d'impatience, à la table voisine. Elle jeta à Touria Zidani :

– *Karacho !* Voilà mon portable. Dis à ton type de me téléphoner. Comment il s'appelle ?

– Malko, fit la Marocaine. Malko Linge. Il est autrichien, je crois.

La Russe s'en foutait comme de sa première culotte. Elle glissa à Touria une carte comportant juste son prénom et son portable : 050 550 9816, et se leva, arborant son sourire le plus provocant, suivant des yeux Touria lorsque celle-ci s'en alla. Elle n'aimait pas cette histoire qui sentait le racket. Donc, elle allait faire appel à son « sponsor », à qui elle donnait assez d'argent pour qu'il la défende quand elle en avait besoin.

\*
\* \*

Il régnait une chaleur étouffante dans le parking de l'American Hospital, en dépit du toit censé le protéger de la chaleur, et Malko avait laissé la clim' dans la Mercedes. Le bâtiment de pierre blanche de deux étages se trouvait dans le quartier de Zaabeel, au coin de la 16ᵉ et de la 26ᵉ Rue, dans Dubaï-Ouest, un secteur encore peu construit. Depuis un quart d'heure, des employés, hommes et femmes en tenue lie-de-vin et blanc, venaient chercher leur voiture. Il aperçut enfin Touria Zidani, dans la même tenue, Elle se hâta d'entrer dans la voiture. Visiblement mal à l'aise.

– J'ai eu tort de vous donner rendez-vous ici, annonça-t-elle. Si on me voit avec vous, on peut penser des choses.

– Vous avez avancé ? interrogea Malko, peu préoccupé par ses états d'âme.

– Oui, oui, fit-elle. On ne pourrait pas se retrouver plus tard ? Je dois encore rester un peu.

– Où ?

– Vous connaissez le *Jumeira Beach Hotel* ? Sur la plage, à Jumeira.

– Je trouverai.

– À huit heures et demie, dans la galerie à droite de la réception, précisa Touria Zidani.

Malko la vit repartir en courant vers l'hopital. Il aurait dû lui demander une pommade pour sa nuque à vif. Il ne risquait pas d'oublier l'inconnue au *hijab*, qu'il ne reverrait probablement jamais.

Il remonta vers le nord, par Khaled-Ibn-Al-Waleed Road, la grande artère de Bur-Dubaï, surnommée dans sa première partie Computer Street, puis Bank Street. Il voulait gagner Jumeira et repérer l'hôtel où il avait rendez-vous. Car Jumeira I, II et III s'étendaient sur plus de quinze kilomètres le long de la côte. Cette chasse à l'or démarrait trop lentement à son goût et il n'était pas sûr que la méthode employée soit la bonne. Hélas, le château de Liezen était un gouffre sans fond et, en dépit de la prime substantielle obtenue à la suite de son aventure irakienne, il avait encore besoin de nourrir ses entrepreneurs, véritables vautours attachés à ses basques.

Sans parler d'Alexandra qui ne supportait que le luxe. Rien qu'en lingerie, elle devait dépenser par an de quoi vêtir un petit village. Chaque fois qu'elle partait à Vienne pour un « shopping spree » démentiel, il en avait des sueurs froides. D'autant qu'elle avait désormais tendance à mélanger les euros et les shillings autrichiens... Quant au champagne, elle faisait parfois servir une bouteille de Taittinger pour n'en boire que quelques gorgées, exigeant ensuite que la bouteille soit jetée...

Le *Jumeira Beach Hotel* se voyait de loin, avec son étrange architecture en forme de voile. Malko alla l'explorer. Le hall était plein d'Allemands rougeoyants. La mer à 30 degrés, dix restaurants, des bijoutiers à foison, ils n'en revenaient pas ! Malko en fit le tour rapidement et repartit, se demandant si Touria Zidani allait lui apprendre des choses intéressantes.

*\*\**

Touria Zidani avait mis sa tenue de combat. Maquillage, pull noir ras du cou mais moulant, la poitrine rehaussée par un Wonderbra noir, et l'inévitable pantalon noir qui semblait cousu sur elle. Quand elle aborda Malko, elle avait repris son regard de pute, soumis et provocant à la fois.

– Je ne suis pas en retard ? minauda-t-elle.

Malko, qui mourait de faim, l'assura du contraire.

– J'ai repéré un restaurant au dernier étage, proposa-t-il. Un argentin. Cela vous va ?

– Merveilleux ! s'extasia Touria.

Ils retraversèrent le hall où quelques putes avaient discrètement occupé les endroits stratégiques. Dans l'ascenseur, des Allemands, encore en maillot, dévorèrent des yeux la Marocaine, enviant visiblement Malko. Au restaurant *La Parilla,* au vingtième étage, la vue était magnifique : la mer à gauche et à droite le désert. Malko commanda un Defender « Success » pour Touria et une Stolychnaya pour lui. La Marocaine semblait moins nerveuse qu'à l'hôpital, mais elle sortit tout de suite un paquet de cigarettes de sa poche et Malko lui en alluma une avec son Zippo armorié. Touria souffla une bouffée de fumée et annonça :

– J'ai retrouvé la maîtresse d'Abdul Zyad ! Elle s'appelle Ilona. C'est une très belle Russe.

Après qu'ils eurent commandé, elle lui raconta son entrevue avec la Russe et lui tendit sa carte.

– Vous pouvez l'appeler.

Malko vérifia le numéro : c'était celui identifié par les écoutes de la NSA, à la suite d'un appel donné de la zone du *diwan* d'Abdul Zyad, la nuit où celui-ci avait reçu l'appel du Pakistan. Enfin, les choses avançaient un peu et il pouvait appeler la Russe sans éveiller sa méfiance. Cependant, il n'était qu'à demi satisfait : cela le forçait à se découvrir et Ilona n'était probablement pas sûre. Comment lui arracher le numéro du portable d'Abdul Zyad sans éveiller sa méfiance ?

– Vous êtes content ? demanda anxieusement Touria Zidani.

– J'aurais préféré ne pas apparaître, avoua Malko.

La Marocaine baissa la tête.

– Cette fille est très dure. Elle m'a posé un tas de questions. Je n'ai pas osé lui parler d'Abdul Zyad.

Ils attaquèrent leur steak qui, paraît-il, venait de Nouvelle-Zélande. Étant donné sa consistance, il avait dû faire le chemin à pied. Touria Zidani ne buvait pas de vin mais demanda timidement si elle pouvait avoir une coupe de champagne. Le maître d'hôtel arriva avec une bouteille de Taittinger Comtes de Champagne Blanc de Blancs millésimé 1995. C'était quand même une bonne maison. Malko regarda leurs voisins. Il y avait autour d'eux tellement de Teutons écarlates qu'on aurait pu s'abstenir d'éclairer. Le dessert était lourd et insipide mais Touria avait pris goût au Taittinger. Elle en était à sa troisième coupe. Lorsqu'ils redescendirent, elle se serra furtivement contre Malko dans l'ascenseur, avec un regard éloquent.

– On peut aller prendre un verre chez moi, suggéra-t-elle. C'est petit mais j'ai tout ce qu'il faut.

On ne mélange pas tout. Malko déclina poliment sans qu'elle paraisse lui en vouloir. Ils se quittèrent dans le parking sur une chaste poignée de mains, retrouvant leurs voitures respectives. Il n'y avait qu'une route pour regagner Dubaï et ils l'empruntèrent l'un derrière l'autre. Quelques kilomètres plus loin, Touria mit son clignotant et s'arrêta devant un petit immeuble en bordure de Al-Jumeira Road. Malko la doubla, fit un appel de phares et continua sa route. Machinalement il jeta un coup d'œil dans le rétroviseur et son pouls grimpa en flèche.

Deux hommes surgis de nulle part entouraient Touria qui venait de sortir de sa voiture. L'un d'eux était d'une taille incroyable, plus de deux mètres, et sa longue *dichdach* le faisait paraître encore plus grand. Le second, de taille normale, ceintura soudain la Marocaine par-derrière. Malko vit le géant sortir de sa *dichdach* un énorme couteau et le plonger dans le ventre de Touria Zidani à plusieurs reprises !

Horrifié, il écrasa la pédale de frein et passa la marche arrière.

# CHAPITRE V

Impuissant, Malko assista, dans son rétroviseur, au meurtre de Touria Zidani. Le géant la frappa à coups redoublés, jusqu'à ce qu'elle s'écroule aux pieds de son complice. Les deux hommes, concentrés sur leur horrible besogne, ne semblaient prêter aucune attention à la voiture qui reculait. Malko était cependant encore à bonne distance d'eux. Le géant se pencha, son couteau à la main, et zébra d'un geste sec la gorge de la jeune femme, avant que les deux hommes s'enfuient dans une allée perpendiculaire à Jumeira Road. Ils avaient disparu quand Malko arriva à la hauteur du corps. Il bondit de sa voiture et se précipita. Grâce à la lumière d'un réverbère voisin, on y voyait comme en plein jour.

Touria Zidani gisait sur le dos, une horrible blessure à la gorge, le torse et le ventre lardés de coups de couteau. Du sang suintait de ses blessures. Il n'eut même pas besoin de se pencher pour voir qu'elle n'avait pas survécu. Tout s'était passé en moins d'une minute. Réprimant une nausée, Malko se redressa, essayant de comprendre la raison de cette agression sauvage. Il regrettait d'avoir refusé l'invitation de la Marocaine. Il l'aurait protégée, ou ils auraient été assassinés tous les deux...

Soudain, deux lumières rouges apparurent dans l'allée où s'étaient enfuis les assassins, à une centaine de mètres du croisement. Il entendit un moteur qui démarrait et distingua une voiture en train de s'éloigner. Il sauta aussitôt à son volant, éteignit ses phares et fonça à la poursuite du véhicule. Il y avait assez de lumière pour se diriger et il n'alluma ses phares que plusieurs minutes plus tard, à bonne distance de la voiture qu'il suivait. Celle-ci descendait vers le sud et ils atteignirent bientôt une grande artère, avec beaucoup plus de circulation, Al-Ahid Road. Il put se rapprocher, reconnut une japonaise usagée comme il y en avait des milliers à Dubaï. Quelque chose le frappa aussitôt : la plaque verte de l'émirat de Sharjah. D'ailleurs, dix minutes plus tard, la voiture franchissait Al-Gahroub Bridge, remontant ensuite vers Al-Jhihad Road pour longer l'aéroport et filer vers Sharjah. Il y avait assez de circulation pour que Malko ne se fasse pas repérer, d'autant que ceux qu'il suivait roulaient à une vitesse très modérée.

Sharjah se trouvait à une vingtaine de kilomètres à l'est de Dubaï, au-delà d'une zone désertique non encore bâtie. C'était l'émirat le plus islamique des sept constituant la Fédération, la vente d'alcool y était interdite ; le plus pauvre aussi, financé discrètement par l'Arabie Saoudite.

Malko hésita à alerter de son portable Richard Manson, qui à son tour préviendrait la police locale. Mais cela ne ressusciterait pas Touria Zidani et risquait d'aboutir à une impasse. S'il ne s'était pas retourné, le meurtre de la Marocaine aurait été une énigme. Brutalement, la théorie de Richard Manson prenait consistance. Quand on tuait, c'était toujours pour quelque chose... Décidément, « Alpha Zoulou » inquiétait Al-Qaida. Il se concentra sur sa filature, n'osant pas trop se rapprocher pour relever le numéro de la plaque. La nuit, Sharjah, contrairement à Dubaï, était désert. Ils suivaient une grande avenue traversant le minuscule émirat de part en part. Toutes les boutiques étaient fermées et il y avait très peu de piétons.

Soudain, Malko vit le clignotant droit de l'autre

véhicule s'allumer. Il ralentit. La voiture des tueurs tourna à droite après un panneau indiquant «Industrial Zone». Malko en fit autant, débouchant dans une large voie carrément sinistre, bordée de boutiques fermées, d'entrepôts ou de dépôts de camions. Pas une demeure privée, pas un restaurant, et surtout pas un chat! Il leva le pied. L'avenue filait droit vers le désert, coupée tous les kilomètres par des voies perpendiculaires. Il laissa grandir la distance le séparant de l'autre véhicule, les yeux rivés sur ses feux arrière. Ils parcoururent ainsi plusieurs kilomètres, jusqu'à la zone industrielle n° 11. À gauche, c'était le désert, semé de pylônes électriques.

Les feux disparurent. Malko accéléra, ne quittant pas des yeux l'endroit où la voiture avait tourné. C'était une large avenue, déserte elle aussi. Il s'y engagea et aperçut sur sa droite un chemin non asphalté et, au fond, les feux stop de l'autre véhicule. Celui-ci était arrêté devant un mur aveugle. Malko franchit le carrefour et s'arrêta un peu plus loin, hors de vue. Il stoppa, éteignit ses phares et revint sur ses pas à pied.

Juste à temps pour voir passer devant lui la voiture qui repartait d'où elle était venue. Il n'eut pas le temps de distinguer le conducteur, mais déchiffra le numéro de la plaque : 763456 Sharjah. Impossible de la suivre plus longtemps dans ce désert. Il aperçut alors une immense silhouette blanche, immobile contre le mur, et mit quelques secondes à réaliser qu'il avait en face de lui l'assassin de Touria Zidani. L'homme était en train de téléphoner d'une des quatre cabines alignées le long du mur. La conversation fut brève. Il sortit de la cabine en se redressant de toute sa taille et s'éloigna à grands pas vers une grille voisine qu'il poussa, disparaissant aux yeux de Malko.

Celui-ci attendit quelques minutes avant de s'approcher du mur. Il le longea jusqu'à la grille et entendit des voix de l'autre côté. Prêtant l'oreille, il reconnut les sonorités traînantes du dari. Risquant un œil, il aperçut une douzaine d'hommes assis à même le sol autour d'un feu, en train de discuter et de tirer sur des narghilés. À la mode afghane. Le géant en *dichdach* avait disparu. Au fond, Malko aperçut un grand bâtiment de deux étages. Cela ressemblait à une *madrasa*[1], le minaret d'une modeste mosquée attenante se détachait sur fond de nuit.

Drôle de lieu de culte dans ce coin pourri, en bordure de cette zone industrielle sinistre.

Malko regagna sa voiture et reprit la route de Dubaï, laissant Richard Manson passer une bonne nuit. À quoi bon le réveiller ? Les téléphones étaient sûrement surveillés. Par curiosité, au lieu de rentrer à l'*Intercontinental*, il remonta à Jumeira. Il n'eut même pas à aller jusqu'à la demeure de Touria Zidani. Les gyrophares de plusieurs voitures de police éclairaient l'endroit où elle était tombée. Quelqu'un avait donné l'alerte. Il passa sans s'arrêter et regagna l'*Intercontinental*. Richard Manson avait vu juste, hélas pour Touria Zidani. Dès qu'on avait « effleuré » Abdul Zyad, la réaction avait été instantanée et féroce. Ce qui impliquait la complicité d'Ilona, la prostituée russe qui était désormais la priorité de Malko.

Quelle gaffe Touria Zidani avait-elle commise pour être ainsi condamnée à mort ?

\*
\* \*

Richard Manson se tourna vers Malko, ne dissimulant pas sa satisfaction.

– Vous avez tapé dans le mille en suivant cette voiture. Elle vous a mené à un endroit que nous avons repéré depuis longtemps : la mosquée Amer-bin-Fouhairah. Elle comprend une madrasa et des locaux pour les gens de

---

1. École coranique.

passage. Elle est tenue par des Tablighis. C'est là que venait prier un des kamikazes du 11 septembre, Marwan Al-Shani, originaire d'une tribu de la région de Ras al-Khaïma, à l'extrême sud-est des Émirats, à la frontière avec Oman. Les autorités d'ici nous ont toujours juré qu'il n'y avait rien de spécial là-bas. Vous apportez la preuve du contraire... Le fait que vous ayez entendu parler dari est intéressant. Personne ne m'avait signalé la présence d'Afghans.

– Vous avez trouvé quelque chose concernant la voiture ?

– Pas encore. J'ai transmis le numéro d'immatriculation à notre correspondant au CID[1], en prétextant que ce véhicule avait eu un accrochage avec un fourgon du consulat.

– Et l'assassin de Touria Zidani ?

– Nous n'avons que sa taille exceptionnelle comme élément, remarqua Richard Manson. Ce n'est pas assez.

Un silence pesant retomba dans le bureau.

– Le principal personnage, c'est Abdul Zyad, reprit Malko. Il avait déjà été lié à Al-Qaida ?

– On l'a soupçonné, mais sans jamais obtenir de preuves. C'est un des pivots du trafic d'or à Dubaï et un musulman pratiquant, bien que non catalogué comme intégriste. Le fait que des gens liés à cette mosquée directement connectée à Al-Qaida aient assassiné quelqu'un qui s'intéressait à lui confirme nos soupçons. Si Al-Qaida tient à protéger Abdul Zyad, c'est qu'il joue un rôle important dans leurs transferts d'or.

– Il y a davantage, releva Malko. On ne tue pas quelqu'un pour quelques kilos d'or. Ce que ramenait Aziz Ghailani était une goutte d'eau. On peut donc supposer que l'or qui a déjà été transféré du Pakistan et d'Afgha-

---

1. Criminal Investigation Department.

nistan est *toujours* à Dubaï. Sinon, ils ne prendraient pas ces risques pour protéger Abdul Zyad.

– *You made a point*[1], reconnut Richard Manson. Inutile de vous dire que si nous pouvons retrouver cet or, le capital d'Al-Qaida, ce serait formidable. Mais je ne vois pas pourquoi ils l'auraient stocké ici. Ce n'est pas l'endroit le plus sûr.

– Nous ne savons pas tout, remarqua Malko, et si vous n'aviez pas arrêté « Al-Mouk », vous ne sauriez toujours rien. Des centaines de kilos d'or sont entrés ici au cours des derniers mois et vous n'avez rien vu.

La CIA n'était plus ce qu'elle était. L'Américain baissa la tête. Malko sentait qu'une question lui brûlait les lèvres et il l'anticipa.

– Vous voulez que je « tamponne » Ilona ?

Richard Manson alluma une cigarette avec un Zippo déguisé en drapeau américain qu'il remit dans le petit étui de cuir à sa ceinture avant de répondre.

– Je crois que nous n'avons pas tellement le choix, plaida-t-il. Abdul Zyad est intouchable, sauf si nous amenons des preuves irréfutables au CID de Dubaï. Pour l'instant, le seul accès à lui que nous connaissons, c'est cette fille. Qui évidemment se méfie ou est sa complice. Le meurtre de notre informatrice le prouve. À vrai dire, je ne vois pas tellement comment vous pouvez l'attaquer. Sauf en lui proposant beaucoup d'argent pour le trahir…

– À moins d'être complètement idiote, elle refusera, remarqua Malko. Elle a vu ce qui est arrivé à Touria Zidani. Elle a peut-être même déjà quitté les Émirats. Ou elle se planque. Je pense qu'il faut essayer un moyen plus tordu. Nous pouvons supposer qu'Ilona possède le téléphone d'Abdul Zyad, puisqu'elle l'a prévenu très rapidement de sa rencontre avec Touria Zidani. Si on pouvait interroger son portable, on le trouverait dans sa mémoire.

---

1. Vous avez raison.

– Bingo ! approuva Richard Manson. Décidément, vous méritez votre réputation. Mais comment accéder à cette mémoire ?

– Tout dépend de ce que Touria lui a dit de moi, répondit Malko. Je peux essayer de me faire passer pour un client et me lier avec elle. Ensuite, *inch Allah !* Je suppose qu'il est impossible d'obtenir la coopération des Émiratis. Eux, en cinq minutes, nous donneraient ce renseignement.

– Impossible, confirma Richard Manson.

– Si nous pouvions trouver la raison pour laquelle cet or se trouve toujours ici, soupira Malko, nous aurions fait un grand pas.

– S'il y est encore…, tempéra l'Américain. Mais je pense que nous avons désormais les moyens de mettre la pression sur Al-Qaida. Un seul homme peut nous aider : Abdul Zyad. Il faut le retourner.

– Ça ne va pas être facile.

– Ni sans risques, reconnut Richard Manson. Je ne peux pas vous laisser sans protection. Je vais faire venir vos « baby-sitters » habituels, Chris Jones et Milton Brabeck… Ils peuvent être là en quarante-huit heures.

– Je ne sais pas s'ils vont bien se fondre dans le paysage, remarqua Malko. Mais cela risque de ne pas être inutile. En attendant, vous auriez une arme pour moi ? Si j'en avais eu une l'autre soir, les choses se seraient passées différemment.

– Bien sûr.

Richard Manson gagna son bureau et sortit d'un tiroir un pistolet automatique aux formes carrées : un Glock 28 à 16 coups, ultraléger grâce à sa structure en carbone.

– J'ai reçu ça pour moi, dit l'Américain, je vous le prête avec plaisir. Revoyons-nous demain, j'aurai du nouveau, j'espère, du côté de Sharjah.

Malko eut soudain une idée.

– Vous pouvez demander à la police locale les numéros

des cabines téléphoniques qui se trouvent devant la mosquée ?

– Oui, mais cela risque de les alerter. Achetez plutôt une carte et appelez votre portable d'une de ces cabines, son numéro s'affichera.

– Bonne idée, approuva Malko.

– J'enverrais bien quelqu'un d'ici, mais je n'ai personne de futé et de discret.

Apparemment, la CIA manquait de personnel à Dubaï.

Quand il repartit du 21ᵉ étage du World Trade Center, Malko était décidé à réunir assez de preuves contre Abdul Zyad pour le faire craquer. Cependant, l'Indien ne céderait pas facilement et il était bien protégé... La Mercedes était transformée en four par le soleil brûlant. En se plongeant dans la circulation de Cheikh-Zayed Road, il commença à réfléchir à la façon d'aborder Ilona. Finalement, arrivé à son hôtel, il composa le numéro de la prostituée russe mais fut déçu : elle était sur répondeur et il tomba sur un message, en arabe, en anglais et en russe, demandant de laisser son numéro. Il se contenta de dire qu'il appelait de la part de Touria et qu'il rappellerait.

En attendant, il allait passer tous les halls d'hôtel de Dubaï au peigne fin. Pour essayer un contact direct.

\*
\* \*

Abdul Zyad écoutait distraitement son interlocuteur, un fabricant de bijoux de Singapour qui lui réclamait des marges plus importantes le regard fixé sur le cadran de sa Breitling « Bentley Motors ». Pour l'impressionner, il l'avait reçu au Taittinger Comtes de Champagne mais, hors ce geste fastueux, il était bien décidé à ne rien lui céder. Depuis le coup de fil d'Ilona lui annonçant que la mafia russe voulait la rançonner, les choses s'étaient précipitées. Prudent, il avait donné rendez-vous à la Russe dans l'immense et anonyme *Marriott* pour qu'elle lui explique ce qui s'était passé et avait tout de suite compris : ce n'était pas à elle qu'on en voulait, mais à lui...

Il était contre la « punition » infligée à Aziz Ghailani. Pas par bonté d'âme, mais parce que ce genre d'incident alerterait leurs adversaires. Puisque les Américains n'avaient pas pu le suivre, il suffisait de ne plus l'utiliser. L'or apporté par Ghailani avait été fondu et transformé en lingots. Huit d'un kilo, qui lui avaient ensuite été amenés. Il avait alors chargé un de ses adjoints particulièrement sûr de les changer dans différents bureaux de change pour des lingots émis par l'Australie, l'Afrique du Sud ou le Crédit Suisse. Cela ne coûtait que vingt-cinq *cents* américains par once. Une misère. Mais ensuite, ces lingots, même numérotés, n'étaient plus traçables et étaient beaucoup plus discrets.

Les nouveaux lingots avaient été ensuite pris en charge par la branche d'Al-Qaida de Sharjah. Un courrier était venu les chercher dans son *diwan* et Abdul Zyad ignorait où ils se trouvaient, n'ayant jamais voulu le demander. Celui qui les récupérait possédait une petite boutique de change dans le quartier d'Al-Sabkha et pratiquait depuis longtemps le *hawala* pour les membres d'Al-Qaida. Tout cela fonctionnait sans problème.

Abdul Zyad savait qu'une opération importante était en cours. Depuis des semaines, il voyait arriver à Dubaï des cargaisons d'or qui s'évanouissaient ensuite dans la nature. L'arrestation de « Al-Mouk » avait donné raison *a posteriori* aux dirigeants d'Al-Qaida. L'ISI, sous la pression du FBI et de la CIA, commençait à trahir ses anciens amis. C'était bien triste. Abdul Zyad, qui se donnait beaucoup de mal dans ces opérations, n'y gagnait pas un dirham. Il se serait senti déshonoré de priver Al-Qaida d'un seul dollar nécessaire à la lutte contre l'Infidèle. Lorsque le cheikh Oussama Bin Laden avait été hospitalisé à Dubaï, il lui avait discrètement rendu visite, un soir, dans sa chambre, simplement pour l'assurer de son profond respect et de son dévouement. Oussama Bin Laden l'en avait remercié. Il semblait amaigri et fatigué, mais son regard était toujours aussi flamboyant. Indomptable. Abdul Zyad lui avait remis une minuscule breloque, un verset du saint Coran gravé sur une feuille d'or. Modeste cadeau.

En donnant l'ordre de liquider Touria Zidani, il avait agi pour décourager ceux qui s'intéressaient un peu trop à lui. Qui ne pouvaient être que les Américains enquêtant sur la mort de Aziz Ghailani. Il espérait que cela suffirait.

Son visiteur singapourien continuait à mouliner ses demandes. Excédé, Abdul Zyad lui abandonna quelques minuscules concessions, l'expédia et se fit apporter du thé par sa secrétaire indienne, mais musulmane. Il disposait d'un peu de temps entre deux rendez-vous et alluma la télé calée sur Al-Jazira. Aussitôt, les images de la guerre en Irak lui sautèrent au visage. Du sang, encore du sang, des enfants, des femmes, des maisons écrabouillés par les bombes, et les chars orgueilleux de la coalition roulant dans le désert, écrasant tout sur leur passage. Le thé lui parut soudain amer. Il méprisait Saddam Hussein, mécréant et corrompu, mais plaignait le peuple irakien. Et priait tous les jours pour qu'un État islamique s'installe à la place du tyran et chasse les infidèles.

Son portable privé se mit à vibrer dans la poche de sa *dichdach* et il l'ouvrit. Le numéro d'Ilona s'afficha. Il ne lui avait plus parlé depuis qu'elle l'avait mis en garde. Il répondit.

– *Kifak*[1] ? demanda-t-il d'un ton léger.

– Vous avez vu ce qu'ils lui ont fait ? fit la Russe, visiblement terrorisée. Qu'est-ce qui s'est passé ?

Abdul Zyad devina aussitôt le quiproquo. Ilona pensait que Touria avait été victime de la mafia russe et qu'elle allait être la suivante. La nouvelle du meurtre s'étalait dans

1. Comment ça va ?

le *Khaleej Times* du jour. Attribué à la mafia indienne.
Abdul Zyad mit quelques secondes à trouver la parade.

– Ne crains rien, dit-il, ils se sont vengés sur elle parce
qu'ils ne pouvaient rien contre moi. J'ai fait savoir à qui
de droit que tu étais sous ma protection.

Même si la police interceptait cette conversation, ce
n'était pas dangereux. Ilona demeura silencieuse un
moment puis laissa tomber une phrase qui glaça Abdul
Zyad :

– J'ai reçu un appel d'un type inconnu, dit-elle. Il
m'appelait de la part de Touria. J'ai peur.

# CHAPITRE VI

Abdul Zyad sentit son estomac se contracter brutalement. L'élimination de Touria Zidani n'avait pas suffi. Les Américains ne renonçaient pas, car il ne pouvait s'agir que d'eux. Certes, rien ne pouvait le relier au meurtre de Touria Zidani. Sauf Ilona. Mais brutalement, il se vit entraîné sur un toboggan mortel. Il avait travaillé dur toute sa vie pour arriver là où il en était, bénissait Dieu tous les jours de l'avoir aidé et ne voulait pas tout perdre. En un éclair, il réalisa le piège où l'avaient involontairement jeté ses amis d'Al-Qaida. Bien sûr, il pouvait faire éliminer Ilona aussi facilement que Touria Zidani. Mais, cette fois, c'était beaucoup plus dangereux. Car elle était déjà probablement surveillée par ses adversaires.

S'il demeurait inerte, il conservait une épée de Damoclès au-dessus de sa tête. Ilona, n'étant pas au courant des dessous de l'histoire, pouvait gaffer. Il pensa à différentes solutions et conclut que le plus sûr était de la faire disparaître *hors* de Dubaï.

— Qu'est-ce que je fais ? demanda anxieusement Ilona, surprise de son long silence.

Abdul Zyad s'efforça de prendre une voix enjouée.

— Je crois que tu t'alarmes pour rien, assura-t-il. C'est probablement un client ordinaire. Rappelle-le. Si tu sens quelque chose d'anormal, tu me préviens. À propos, je voudrais que tu me rendes un service. Peux-tu effectuer un petit déplacement pour moi ?

– Où ça ? demanda Ilona, plutôt étonnée.

– À Karachi. Un aller-retour. J'ai quelque chose à récupérer là-bas et j'ai besoin de quelqu'un de confiance. Viens me voir ce soir, nous discuterons de cela.

– Ce soir, je ne peux pas, fit la Russe, j'ai un client qui m'a bookée pour le dîner et la nuit. Demain ?

– *Inch Allah*, demain ! accepta Abdul Zyad. Pas trop tard, vers neuf heures.

Il referma le portable. Il avait bien pensé à l'île de Kish, mais les Iraniens ne plaisantaient pas. À Karachi, Ilona disparaîtrait sans laisser de traces. Et il retrouverait sa sérénité. Quant au transfert de l'or d'Al-Qaida, il ne s'en mêlerait plus.

*
* *

Malko balaya des yeux le bar du dixième étage de l'*Intercontinental*, première étape de ses recherches. Les larges baies donnaient directement sur le Creek. Une chanteuse philippine s'égosillait sur un podium pour une poignée d'expatriés en train de lorgner les quelques putes assises discrètement au fond de la salle. Rien qui ressemble à Ilona. Direction le *Sheraton*, le plus proche, un peu plus bas sur le Creek. Une heure plus tard, il échoua au bar du *Hyatt*, après avoir fait chou blanc au *Sheraton* et au *Marriott*. Il avait vu des dizaines de putes mais aucune ne ressemblait à Ilona. En lui apportant sa vodka, le barman philippin lui adressa un sourire complice et dit à voix basse :

– *If you are looking for girls, go to the discotheque*[1].

Sa Stolychnaya bue, Malko se dit que, puisqu'il était là, il fallait courir sa chance.

---

1. Si vous cherchez une fille, allez à la discothèque.

Après avoir payé ses soixante-dix dirhams, il se crut au *Night-Flight* de Moscou. Des dizaines de filles attendaient, en groupes ou isolées. À peine avait-il mis les pieds dans la discothèque qu'une petite Chinoise à la poitrine trop opulente pour être vraie vint se planter devant lui, lui mettant sous le nez un Zippo orné d'un slogan explicite : *All you need is love*[1]. Ce raccourci lui évitait d'apprendre l'anglais...

Ignorant l'invite, il avisa une fille assise sur un tabouret, dans un coin, les cheveux courts et visiblement slave. Il s'approcha et l'aborda en russe.

– *Dobrevece*, dit-il avec un sourire, je peux vous offrir un verre ?

La fille ruissela immédiatement de bonheur et lui jeta un regard humide.

– Bien sûr ! Pourquoi seulement un verre ? Je n'ai rien à faire ce soir.

Malko ne voulut pas perdre de temps. Sortant deux billets de cent dirhams de sa poche, il les posa devant la fille.

– Je cherche une fille, annonça-t-il. Une Russe comme toi. Elle s'appelle Ilona. Une grande blonde de Volgograd.

La fille le regarda, soupçonneuse.

– Qui tu es, toi ? Je ne t'ai jamais vu ici. Tu travailles pour qui ?

Visiblement, elle le prenait pour un mafieux.

– Pour personne, répliqua Malko, et je ne suis pas russe. Je travaille dans le pétrole et j'habite Abu Dhabi. Je suis ici juste pour la soirée. J'ai seulement envie de baiser Ilona. Tu la connais ?

– Je l'ai déjà vue, reconnut-elle de mauvaise grâce. Mais elle vient rarement ici. Va plutôt au restaurant français du *Méridien*. Elle y est presque tous les soirs.

---

1. Vous n'avez besoin que d'amour.

*\*\**

Le restaurant français du *Méridien* était bourré, en dépit de ses prix de folie. L'endroit le plus chic de Dubaï. Malko balaya des yeux la petite salle tarabiscotée et sentit son pouls s'accélérer. À une table près du bar, il y avait un « local » en keffieh blanc et une blonde dont il ne voyait que le dos, séparés par un seau à champagne contenant une bouteille de Taittinger. Les cheveux de la fille cascadaient dans son dos et elle était vêtue d'une robe bleu électrique. Il s'installa au bar et commanda une vodka. Quelques minutes plus tard, la blonde tourna la tête et il aperçut de hautes pommettes, une bouche épaisse et des yeux gris à l'expression assurée. Ce pouvait être Ilona.

Comme les convives en étaient au dessert, il décida d'attendre. Il eut quand même le temps de boire une seconde vodka avant qu'ils ne se lèvent. L'homme sortit d'abord et Malko glissa de son tabouret, se trouvant nez à nez avec Ilona. Celle-ci le toisa rapidement et, sans doute intéressée, lui adressa un sourire discret. Un sourire à cinq cents dollars. Malko lui demanda aussitôt à voix basse, en anglais :

– Vous êtes Ilona ?

La fille lui jeta un regard surpris.

– Oui. Pourquoi ?

– On pourrait passer un peu de temps ensemble.

– Pas maintenant, souffla-t-elle. Demain.

– Où ?

– Ici, à huit heures.

Elle avait déjà filé sans même lui demander comment il savait son nom et il admira sa chute de reins. Accompagnée de son client, elle gagna l'ascenseur. Il n'avait même plus faim et pensa soudain aux téléphones de la mosquée de Sharjah.

– Où trouve-t-on des cartes de téléphone ? demanda-t-il au concierge.

– J'en vends, monsieur. C'est trente dirhams.

Malko regagna sa voiture et prit la route de Sharjah. Une demi-heure plus tard, il arrivait dans la zone industrielle où il retrouva sans mal la mosquée Amer-bin-Fouhairah. Il s'arrêta un peu plus loin et s'approcha à pied. La cour était déserte. Il prit pourtant dans sa ceinture le Glock prêté par Richard Manson et fit monter une balle dans le canon. Revoyant l'immense arabe en train de poignarder Touria Zidani. Ce n'étaient pas des tendres.

Il entra dans une cabine, introduisit sa carte et composa le numéro de son portable. Quelques secondes plus tard, son cadran s'éclaira et il put lire le numéro de la cabine : 06 534 3529.

Il le nota et recommença la manœuvre dans les trois autres. L'une d'elles était en panne, mais dix minutes plus tard, il repartait avec les trois numéros. Tout le monde semblait dormir dans la madrasa. Le grand escogriffe qui avait poignardé la Marocaine avait appelé de la première cabine. Ce serait intéressant de savoir *qui* il avait appelé.

\*\*\*

Richard Manson accueillit Malko avec un large sourire. Son bureau était inondé de lumière par le soleil matinal.

– J'ai de bonnes nouvelles, annonça-t-il. D'abord, Chris Jones et Milton Brabeck arrivent demain matin, *via* Francfort. Je me sentirai plus tranquille. Je leur ai réservé des chambres juste en face d'ici, au *World Trade Hotel*.

Un bâtiment qui avait toute la grâce et l'élégance d'un blockhaus.

– Et ensuite ? demanda Malko.

– J'ai identifié le propriétaire de la voiture des tueurs.

Il s'agit d'un habitant de Sharjah, un marchand de miel et d'épices, Yosri al-Shaiba.

— Vous l'avez déjà eu dans une affaire ?

— Nous n'avons rien sur lui et je n'ai pas voulu demander aux Émiratis. Il a une boutique à Dubaï et une autre à Sharjah. Mais j'ai une adresse peu précise : Old Market, quartier de Al-Arouba, Sharjah. Et vous ?

— Moi, j'ai rendez-vous ce soir avec Ilona, annonça Malko.

Il raconta à Richard Manson comment il avait retrouvé la Russe, soulignant qu'ainsi il l'abordait comme un simple client. Il communiqua également à l'Américain les numéros de téléphone des cabines de la mosquée.

— La NSA peut-elle vérifier quel numéro a été appelé de Sharjah après le meurtre de Touria Zadani ?

— Sûrement, mais d'ici, cela va prendre un peu de temps. Si vous avez le courage d'aller à Abu Dhabi, vous pourrez avoir l'information instantanément. Ils ont de meilleures liaisons que nous avec la Centrale et vous retrouverez un vieil ami : Larry Oldcastle.

Le chef de station de la CIA à Belgrade. Malko n'hésita pas.

— Excellente idée, approuva-t-il. Prévenez-le. Je serai là-bas vers midi.

De toute façon il n'avait rien à faire de la journée, avant son rendez-vous avec Ilona.

\*
\* \*

Des morceaux de pneus jonchaient la chaussée de l'autoroute Dubaï-Abu Dhabi, rectiligne sur cent soixante kilomètres. Les Indiens achetaient tous des pneus réchappés, par économie, et ceux-ci explosaient régulièrement au-dessus de cent à l'heure. À gauche, le désert, à droite, le désert et la mer... Des alignements de bâtiments modernes. Bientôt, les deux émirats se rejoindraient.

Malko sursauta : on lui faisait des appels de phares frénétiques ! Il jeta un coup d'œil dans le rétroviseur. Une grosse BMW était pratiquement en train de monter sur son pare-chocs arrière ! Bien qu'il roule déjà à 180. Il fit un écart et la voiture le doubla à près de 200, juste en face d'un panneau annonçant que la vitesse était limitée à 120 et surveillée par radar... Surveillance toute théorique : il n'y avait pas une voiture de police et la vitesse moyenne des véhicules oscillait entre 160 et 200. Les Émiratis conduisaient comme des fous, klaxonnant au moindre ralentissement, doublant dans tous les sens. Hystériques.

Le *Salaire de la peur*.

Après avoir franchi le pont reliant l'île d'Abu Dhabi à la terre ferme, Malko aperçut sur sa gauche une gigantesque mosquée en construction : il arrivait à Abu Dhabi, beaucoup plus sage que Dubaï, avec de l'herbe partout, signe de richesse dans ce pays désertique. Il remonta sans se presser Airport Road jusqu'à la mer. Il avait le temps. L'ambassade américaine se trouvait au cœur de Corniche Road, à l'ouest, protégée par des plots de ciment, des merlons, des barbelés et des sentinelles émiraties. Un bâtiment rond au crépi blanchâtre. Il se gara dans la cour, après avoir montré patte blanche, et on l'accompagna au premier étage jusqu'au bureau du chef de station. Hélas, Priscilla Coldwater, la sculpturale secrétaire noire dont Malko avait largement profité, à Belgrade et au Kenya, s'était métamorphosée en une horreur avec des nattes et une robe à fleurs, maquillée comme une voiture volée.

Il tomba dans les bras de Larry Oldcastle, plus british que jamais.

– Le monde est petit, remarqua l'Américain. Je ne pensais pas vous voir dans le coin. Vous n'êtes pas en Irak ?

– J'y étais, dit sobrement Malko.

Pour fêter leurs retrouvailles, Larry Oldcastle sortit de son bar une bouteille de Defender « 5 ans d'âge » et une de Stolychnaya.

– Je n'ai pas oublié vos goûts, dit-il. Buvons à la victoire, ajouta-t-il, avec une pointe d'ironie. Parce que nous allons gagner. Mais dans quel état ?

– Que disent les gens ici ?

Le chef de station fit la moue.

– Le vieux cheikh Zaied aimait bien les talibans. Il est très religieux et vit comme un pauvre, alors qu'il est probablement l'homme le plus riche du monde... Il nous fait bonne figure, mais il n'en pense pas moins.

– C'est un partisan de Saddam Hussein ?

– Non, mais l'Irak est un pays arabe et il se sent concerné. Pourtant, ici nous sommes pratiquement chez nous. Les Services nous mangent dans la main car ils ont une peur bleue des attentats. Une seule grenade dans l'un des grands hôtels ou dans un night-club de Dubaï ferait fuir les touristes pour des mois.

– Richard Manson vous a parlé de ma requête ? demanda Malko.

– Il m'a transmis le numéro en question, qu'on a envoyé à Washington. En *top priority*. Mais là-bas, il fait encore nuit. Cela peut prendre un peu de temps. Voulez-vous aller déjeuner ? Il y a un restaurant très sympa à l'*Intercontinental*, sur la marina. On nous apportera les infos là-bas.

\*
\*\*

On se serait cru à Deauville, à cause des planches de la promenade entourant la marina. Mais un Deauville tropical : il faisait déjà près de 30 °C. La mer à l'infini, sans un bateau, des gens sous des parasols vert et blanc. Le *Seafood Market* était climatisé et le vin excellent. Pour fêter leurs retrouvailles, Larry Oldcastle avait commandé une bouteille de Taittinger Comtes de Champagne Blanc de Blancs, que les deux hommes dégustèrent tranquillement en attendant des nouvelles de Washington.

Abu Dhabi était bien différent de Dubaï : une petite ville de province endormie, qui produisait quand même presque autant de pétrole que l'Irak...

Ils avaient presque fini leur champagne lorsqu'un jeune Américain apporta une épaisse enveloppe cachetée. Larry Oldcastle l'ouvrit et en sortit une feuille couverte de chiffres : tous les appels donnés à partir du 06 534 3529 le jour dit, interceptés par la NSA.

– Vous voulez les appels locaux ou internationaux ? demanda l'Américain.

– Je ne sais pas, avoua Malko. Il était environ onze heures du soir.

Larry Oldcastle se pencha sur la feuille après avoir chaussé ses lunettes. Malko le vit surligner un numéro et l'Américain lui tendit la feuille.

– Dans ce créneau horaire, c'est le seul appel donné de cette cabine.

Le numéro appelé ce soir-là de la cabine en face de la mosquée de Sharjah était le 050 554 3217. Le même numéro qui avait été appelé du Pakistan avant l'arrivée d'Aziz Ghailani. Si c'était celui d'Abdul Zyad, celui-ci était mouillé jusqu'au cou, car l'assassin de Touria Zidani avait éprouvé le besoin de lui rendre compte juste après son meurtre.

– Vous avez trouvé ce que vous cherchiez ? demanda le chef de station.

– Absolument. Il ne me reste plus qu'à identifier le propriétaire de ce numéro. Peut-on se procurer des « puces » anonymes dans les Émirats ?

– Non, affirma l'Américain. On peut acheter des recharges, mais on ne peut pas avoir un portable anonyme. Tous les appareils sont enregistrés au nom d'une personne physique ou d'une société.

Enfin une bonne nouvelle.

Il n'y avait plus qu'à comparer le numéro avec celui du portable d'Abdul Zyad. Seule, à ce stade, Ilona pouvait

aider Malko. Ils terminèrent le Taittinger, puis Malko prit
congé de son hôte et se lança vers Dubaï. La Russe
allait-elle être au rendez-vous ? Elle devenait le pivot de
l'enquête.

# CHAPITRE VII

Le restaurant français du *Méridien* était désert et seules trois putes russes attendaient au bar. Pas d'Ilona. Malko s'installa et commanda une vodka. La Russe était une pièce essentielle de son enquête. S'il parvenait à s'assurer du numéro du portable d'Abdul Zyad, il tiendrait quelque chose de solide contre lui. De quoi exercer un chantage efficace, car il était sans illusion : légalement il ne serait pas armé, sauf à déclencher une enquête des Émirats qui ne déboucherait sur rien. Abdul Zyad était trop puissant. Il resterait à lui faire peur. Les Américains excellaient à ce jeu... Mais l'Indien était-il vraiment la cheville ouvrière de l'opération sur l'or d'Al-Qaida ?

Il était tellement perdu dans ses pensées qu'il sursauta quand une voix douce demanda :

— *I am late*[1] ?

Ilona se tenait devant lui, arborant un sourire chaleureux mais un regard froid. Vêtue d'un haut de dentelle noire très pudique et d'une jupe noire ajustée, avec des bas assortis, une veste jetée sur les épaules, on aurait dit un mannequin de haute volée. Malko se leva et lui baisa la main, ce qui sembla l'étonner considérablement.

— Que buvez-vous ? demanda-t-il.

---

1. Je suis en retard.

– Rien, dit-elle. Je n'aime pas cet endroit. Nous pouvons aller ailleurs ?

– Bien sûr, acquiesça Malko. À mon hôtel, si vous voulez. L'*Intercontinental*.

– O.K., approuva Ilona, se dirigeant vers la sortie.

Elle s'exprimait dans un assez bon anglais, avec un fort accent russe.

– Vous avez une voiture ? demanda Malko.

– Non, je suis venue en taxi.

Ils retrouvèrent la Mercedes. Une fois installé, Malko jeta un regard en coin à sa passagère : elle avait vraiment des jambes interminables. La Russe l'observait attentivement, les yeux mi-clos.

– Vous êtes de passage ?

– Oui. Pour quelques jours.

– Quelle nationalité ?

– Autrichienne.

– Comment savez-vous mon nom ?

Malko sourit.

– Je vous avais déjà remarquée au *Marriott*. Je me suis renseigné à la discothèque du *Hyatt*. Ensuite le hasard a bien fait les choses hier.

Ilona ne réagit pas et Malko se garda bien de lui dire qu'il parlait parfaitement russe. Cela pouvait éventuellement servir.

Tandis qu'ils remontaient vers le Creek, la Russe sortit un paquet de Marlboro et un ravissant Zippo Swarowski plein de diamants. Malko lui alluma sa cigarette avec tandis que les longs doigts de la jeune femme se refermaient autour de sa main. Elle souffla une bouffée et annonça d'une voix égale :

– C'est quatre cents dollars. Huit cents pour la nuit, mais ce soir, je ne peux pas. Je dois être libre à dix heures. O.K. ?

– O.K., dit Malko. C'est plutôt cher, non ?

Ilona lui expédia un sourire glacial.

– Il y a plein de filles au *Hyatt* et aussi dans les rues autour du *Regent Palace*, à Bur-Dubaï, qui sont beaucoup moins chères. Elles accepteront même de vous sucer dans votre voiture pour cent dirhams. Elles ont faim.

Visiblement, elle n'appartenait pas à la même race. Malko, agacé par son arrogance, demanda :

– Et vous, vous allez me sucer ?

Ilona ne se troubla pas.

– Cela fait partie du *deal*, fit-elle simplement. On va boire un verre avant ou non ?

\*\*\*

Ilona vida sa flûte de Taittinger d'un trait, impassible. Le bar, au dixième étage de l'*Intercontinental*, était presque désert et la chanteuse philippine glapissait pour des chaises vides.

– Il y a longtemps que vous êtes à Dubaï ? demanda Malko.

– Quelques mois, répondit Ilona.

– D'où êtes-vous ?

– De Volgograd. J'étais mannequin, mais je ne gagnais pas assez d'argent. Je veux acheter un appartement à mes parents. Ils n'ont que leur retraite et ne mangent que des choux, tant les prix ont augmenté en Russie.

Bizarrement, cela sonnait vrai. Mais, avec ses tarifs, Ilona pourrait bientôt acheter un château à sa famille... Elle appela le garçon et commanda une deuxième flute de Taittinger Comtes de Champagne, avec un sourire presque humain pour Malko.

– Je n'aime pas la vodka. C'est trop dur. Le champagne français, c'est merveilleux. *Yallah*[1] ?

En un clin d'œil, elle avait vidé sa flûte. Malko signa et

---

1. On y va ?

ils se retrouvèrent dans l'ascenseur. Aussitôt, Ilona pressa son ventre contre le sien.

– Vous avez l'argent ? Comme ça, on n'en parle plus...

Malko prit cinq billets de cent dollars qu'elle glissa dans son sac avant de l'embrasser avec une science efficace, tout en le caressant. À peine dans la chambre de Malko, où il avait laissé la télé allumée, elle jeta son sac dans un fauteuil et se retourna.

– Qu'est-ce que vous voulez ? Me baiser ou m'enculer ?

De profil, elle exposait une incroyable croupe callipyge et Malko, de nouveau, dut se rappeler sa profession pour ne pas s'enflammer. Il avait déjà croisé des tas de putes, mais celle-ci était exceptionnellement belle. Il sourit en ôtant sa veste.

– Je verrai.

En un clin d'œil, Ilona fut nue, à part des bas noirs *stay-up*. Elle s'approcha de Malko et commença à le masturber tout en lui donnant de petits coups de langue, le regard vissé au sien. Malko lui caressa la croupe et elle lui jeta d'une voix rauque, en anglais, avec son fort accent russe :

– Tu as envie de mon cul, hein, salaud ! Tu vas me la mettre bien au fond. Je suis sûre que tu as une belle queue.

Là, on retombait dans le dialogue convenu et Malko sourit. Certains hommes devaient s'envoler devant cette profession de foi... D'ailleurs, il en avait un peu honte, mais Ilona était en train de lui procurer une érection très convenable, grâce à un tour de poignet digne des meilleurs maisons. Elle plia ses jambes interminables et remplaça sa main par sa bouche. Malko en vacilla de bonheur. C'était une grande professionnelle. Il se dit qu'il allait s'en tenir là et appuya légèrement sur sa tête, afin de lui faire comprendre ce qu'il voulait. Au même moment, une sonnerie harmonieuse sortit du sac d'Ilona.

Aussitôt, celle-ci abandonna son sacerdoce et bondit

récupérer son portable. La conversation fut très brève. Malko ne saisit que la fin : « Je serai là dans une heure. »

Elle revint à lui avec un sourire d'excuse, après avoir jeté le portable dans son sac.

– Je suis très demandée, sourit-elle, avant de reprendre sa mission là où elle l'avait laissée.

Malko changea soudain d'idée. Le travail passait après le plaisir. En quelques minutes, il eut retrouvé son érection. Ilona se remit alors debout, plongea la main dans son sac, en sortit un préservatif et l'habilla avec une dextérité digne d'éloge, avant de demander d'un ton professionnel et détaché :

– Vous voulez me baiser comment ?
– Comme ça, dit Malko.

Il la fit pivoter et l'agenouilla sur le lit. Sa croupe était vraiment magnifique... Quand il la pénétra, Ilona eut la politesse de gémir un peu et de l'accompagner d'un « Mets-la-moi à fond », puis continua à regarder la guerre en Irak sur CNN, tandis que Malko essayait d'en avoir pour son argent. Une sorte de gymnastique, pas désagréable, mais sans âme. Quand même, lorsqu'il sentit la sève monter de ses reins, il redevint un animal et explosa avec un cri rauque, les doigts crispés dans les hanches d'Ilona.

Celle-ci attendit poliment quelques instants, se dégagea avec un sourire mécanique et, sans un mot, fila dans la salle de bains. C'est ce qu'attendait Malko. À peine la porte refermée, il bondit sur son sac et attrapa le portable. Un Motorola pliant. Il l'ouvrit et commença à passer en revue les derniers numéros appelés. Il n'eut pas à aller loin. L'appel qu'elle avait reçu pendant qu'elle lui administrait une fellation venait du 050 554 3217.

Le numéro appelé de Quetta et de la cabine en face de la mosquée de Sharjah.

Il avait remis le portable en place lorsque Ilona ressortit de la salle de bains et sauta dans sa jupe.

– C'était O.K. ? demanda-t-elle.

– Parfait, assura Malko en se rhabillant. Il faudra qu'on se revoie.

Elle eut un sourire salace et commercial.

– Quand vous voulez ! Prenez mon portable.

Visiblement, elle n'avait pas établi de rapprochement avec le message qu'il lui avait laissé.

Il nota consciencieusement le numéro qu'il avait déjà : 050 550 9816, et fut prêt en même temps qu'elle.

– Je descends aussi, dit-il, je peux vous déposer.

– Non, merci, je vais prendre un taxi.

Ils se séparèrent sous le porche de l'hôtel. Malko avait laissé la Mercedes dans le parking le long de l'*Intercontinental*. Sans s'occuper d'Ilona, il fonça la récupérer et accéléra sur Al-Maktoum Road. Si son raisonnement était juste, il savait où elle allait.

\*
\* \*

Arrêté un peu après la résidence de Benazir Bhutto, Malko rongeait son frein, commençant à se demander s'il n'avait pas perdu son temps et les dollars de la CIA. Il était venu ventre à terre par le pont Al-Maktoum enjambant le Creek, mais le taxi d'Ilona était quand même parti quelques minutes avant lui. Si la Russe n'était pas là, c'est qu'elle allait ailleurs, et tout le raisonnement de Richard Manson s'effondrait. Son pouls grimpa brutalement. Un taxi venait de tourner le coin. Il parcourut vingt mètres et s'arrêta trois maisons avant celle de Benazir Bhutto. Ilona en sortit et sonna à la porte surmontée d'une caméra de surveillance... Malko l'aurait embrassée. Il tenait enfin la preuve que la CIA recherchait depuis le début : un lien certain entre Al-Qaida et Abdul Zyad.

\*
\* \*

Pour la première fois, Abdul Zyad n'eut pas envie de sauter sur Ilona en la voyant. D'ailleurs, elle non plus ne semblait pas détendue. Elle alla droit au bar et se servit un Defender qu'elle but d'un trait. Après avoir reposé son verre, elle laissa tomber :

– Je viens d'avoir un client bizarre. Vachement suspect.

Abdul Zyad sentit son estomac se contracter.

– Qui ?

– Je ne sais pas, mais ce n'est pas un client normal. En plus, il m'a menti… Une copine moldave m'a appelée avant-hier pour me dire qu'un type me cherchait. Soi-disant, il m'avait aperçue dans un hôtel et voulait me sauter. La veille, j'avais trouvé un message sur mon portable qui appelait de la part de Touria. Celui-là n'a jamais rappelé. Là-dessus, je me fais draguer au *Méridien* par un type qui correspond *exactement* au signalement que m'a donné ma copine moldave. Beau mec, blond, l'air dangereux. On aurait dit un Russe. Je le retrouve ce soir et il m'emmène dans sa chambre à l'*Intercontinental*, alors qu'il avait dit à la Moldave qu'il était de passage et vivait à Abu Dhabi.

– Il n'avait peut-être pas envie de raconter sa vie, objecta Abdul Zyad.

– Peut-être, concéda Ilona. Mais je me demande maintenant si le type qui m'a appelée de la part de Touria et mon client de l'*Intercontinental* ne sont pas la même personne. J'ai réécouté son message : les voix se ressemblent beaucoup.

Abdul Zyad repoussa de toutes ses forces la panique qui le gagnait et s'efforça à un sourire rassurant.

– Tu n'as rien à craindre, promit-il. Je vais vérifier qui est cet homme. Quelle chambre a-t-il à l'*Intercontinental* ?

– 512.

– Bien. Je vais demander à mes amis du CID de faire une petite enquête sur lui. Et de l'expulser s'ils trouvent un lien avec la mafia russe. Nous ne voulons pas de problème ici avec ces gens-là.

Il sentit ses jambes se dérober sous lui. Les Américains l'avaient bien « accroché » et ne lâchaient pas prise. Certes, Ilona ne savait rien de ses affaires, mais elle était dangereuse à cause du meurtre de Touria Zidani. Interrogée par la police, elle risquait de provoquer des rapprochements fâcheux pour lui. Il alla prendre sur une table un billet d'avion et le lui tendit.

– Voilà ton billet pour Karachi. Tu pars dans deux jours. Tu passeras une nuit là-bas et tu reviendras. Avec un lot de diamants. Tu vois que je te fais confiance...

Ilona lui jeta un regard méfiant.

– Des diamants. Et si je me fais prendre ?

– Aucun risque. Là-bas, nous sommes organisés. On te les remettra juste avant de monter dans l'avion et ici, il n'y a pas de problème. Tu toucheras cinq mille dollars pour le voyage.

Ilona se détendit un peu. De l'argent gagné pour exécuter les courses était toujours bon à prendre. Elle croisa le regard d'Abdul Zyad qui lui adressa un sourire chaleureux. Elle ne reviendrait jamais de Karachi. Et on ne retrouverait pas son cadavre. Qui se soucierait de la disparition d'une petite pute russe au Pakistan ?

Ilona lui adressa un sourire un peu figé et ouvrit son chemisier noir.

– Bon, à quoi on joue ce soir ?

Abdul Zyad eut un sourire d'excuse.

– Je suis un peu fatigué. Occupe-toi de moi.

Il alla s'asseoir sur le grand canapé en cuir rouge travaillé façon crocodile, alluma une cigarette avec un Zippo en or massif fabriqué spécialement pour lui et ferma les yeux. Ilona le rejoignit, remonta la *dichdach* sur ses jambes poilues, descendit son caleçon à fleurs et se mit au travail. Elle aussi était fatiguée et la perspective d'un voyage à Karachi n'était pas pour lui déplaire.

*L'OR D'AL-QAIDA*

* * *

Malko écoutait de la musique arabe à la radio lorsque la porte du *diwan* d'Abdul Zyad s'ouvrit sur Ilona. Il jeta un coup d'œil à sa Breitling : elle n'était pas restée une heure chez le milliardaire indien. À peine était-elle dehors qu'un taxi apparut, venant de la direction opposée, et s'arrêta. Malko n'eut que le temps d'effectuer une marche arrière. Ensuite, il le suivit. De nouveau le tunnel Al-Shindagha, puis la corniche de Deira. Le véhicule tourna autour du *Hyatt* et revint sur ses pas, remontant Al-Khaleed Road pour s'arrêter devant un immeuble vieillot de six étages. Ilona descendit et s'y engouffra. Malko se gara et alla voir. Aucun nom sur les interphones, seulement des numéros. Du parking, il observa la façade et vit une fenêtre s'allumer au quatrième étage sur la droite.

Il savait désormais où habitait Ilona. Cela pouvait servir. Maintenant qu'il était pratiquement certain de l'implication d'Abdul Zyad dans le trafic d'or d'Al-Qaida, il fallait passer à l'action. Mais comment ?

* * *

Chris Jones émergea le premier de l'aérogare et regarda autour de lui. Il était un peu froissé, comme son costume, après treize heures de vol depuis Washington et New York, mais ses yeux étaient toujours aussi perçants. Tandis qu'il écrasait les doigts de Malko dans son énorme patte, il soupira :

– Ça fait drôle de voir tous ces types avec des torchons sur la tête. On est loin de l'Irak, ici ?

– Pas très, précisa Malko, un millier de kilomètres. Mais nous sommes dans un pays non hostile.

– Tous ces putains d'Arabes nous haïssent, grommela Milton Brabeck en arrivant à son tour. On devrait leur péter la gueule et leur piquer leur pétrole. Maintenant, chez nous, il vaut deux dollars le gallon !

Les deux gorilles de la CIA n'avaient pas changé : cheveux ras, cravates voyantes, costumes clairs. Deux masses de chair impressionnantes. Ils regardaient les Émiratis, les Indiens, les Pakistanais qui s'agitaient devant l'aérogare. Chris Jones reprit :

– Bon. Quand est-ce qu'on va récupérer notre quincaillerie ?

Plus question de voyager avec autre chose qu'un cure-dents. Mais la CIA avait prévu des courriers « diplomatiques » pour ce genre de cas. Malko les rassura.

– Tout vous attend au consulat. Allons-y.

Les deux gorilles tenaient à peine dans la petite Mercedes. Tous ces Arabes alentour les rendaient nerveux. La vue des buildings futuristes de Cheikh-Zayed Road les rassura un peu.

– Il n'ont pas que des huttes, ici, remarqua finement Chris Jones.

En voyant leur hôtel, le *World Trade Hotel*, qui aurait rebuté le voyageur de commerce le moins exigeant, ils se déridèrent.

– Ça a l'air bien gardé ici ! dit Milton Brabeck. Il n'y a presque pas de fenêtres. Et le consulat est à côté ?

– Juste en face, affirma Malko. Posez vos bagages et on y va.

Tout à coup, Chris Jones tomba en arrêt devant l'enseigne et devint vert.

– C'est le *World Trade Center Hotel* ?

– Absolument, confirma Malko, et le consulat se trouve dans le World Trade Center. Juste en face.

Milton Brabeck leva les yeux vers la tour jaunâtre et marmonna :

– Putain, ils sont pas superstitieux ! Si ces enculés de bougnoules sont venus nous taper à New York, alors ici... Moi, je ne reste pas longtemps là-dedans !

Malko attendit dans le hall du World Trade Center qu'ils reviennent sans leurs bagages et les accompagna jusqu'au 21ᵉ étage, où ils s'épanouirent dès que Richard Manson leur remit deux boîtes métalliques contenant leur artillerie. En trois minutes, ils furent équipés : un Glock 32 pour Chris Jones, équipé d'un viseur laser sous le canon, un Sig 14 coups pour Milton Brabeck, avec, en prime, un petit revolver deux-pouces dans un étui de cheville. Plus des chargeurs répartis un peu partout. Chris Jones montra soudain une affiche encadrée derrière le bureau de Richard Manson.

– Il y a vraiment des courses de chameaux, ici ?

– Hélas, précisa le responsable de la CIA, à Dubaï la saison vient juste de se terminer, il faudra revenir l'année prochaine.

Les deux Américains ne dissimulèrent pas leur déception. Ce n'est pas dans le Minnesota qu'on risquait de voir ça...

– Je pourrais avoir l'affiche ? demanda timidement Milton Brabeck. Sinon, on me croira jamais....

– Bon ! fit Chris Jones, retrouvant sa conscience professionnelle. On est venus péter la gueule de qui ?

– Pour le moment, de personne, précisa Malko, mais Richard pense que je pourrais me trouver en danger.

– Avec nous, vous ne craignez rien, firent-ils en chœur. Inutile de vous « charger ».

– Vous avez du nouveau ? demanda Richard Manson.

– Oui, dit Malko, j'ai la preuve que le 050 554 3217 est le numéro du portable d'Abdul Zyad.

Il lui expliqua la séance de la veille avec Ilona, sous les yeux écarquillés des deux gorilles. Chris Jones murmura entre ses dents :

– Moi, on ne m'a jamais payé pour me taper une pute de première classe. C'est pas juste.

Malgré tout, ils adoraient Malko, l'ayant suivi dans de multiples missions, depuis la première à Istanbul. Même si, sortis des États-Unis, ils étaient comme des poissons hors de l'eau, avec leur puissance de feu digne d'un petit porte-avions, ils étaient bien utiles. Ne craignant ni Dieu ni Diable, mais seulement les bactéries et certains microbes, prêts à tout pour l'Amérique et considérant tout ce qui n'était pas le Middle West comme des contrées un peu sauvages, ils étaient prêts à se faire tuer pour Malko.

Tout à coup, l'appel d'un muezzin s'éleva, strident, de la mosquée d'en face. Chris et Milton se raidirent.

— C'est une alerte ? demanda Chris. Ces enfoirés d'Irakiens vont nous foutre des missiles sur la gueule ?

— C'est l'heure de la prière, précisa Malko, mais vous n'êtes pas obligés d'y aller. On va déjeuner. Il y a un excellent indien au *Sheraton*.

Au mot « indien », ils pâlirent.

— On ne peut pas avoir de la bouffe normale ? demanda Milton Brabeck. Un hamburger ou un truc comme ça ?

*
* *

Ils étaient attablés au *Fish Market* de l'*Intercontinental* lorsque Chris Jones poussa une exclamation.

— Milt, regarde ! Il y a une voiture de police en bas.

— Et alors ? fit Milton Brabeck, tu as peur ?

— Non, mais c'est une Mercedes…

Milton Brabeck regarda à son tour et se figea.

— *Holy cow !* Les flics ont des Mercedes dans ce pays ! Dites-moi que je rêve.

— Ils ont du pétrole aussi, remarqua Malko, et l'un est la conséquence de l'autre.

Il sentit que les Émirats remontaient considérablement dans l'estime des deux gorilles. Un pays qui offrait des Mercedes à ses policiers ne pouvait pas être totalement mauvais.

— Alors, c'est quoi le problème ? demanda Chris en allumant une Marlboro avec un Zippo tout neuf, orné d'un petit lapin Playboy en relief. On nous a parlé d'une opération « Alpha Zoulou ». Ça a trait à quoi ?

— L'or, dit Malko. L'or d'Al-Qaida. Quelque part entre Sharjah et Abu Dhabi, il y a beaucoup d'or appartenant à Bin Laden et à ses amis. Il faut le trouver.

— De l'or ? fit Milton. Beaucoup ?

— Plusieurs tonnes, fit Malko.

Ils ouvrirent de grands yeux.

— Plusieurs *tonnes* !

— Ici, c'est le pays de l'or, précisa Malko. Il en passe deux cents tonnes par an, et il y a des centaines de bijouteries. Je vais vous emmener tout à l'heure vous familiariser avec Dubaï. Tout le monde parle anglais, vous n'aurez pas besoin d'apprendre l'arabe.

— Enfin une bonne nouvelle ! ricana Chris, qui n'était pas doué pour les langues et avait déjà du mal à comprendre les Texans, avec leur accent traînant.

Malko se demandait comment attaquer Abdul Zyad. Il était persuadé que seul le milliardaire indien pouvait ordonner les éléments disparates dont il disposait : la mosquée tablighi, le meurtrier de Touria et le marchand d'épices de Sharjah.

— On va voir les bijouteries ? demanda avec gourmandise Milton Brabeck.

Ils redescendirent dans le *lobby*. Il y avait un gros arrivage de Russes dans le hall et pas mal de femmes en *abaya* et *hijab*. Les deux Américains n'en revenaient pas.

— Mais elles doivent étouffer là-dessous…, fit Chris Jones.

Une d'entre elles semblait s'intéresser à eux. Assise sur un canapé près de la réception, elle ne les quittait pas des yeux. Malko sentit son pouls s'envoler. L'inconnue au N° 5 de Chanel était revenue !

Milton avait remarqué son manège.

— C'est une pute ? demanda-t-il. Elle a l'air d'attendre de se faire draguer.

— Pas forcément, corrigea Malko.

La femme en *hijab* l'observait visiblement. Il voulut en avoir le cœur net.

— J'ai quelque chose à prendre dans ma chambre, dit-il. Attendez-moi ici.

Il gagna sans se presser les ascenseurs et entra dans une des cabines au moment où les deux battants commençaient à glisser l'un vers l'autre. La femme en *abaya* assise sur le canapé se leva brusquement et se précipita. Malko se dit qu'il ne s'était pas trompé. Il appuya sur le bouton du cinquième, observant la femme en face de lui. L'ascenseur parvint à son étage sans qu'elle ait bougé. Mais quand il sortit, elle le suivit aussitôt. Elle se tenait derrière lui lorsqu'il glissa la carte magnétique dans la serrure et il se dit qu'il allait pouvoir se désintoxiquer de son étreinte vénale de la veille. Effectivement, la femme pénétra dans la chambre derrière lui.

Malko se retourna, alla vers elle et la prit dans ses bras. Immédiatement, il perçut une différence notable. Cette femme-là était raide, tendue, comme sur la défensive.

Et elle ne sentait pas le N° 5 de Chanel.

Il allongea la main pour lui ôter son *hijab* et elle fit aussitôt un bond en arrière. Collée à la porte donnant sur le couloir, elle plongea sa main droite dans la poche de son *abaya* et la ressortit, serrant entre ses doigts un pistolet prolongé par un silencieux.

# CHAPITRE VIII

Totalement pris par surprise, Malko demeura figé quelques fractions de seconde. Piégé. Les pensées se bousculaient dans sa tête : les deux femmes étaient-elles complices ? Pourtant, la première avait semblé ne chercher avec lui qu'un peu de plaisir. Il vit le pistolet se lever et, d'un réflexe fulgurant, fit la seule chose à sa portée. Ouvrant le panneau de bois du meuble télé, il le rabattit devant lui, en faisant un bouclier.

Il y eut un *plouf* étouffé et il sentit un choc dans son poignet : le projectile s'était enfoncé dans le bois au lieu de l'atteindre en pleine poitrine. Du petit calibre. Sinon, la balle aurait traversé le panneau. Un deuxième choc accompagné du même bruit. Il se dit que la troisième serait la bonne, s'il ne réagissait pas. Il rafla la télécommande posée sur la télé et la jeta à toute volée en direction de la femme. En même temps, rabattant le panneau, il bondit vers elle, en priant très fort. Il parvint à lui saisir le poignet une toute petite fraction de seconde avant qu'elle ne tire une troisième fois. Violemment, il la cogna contre le mur et elle poussa un cri, lâchant son pistolet. De la main gauche, il lui arracha alors son *hijab*, découvrant les traits crispés de haine et de peur d'une très jolie femme aux longs cheveux frisés. Furieusement, elle lui expédia un coup de pied qui l'atteignit à l'aine. Dans un éblouissement de douleur, Malko lâcha prise. La femme en profita pour ramasser son *hijab* et son pistolet, ouvrir la porte et filer. Plié en deux par la douleur, le souffle coupé, Malko la vit disparaître dans l'escalier de service. Le temps qu'il récupère, ce n'était plus la peine de la poursuivre. Il appela l'ascenseur. Quand les gorilles l'aperçurent, blanc comme un linge, ils se levèrent d'un bloc.

– Qu'est-ce qui se passe ? demanda Chris.

– Vous n'avez pas vu une femme voilée qui s'enfuyait ?

– Aucune n'est sortie de l'ascenseur depuis que vous êtes monté, fit l'Américain.

Malko traversa le hall, sortit et contourna le bâtiment, débouchant dans la petite rue reliant Bani-Yas Road à Al-Maktoum Road. La sortie de l'escalier de service donnait là. La femme au *hijab* était loin... Il regagna le hall. Les gorilles semblaient très intrigués.

– Qu'est-ce qui s'est passé ? demanda Milton Brabeck.

– La femme voilée qui est montée avec moi a voulu me tuer, expliqua Malko.

Finalement, Chris et Milton risquaient d'être plutôt utiles...

\*\*

– Ça pouvait être une Maghrébine ? demanda Richard Manson.

– Oui, pourquoi ? répondit Malko.

– Attendez ! fit l'Américain.

Il sortit du bureau et revint avec plusieurs photos qu'il étala devant Malko.

– C'est elle ?

Malko ne mit pas cinq secondes à reconnaître la femme qui avait essayé de le tuer. Ce visage triangulaire, ces pommettes hautes, ces yeux fendus...

– J'en suis à peu près sûr, dit-il. Vous la connaissez ?

— On la traque depuis un moment, fit simplement Richard Manson. Il y a un an, les autorités d'Abu Dhabi ont intercepté à l'aéroport un islamiste en provenance du Pakistan, Djamel Beghal. Recherché depuis longtemps. Elles l'ont arrêté et nous ont prévenus. Il était accompagné d'une femme. Ils ne lui ont même pas demandé ses papiers et l'ont laissée filer, sans même l'interroger ! C'était elle, Feriel Shahin, une Marocaine, mariée à un des émirs d'Al-Qaida chargé de la logistique. Mais comme c'était une femme, les Abu-Dhabiens ne lui ont accordé aucune importance. Nous pensions que, depuis, elle avait filé ailleurs...

— Apparemment, elle est toujours là, remarqua placidement Malko. Et elle a bien voulu me tuer. En tout cas, cela fait beaucoup de membres d'Al-Qaida dans les Émirats. Abdul Zyad, Feriel Shahin, l'équipe de la mosquée tablighi, sans compter le marchand de miel de Sharjah et ceux que nous n'avons pas encore identifiés.

— Je sais, reconnut Richard Manson avec un soupir découragé. Je vais signaler au CID que Feriel Shahin se trouve toujours dans les Émirats, sans préciser comment nous le savons. Dans n'importe quel pays *normal*, avec son identité, sa photo et ses empreintes, on aurait une chance de la retrouver. Mais pas ici. Elle se déplace voilée et parle arabe. Autrement dit, aucun policier mâle ne peut rien lui demander. En plus, pour les Émiratis, les femmes n'existent que comme pondeuses ou donneuses de plaisir. Il leur faut faire un effort d'imagination considérable pour en imaginer *une* en terroriste...

Chris Jones et Milton Brabeck écoutaient la conversation, médusés : ils découvraient un autre univers. Malko tira la conclusion des derniers événements :

— Il ne nous reste plus qu'Ilona. Nous ignorons l'étendue de ses liens avec Abdul Zyad. Cependant, que Feriel Shahin ait tenté de me tuer le lendemain de sa venue dans ma chambre est troublant. Comment a-t-elle pu savoir que j'étais à l'*Intercontinental* ?

– Vous savez désormais où habite cette Ilona, remarqua l'Américain.

– Oui, dit Malko, et j'ai son portable. Mais pour la forcer à collaborer, cela ne va pas être facile.

Encore une belle litote.

– La seule méthode, c'est de lui faire peur, reprit Richard Manson. Elle a quelque chose à voir avec la tentative de meurtre dont vous avez été victime, d'après moi.

– C'est vrai, reconnut Malko. Mais je n'ai aucune preuve et je sais finalement très peu de choses sur elle. Même pas son nom de famille. Vous ne pouvez pas vous renseigner auprès de la police locale ?

– Ils me raconteront n'importe quoi et je ne suis même pas certain qu'ils la connaissent, argumenta l'Américain.

– Bon, conclut Malko, je vais l'attaquer de front. Et si elle ne craque pas, il faudra essayer de l'acheter. L'idéal, c'est de tomber sur elle et d'engager le dialogue de vive voix. On va faire la tournée des hôtels.

– Chris et Milton viennent avec vous, j'espère.

– Qu'ils soient discrets, alors, conseilla Malko. Je ne veux pas effrayer Ilona tout de suite.

– Comme si on pouvait effrayer quelqu'un, grommela Milton Brabeck, vexé.

Aussi crédible que George W. Bush se plaignant que les Irakiens n'apprécient pas sa « gentillesse » à leur égard.

\*
\* \*

Malko n'en pouvait plus des *lobbys* et bars d'hôtels. Du *Hyatt* au *Fairmont*, en passant par tous les établissements fréquentés par les étrangers de Dubaï, Chris et Milton avaient vu plus de putes en trois heures que pendant toute leur existence.

Résigné, Malko, en sortant du *Sheraton*, sa dernière étape, décida de passer au plan B. Du parking, il appela le portable d'Ilona. Celle-ci répondit aussitôt en anglais d'une voix mélodieuse.

– *Hello ! You have reached 050 550 9816. Who are you*[1] *?*

– Ilona, fit Malko, c'est votre client d'hier, à l'*Intercontinental*.

La Russe sembla surprise puis demanda d'une voix neutre :

– O.K. Qu'est-ce que vous voulez ?

– Vous revoir, annonça Malko d'une voix volontairement enjouée.

– Aujourd'hui, c'est impossible, je suis déjà bookée et je pars en voyage demain. Rappelez dans quelques jours.

Malko réalisa qu'elle n'avait pas l'attitude normale d'une prostituée avec un client et sentit qu'elle allait couper la communication.

– Il faut absolument que je vous voie avant votre départ, insista-t-il. C'est très important.

Ilona eut un ricanement déplaisant.

– Si vous avez tellement envie de baiser, il y a d'autres filles.

– Il ne s'agit pas de baiser.

Elle marqua le coup par un long silence que Malko se hâta de rompre, continuant en russe :

– Ilona, il *faut* que je vous voie.

La Russe explosa.

– *Bolchemoï ! Vy govariti po russki*[2] *?* Qui êtes-vous ?

Elle égrena un chapelet d'obscénités dans sa langue. Malko comprit qu'il fallait frapper fort.

– Si vous refusez de me voir maintenant, prévint-il, je

---

1. Vous avez appelé le 050 550 9816. Qui êtes-vous ?
2. Bon Dieu, vous parlez russe ?

vous attendrai devant chez vous, au 154 Al-Khaleej Road. C'est *très* important.

Déstabilisée, Ilona demeura silencieuse plusieurs secondes, puis lâcha à regret, d'une voix furibonde :

– *Karacho!* Dans une heure au salon du *Hyatt*, au fond, à gauche de l'entrée.

Malko coupa son portable et adressa un sourire ravi aux deux gorilles.

– Nous avons rendez-vous dans une heure avec une très jolie femme.

– Voilée ? demanda Milton.

– Non.

Chris se permit un ricanement discret.

– C'est-à-dire que *vous* avez rendez-vous avec une jolie femme et que, *nous*, on va regarder.

– Ça s'appelle le « baby-sitting », remarqua Malko. Mais vous aurez droit à des compensations.

\*\*\*

Le *Hyatt* était lugubre, avec son atrium sombre et ses vitrines de fausses Rolex et de bijoux indiens. Malko, les deux gorilles sur ses talons, repéra tout de suite Ilona installée sur un des canapés rouges du *lounge* situé après les boutiques. Elle portait des lunettes noires et arborait un pull et un pantalon. Elle ne broncha pas quand il s'approcha d'elle, lançant seulement un coup d'œil méprisant en direction de Chris et Milton.

– Qui sont ces deux *tchernozopie*[1] ? demanda-t-elle en russe.

Employant le terme volontairement vexant utilisé pour les gens du Caucase. Elle prenait les deux gorilles pour des Tchétchènes. Ils auraient sûrement été flattés... Sage-

---

1. Culs noirs.

ment, les deux gorilles avaient pris place sur un canapé éloigné, surveillant le hall.

– Mes gardes du corps, précisa Malko avec un sourire poli. Vous buvez quelque chose ?

– Je ne bois rien, cracha Ilona, visiblement folle de rage. Je veux savoir à quoi rime tout ce cirque. Pourquoi me poursuivez-vous ?

– C'est une longue histoire, fit Malko. À laquelle vous n'êtes pas mêlée. Mais où vous risquez gros.

– Pourquoi ? jappa-t-elle.

– Commençons par le début, dit Malko. Je vais vous dire qui je suis. Je travaille pour une unité antiterroriste.

– Vous êtes flic ?

– Non. *Intelligence*. Comme le SVR, disons. Ainsi que les deux hommes qui sont avec moi. Nous nous intéressons à un homme que vous connaissez bien : Abdul Zyad.

– Pourquoi ?

– Je vous l'expliquerai. Nous le soupçonnons d'être mêlé à un trafic très « sensible ». Nous avons cherché à en savoir plus sur lui par une certaine Touria Zidani.

– Touria, la Marocaine ? Celle qui...

– ... a été assassinée. Probablement à cause de vous, involontairement.

Ilona pâlit.

– Pourquoi à cause de moi ? Je ne lui ai rien fait !

Malko demeura impassible.

– Je veux vérifier un point important. Quand Touria vous a posé des questions, vous en avez parlé à votre ami Abdul Zyad ?

D'abord, la Russe demeura muette et il fallut que Malko insiste d'une voix posée et douce. Heureusement qu'il parlait russe.

– Oui, admit-elle enfin du bout des lèvres. C'est normal, c'est mon *kricha*[1] à Dubaï. Il doit me protéger.

---

1. Littéralement : toit. Protecteur.

— Que lui avez-vous dit ?
— Que je craignais que la mafia veuille m'emmerder. Que j'avais peur.
— Et ensuite ?
— Il m'a promis de s'en occuper.
— Il a tenu parole, dit gravement Malko. Touria a été assassinée le lendemain. Pas par des mafieux, mais par des islamistes, très probablement d'Al-Qaida.

Ilona sortit un paquet de Marlboro, visiblement sonnée, et Malko lui alluma sa cigarette avec son Zippo armorié.
— Comment le savez-vous ? demanda-t-elle.
— J'ai assisté au meurtre. Fortuitement. Touria Zidani travaillait pour moi. Vous n'avez jamais été visée par personne.

Il expliqua à la Russe le mécanisme de l'opération et enchaîna :
— Lorsque vous avez parlé de Touria Zidani à Abdul Zyad, il a tout de suite compris que c'était *lui* qui était visé. Pas vous. Et il a demandé à ses amis d'Al-Qaida de liquider Touria. La mafia russe ne s'est jamais intéressée à vous.

Ilona était blême et son menton tremblait légèrement. Malko en profita pour enfoncer le clou.
— Avant-hier, lorsque vous m'avez quitté à l'*Intercontinental*, vous êtes allée chez Abdul Zyad tout de suite après.

Ilona sursauta.
— Comment le savez-vous ?
— Je vous ai suivie, avoua Malko avec simplicité. Je veux que vous me disiez ce que vous lui avez dit, à ce moment-là.

La Russe se troubla, bredouilla :
— Mais rien de spécial... Je lui ai parlé de vous. Je trouvais que vous étiez bizarre. Vous aviez dit à une copine que vous me cherchiez, que vous habitiez Abu Dhabi. J'ai pensé que c'était la même histoire qui continuait. Et puis,

vous n'avez pas le profil de mes clients habituels. On voit bien que vous n'avez pas besoin de filles qui se font payer...

Malko faillit lui dire que *toutes* les femmes se faisaient payer, d'une façon ou d'une autre, mais ce n'était pas le moment. Il se contenta de poursuivre :

– Abdul Zyad a compris, lui, qui j'étais. Hier, une femme a tenté de me tuer à mon hôtel. Elle connaissait le numéro de ma chambre. Il n'y a que vous qui ayez pu le lui communiquer. Ce qui vous implique directement dans un meurtre et une tentative de meurtre.

Les lèvres d'Ilona semblaient se recroqueviller à l'intérieur de sa bouche. Elle était décomposée et héla un garçon qui passait, lui demandant un verre de Taittinger. Du coup, Chris et Milton réclamèrent des Defender *Very Classic Pale on ice*. Lorsque le garçon se fut éloigné, Ilona avoua dans un souffle :

– J'ai donné à Abdul le numéro de votre chambre.

Un ange passa, les ailes dégoulinantes de sang. Malko marchait sur des œufs. Visiblement, Ilona, simple pute, crevait de peur. Il fallait pousser son avantage.

– Vous m'avez dit que vous partiez en voyage. C'est vrai ?

– Oui.

– Où ?

– À Karachi. Abdul m'a demandé de lui ramener des diamants. Il me paye mon billet et cinq mille dollars.

Malko saisit instantanément le but de ce voyage inopiné.

– Si vous y allez, vous ne reviendrez pas ! dit-il. Abdul Zyad a compris que vous représentez un danger, que vous saviez trop de choses, sans en être consciente. Il veut éviter ce qui se passe en ce moment : notre rencontre. Seulement, il se doutait qu'ici, à Dubaï, vous risquiez d'être surveillée. À Karachi, c'est facile de vous faire disparaître.

Le garçon arriva avec la flute de Taittinger et Ilona la but d'un trait. Tout aussi assoiffés, les deux gorilles en firent autant avec leur Defender, ne laissant pratiquement que les glaçons. Puis Ilona tira longuement sur sa cigarette, muette, le regard vide. Elle releva enfin la tête et posa sur Malko son regard dur.

— Moi, je n'ai rien demandé à personne, lança-t-elle. Je fais mon boulot. Je ne m'occupe pas des autres. Je ne verrai plus Abdul Zyad et je vais retourner à Volgograd.

Rageusement, elle écrasa sa cigarette dans un cendrier. C'était le moment difficile.

— Ilona, insista Malko, si vous ne partez pas à Karachi, Zyad va se douter de quelque chose et vous fera liquider *ici*. Il dispose de plusieurs tueurs.

Brutalement, Ilona se mordit les lèvres et jura entre les dents.

— *Bolchemoï !* Je suis une conne.
— Qu'y a-t-il ?
— C'est lui qui a mon passeport. Le type qui m'accompagne à l'aéroport demain doit me le remettre.
— Vous êtes coincée, conclut Malko.

Il n'en dit pas plus, la laissant tirer ses conclusions. Elle réfléchit longuement, jouant avec sa coupe vide et le fixa à nouveau.

— Qu'est-ce que je dois faire ?
— M'aider à coincer Abdul Zyad.
— Comment ?
— Je vais vous l'expliquer.

# CHAPITRE IX

La Mercedes où se trouvaient Malko, Chris Jones et Milton Brabeck attendait, tous feux éteints, à trente mètres du *diwan* d'Abdul Zyad. À cette heure tardive, Jumeira ressemblait à une *ghost-town*. Les deux policiers chargés de veiller sur la sécurité de Benazir Bhutto somnolaient dans leur guérite. Malko baissa les yeux sur les aiguilles lumineuses de sa Breitling, l'estomac noué. En ce moment, Ilona était peut-être partie se planquer dans un des innombrables hôtels de Sharjah pratiquement réservés aux Russes. Ou alors elle avait prévenu Abdul Zyad. Dans les deux cas, son plan était à l'eau.

– Voilà un taxi ! dit soudain Chris Jones.

Le véhicule arrivait de l'autre bout de l'avenue. Malko ouvrit sa portière.

– On y va.

Les trois hommes se dirigèrent vers la propriété d'Abdul Zyad. Le trottoir, devant, était éclairé comme en plein jour par un réverbère et une caméra de contrôle cadrait tous les visiteurs qui se présentaient. Le portail, blindé, équipé de capteurs électroniques, était pratiquement impossible à forcer sans ameuter la terre entière. En plus, Abdul Zyad pouvait appeler les policiers de garde chez Benazir Bhutto...

Le taxi s'arrêta pile devant la caméra. Ilona en émergea

et appuya sur le bouton de l'interphone. Malko, ignorant le champ visuel de cette caméra, avait tenu à ce qu'elle arrive seule. Elle avait appelé Abdul Zyad un peu plus tôt dans la soirée, prétextant un problème grave dont elle devait absolument lui parler avant son départ pour Karachi. Un problème concernant la surveillance dont elle était l'objet. L'Indien lui avait aussitôt proposé de venir le voir dans son *diwan*, comme elle le faisait régulièrement.

Quelques secondes après avoir donné son nom, elle entendit le *clic* discret d'ouverture électronique de la porte et poussa le lourd battant. En même temps, elle collait dans le pêne la boule de mastic qu'elle avait dissimulée dans sa main. Le battant se referma derrière elle, mais pas complètement. Elle traversa alors le jardin et la porte du *diwan* s'ouvrit alors qu'elle en était encore à un mètre. Abdul Zyad portait son habituelle *dichdach* blanche et semblait soucieux.

– Qu'est-ce qui se passe ? demanda-t-il tout de suite.

Ilona le toisa et lança :

– Tu m'as menti !

Abdul Zyad, pris à froid, sursauta.

– Je t'ai menti ! En quoi ?

– C'est toi qui as fait tuer Touria Zidani.

Le regard de l'Indien dérapa. Il s'était attendu à tout sauf à ça ! Stupéfait, il parvint à se reprendre et apostropha la Russe :

– Qui t'a raconté cette ineptie ?

Ilona n'eut pas le temps de répondre. La grande baie vitrée donnant sur le jardin venait de voler en éclats, fracassée par un lourd fauteuil de jardin projeté de l'extérieur. Figé par la surprise, Abdul Zyad vit surgir par l'ouverture béante un homme qui lui parut gigantesque, un gros pistolet noir à la main. Puis un second, tout aussi impressionnant, et enfin un troisième ! Le premier, sans un mot, marcha sur lui, le prit à la gorge de la main gauche et de la droite lui cogna les dents avec le canon de son pistolet.

Abdul Zyad hurla.

Aussitôt, le canon de l'arme s'enfonça dans sa bouche jusqu'à la glotte, provoquant un haut-le-cœur violent. Il vomit sans pouvoir se retenir et son agresseur n'eut que le temps de se reculer pour ne pas être éclaboussé. L'aigre odeur du vomi envahit la pièce. Du canon de son pistolet, l'intrus repoussa Abdul Zyad jusqu'à un fauteuil, d'un air dégoûté. Abasourdi, l'Indien vit son acolyte parcourir la pièce en fouillant rapidement tous les meubles. Le troisième homme n'avait pas bougé, demeurant près d'Ilona. Le premier se retourna vers lui et repoussa en arrière le chien de son arme toujours braquée sur Abdul Zyad.

– Je l'explose ? demanda-t-il.

– Attendez un peu, Chris ! J'ai des questions à lui poser.

À regret, Chris Jones n'appuya pas sur la détente, mais le pistolet resta à quelques centimètres d'Abdul Zyad. Celui-ci tentait de reprendre son sang-froid, dépassé, affolé. Que signifiait cette intrusion ? Comment ces hommes étaient-ils entrés ? Une seule explication : Ilona. La Russe, elle, semblait parfaitement calme. Elle avait posé son sac sur le bar et allumé une cigarette. Toisant Abdul Zyad comme un insecte.

– Que voulez-vous ? balbutia l'Indien, je n'ai pas beaucoup d'argent ici.

Des mafieux russes, ce ne pouvaient être que des mafieux russes, se répétait-il. Il connaissait leur cruauté et leur violence. Il serait obligé de leur donner quelque chose, mais il fallait gagner du temps. Dans un coffre dissimulé derrière le bar, il y avait quelques milliers de dollars et trois lingots d'or. Pourvu qu'ils s'en contentent et qu'ils ne le forcent pas à retourner à son bureau où, là, il y avait presque cent kilos d'or dans un coffre. Il jeta un regard plein de haine à Ilona. Lorsque tout serait fini, il la livrerait à la tribu des Al-Sheni qui torturaient bien et longtemps.

L'homme blond debout au milieu de la pièce s'approcha alors et le toisa.

– Nous ne voulons pas d'argent, dit-il. Seulement quelques informations.

Abdul Zyad le fixa, abasourdi.

– Qui êtes-vous ?

– J'appartiens à la Central Intelligence Agency, dit Malko paisiblement, et nous sommes venus vous chercher.

– Me chercher ? Pour quoi faire ?

– Vous emmener à Guantanamo. C'est un camp de détention américain, à l'est de Cuba.

Le monde entier et Abdul Zyad en particulier avait entendu parler de Guantanamo. Il sentit son estomac se ratatiner. Finalement, il aurait préféré des voyous russes. Désormais, il comprenait tout. Cette chienne d'Ilona avait été retournée.

– Je ne sais pas de quoi vous parlez, protesta-t-il. Je suis un honnête citoyen et je n'ai rien à me reprocher. Si vous pensez que j'ai commis un délit, il faut vous adresser à la police.

À toute volée, Chris Jones le gifla avec le canon de son pistolet. Cela fit deux *floc* mous et une large estafilade commença à saigner sur la joue gauche d'Abdul Zyad. Terrifié, celui-ci bredouilla quelque chose et tenta de se lever. L'Américain le repoussa. Malko se planta en face de lui.

– Monsieur Zyad, dit-il, vous êtes responsable de la mort de Touria Zidani. Elle a été assassinée par des membres d'Al-Qaida, sous mes yeux, mais ils ne le savent pas. On a aussi essayé de me tuer, une Marocaine qui se nomme Feriel Shahin. En plus, nous avons la preuve que vous travaillez avec Al-Qaida. Que vous les aidez dans leurs transferts d'or.

– La preuve ? Quelle preuve ? glapit Abdul Zyad.

Posément, Malko lui expliqua les recherches sur les

numéros de portables. Abdul Zyad l'écoutait en se tamponnant la joue. Il interrompit Malko :

– Tout cela est faux !

– Vraiment ! Ilona, appelez le 050 554 3217.

La Russe sortit son portable et composa le numéro dans un silence pesant. Abdul Zyad la fixait avec une haine indicible. Et tout à coup une sonnerie se déclencha. Elle venait de sa *dichdach*. L'Indien, instinctivement, plongea la main dans sa poche, mais la sonnerie continuait. Il parvint enfin à couper le portable et apostropha Malko :

– Puisque vous êtes si sûr de vous, prévenez la police. Répétez-leur toutes vos accusations ! Vous êtes entrés chez moi par effraction avec une prostituée étrangère. Moi, je suis un ami personnel du cheikh Maktoum. On verra qui la police croira. Maintenant, vous allez sortir immédiatement.

Il s'était levé, la joue en sang, tremblant de fureur et de peur. Comme il faisait un pas en avant, Chris Jones le renvoya violemment dans le fauteuil. Malko s'interposa.

– Ne le brutalisez pas. Je voulais simplement qu'il sache pourquoi il allait mourir.

Abdul Zyad croisa son regard et ce qu'il y lut ne le rassura pas. Malko précisa :

– Quand je parlais de Guantanamo tout à l'heure, je plaisantais. Ce serait trop compliqué de vous faire sortir du pays et pourrait poser des problèmes diplomatiques. En réalité, nous sommes venus ici pour vous exécuter.

– Mais vous êtes fou, balbutia Abdul Zyad. Je n'ai rien fait…

– Seulement ce que j'ai dit, corrigea Malko. Je ne prétends pas que vos motifs soient vils, mais Al-Qaida est une menace très sérieuse pour nous.

Le ton calme de sa voix sembla paniquer totalement Abdul Zyad. Plus encore que le pistolet braqué sur lui. Il essuya le sang qui continuait à couler sur son visage et protesta d'une voix tremblante :

– Mais je ne suis pas un extrémiste ! Je crains Dieu, je suis un bon musulman, je paie la *zakat*, j'aide mes frères. Je le jure sur Dieu.

Là, il commençait à avoir vraiment peur. Malko le dévisagea froidement.

– Vous n'avez rien à dire de plus ?

– Mais, je jure sur Dieu...

Malko l'arrêta d'un geste.

– Monsieur Zyad, je n'ai jamais eu l'intention de porter cette affaire devant les autorités de ce pays. Je sais très bien qu'elles vous donneraient raison. Vous êtes un homme trop important. C'est pour cela que nous allons vous tuer. C'est un ordre du président des États-Unis. Nous sommes en guerre. Vous êtes un assassin. Touria Zidani ne méritait pas de mourir.

Le regard d'Abdul Zyad vacilla. Il transpirait à grosses gouttes. Brutalement, avec un cri étranglé, il se rua sur Ilona. Avant que les trois hommes puissent intervenir, il lui avait sauté à la gorge et tentait de l'étrangler. La Russe poussa un hurlement et le repoussa d'un coup de genou. Milton Brabeck lui asséna un violent coup de crosse sur la tête et Abdul Zyad s'effondra sur le tapis persan déjà souillé. Il y resta étalé, évanoui. Ilona, folle furieuse, se mit à le bourrer de coups de pied. Malko se dit que la phase de mise en condition avait assez duré. Il fallait passer aux choses sérieuses.

– Milt, dit-il, allez refermer la porte donnant sur la rue.

\*\*\*

Lorsque Abdul Zyad rouvrit les yeux, la première chose qu'il vit fut Chris Jones en train de visser posément un silencieux sur son Glock, ce qui en faisait une arme assez terrifiante. Il entendit un crissement, tourna la tête et vit Milton Brabeck en train d'ouvrir la housse d'un coussin. Il jeta le coussin, ne gardant que la housse, et s'approcha.

D'un geste rapide, il lui recouvrit la tête de la housse. Terrifié, Abdul Zyad se mit à se débattre de toutes ses forces. Chris Jones se laissa alors lourdement tomber sur son dos, le clouant au sol. Il appuya ensuite l'extrémité du silencieux sur la nuque de l'Indien et ramena en arrière le chien de l'arme, tout en maintenant de la main gauche la cagoule improvisée serrée autour de son cou. Abdul Zyad poussa un hurlement étouffé et tenta de se dégager. Chris Jones se tourna vers Malko et demanda d'une voix calme :

– *Now ?*
– *Now*, répondit Malko.
– *No !*

Le cri d'Abdul Zyad, malgré la cagoule improvisée, vrilla les tympans des occupants de la pièce. Il mordait le tissu du coussin et se mit à supplier :

– Ne me tuez pas ! Je vais tout vous dire.

Malko, mal à l'aise, regardait l'homme cloué à terre se tordre sous les cent dix kilos de Chris Jones. Triste et un peu honteux. La guerre n'était pas toujours fraîche et joyeuse et il n'était pas fier de lui. Seulement, la seule façon d'avancer dans son enquête était de briser Abdul Zyad. D'un autre côté, il n'éprouvait aucune pitié à son égard. L'Indien avait froidement fait exécuter Touria Zidani, pour protéger le trafic d'or d'Al-Qaida. D'un geste, il fit signe à Chris Jones de lâcher Abdul Zyad. Aussitôt, celui-ci arracha le coussin de sa tête et rampa vers Malko, lui entourant les jambes de ses bras, sanglotant, suppliant. Une loque...

– *Please, do not kill me*, répétait-il.

Ilona, debout à côté du bar, lui jeta un regard de mépris. Elle empoigna une bouteille de Defender à demi pleine, s'approcha d'Abdul Zyad et lui en renversa le contenu sur la tête. L'odeur du scotch se répandit dans la pièce, effaçant celle du vomi, et Ilona lança en russe à Malko :

– On va le griller, ce porc ! Comme un *tchernozopie* !

L'Indien poussa un hurlement strident, étreignant

encore plus fort les jambes de Malko. C'était le moment psychologique.

— Quel est le nom de l'homme qui a tué Touria Zidani ? demanda Malko.

— Tawfiq al-Banna ! cria-t-il. Tawfiq al-Banna.

— Où vit-il ?

— À Sharjah, à la mosquée Amer-bin-Fouhairah. Il vient de la tribu des Al-Sheni.

— Comment entrez-vous en contact avec lui ?

Abdul Zyad hésita à peine.

— Par un ami de Naif Road, un changeur.

— Comment s'appelle-t-il ?

— Baghlal al-Zafer.

— Vous avez reçu beaucoup d'or du Pakistan ?

— Oui, oui, plusieurs centaines de kilos !

— Où est cet or ?

Abdul Zyad leva un visage suppliant vers Malko.

— Je ne sais pas ! *Wahiet Allah*[1], je ne sais pas. Après l'avoir fait raffiner, je l'ai remis à Al-Zafer.

— Où est-il raffiné ?

— À Gold Emirates. Mais ils ne savent pas d'où il vient, je le donne avec l'or qui me sert pour les bijoux.

— Depuis combien de temps dure cette opération ?

— Je ne sais pas exactement. Plusieurs mois.

Il tremblait de tous ses muscles. Ilona le regardait avec une fureur contenue. Elle s'approcha de lui et lui expédia un coup de pied dans les côtes qui lui arracha un couinement de douleur.

— Pourquoi tu voulais m'envoyer à Karachi ? glapit-elle.

Comme Abdul Zyad ne répondait pas, elle lui expédia un second coup de pied, encore plus violent, et cette fois il bredouilla, sans la regarder :

---

1. Je le jure sur Allah.

– C'est vrai, j'avais peur que tu parles aux Américains...

Troisième coup de pied et Ilona cria à Malko, toujours en russe :

– *Davai*[1] ! Donne-moi ton Zippo ! Je vais griller ce salaud !

– Attendez, dit Malko. Il a encore des choses à dire.

– Non, non, je ne sais plus rien, j'ai tout dit, glapit Abdul Zyad en se roulant par terre.

– Bon, puisqu'il a tout dit, on le sèche ? proposa Chris Jones qui avait envie d'aller se coucher. Ça en fera un de moins.

Il visait déjà la tête d'Abdul Zyad. Malko l'arrêta d'un geste. Bien sûr, c'était la solution la plus simple, mais cela éveillerait les soupçons de tout le réseau Al-Qaida dans les Émirats. Abdul Zyad, en lui-même, n'était qu'un des maillons de la chaîne. Il fallait remonter plus loin.

– Qui était avec Tawfiq al-Banna quand il a tué Touria Zidani ?

– Je ne sais pas, je ne m'occupe pas de ces choses-là, jura Abdul Zyad.

Malko sentit instinctivement qu'il disait la vérité. Il voulut encore poser une question.

– Pourquoi faire fondre l'or ? demanda-t-il.

Abdul Zyad essuya les larmes qui coulaient sur son visage. Brisé.

– Pour qu'on ne puisse pas le tracer, balbutia-t-il. Il y a beaucoup d'or indien, en lingots de cinq et dix tolas. Avec les lingots Gold Emirates, ils sont changés ensuite contre des lingots étrangers, suisses, australiens, britanniques, sud-africains. Ils sont plus faciles à écouler.

Encore une question résolue. L'étape suivante s'appelait Baghlal al-Zafer. Mais là, c'était plus délicat.

---

1. Allez !

- Vous voulez vraiment rester vivant ? demanda Malko à Abdul Zyad toujours à genoux.

- Oui, fit dans un souffle le marchand d'or.

Lui n'appartenait pas à la race des kamikazes...

- Très bien, dit Malko. Demain, vous allez prendre une dizaine de lingots dans votre stock personnel et les remettre à votre ami Al-Zafer, comme si c'était un nouvel arrivage d'or.

- Oui, oui, je le ferai, jura l'Indien.

On lui aurait demandé sa fortune, il aurait dit oui.

- Relevez-vous, ordonna Malko et écoutez-moi bien.

Abdul Zyad obéit et se laissa tomber dans un fauteuil, à distance respectueuse d'Ilona. Malko lui jeta un regard glacial.

- Monsieur Zyad, vous êtes un homme intelligent, dit-il. Vous savez que si vos amis d'Al-Qaida apprennent notre visite, ils vous tueront immédiatement. Même si vous leur avez rendu de grands services. Votre meilleure assurance vie, c'est de ne rien dire à personne. Quand cette opération sera terminée, nous repartirons. Si vous ne nous trahissez pas, il ne vous arrivera rien. Du moins de notre côté. Vous êtes d'accord pour vous taire ?

- Oui, souffla Abdul Zyad.

- Très bien, dit Malko. Dans ce cas, nous allons vous laisser. Je vous enverrai quelqu'un demain matin à votre bureau pour arranger un transfert d'or à votre ami Al-Zafer.

Il fit un signe à Chris Jones qui remit son arme dans sa poche. À la queue leu leu, ils sortirent du *diwan*, Ilona la dernière, regrettant visiblement de laisser en vie son « protecteur ».

- Quel fumier ! gronda-t-elle. En Russie, on lui aurait coupé tous les doigts au sécateur pour le faire parler. Il va sûrement bavarder.

- Cela m'étonnerait, dit Malko. Sa seule chance de rester vivant, c'est de se taire. Sinon, ses amis l'égorgeront.

— Ils l'égorgeront de toute façon, remarqua Milton Brabeck, plein de bon sens. Un jour, ils découvriront bien qu'il les a balancés...

— *Inch Allah*, conclut Malko, fataliste.

Il regarda les aiguilles lumineuses de sa Breitling. Presque minuit. La température était délicieusement tiède. Et pourtant, Ilona se rapprocha de lui en frissonnant.

— J'ai peur, dit-elle à voix basse.

— N'ayez pas peur, dit Malko. Demain matin, vous irez rendre visite à Abdul Zyad pour ce qu'on a convenu.

— Moi ? pourquoi ?

— Cela ne peut être que quelqu'un qui n'éveille pas les soupçons, expliqua Malko.

La traque de l'or d'Al-Qaida avait enfin commencé pour de bon.

# CHAPITRE X

Abdul Zyad sentait ses jambes se dérober sous lui. Sa joue le brûlait, mais moins que la honte qui lui rongeait le cœur. Il traversa la pièce et vint prendre un verre sur le bar. Les pensées s'entrechoquaient sous son crâne. En moins d'une heure, sa vie avait basculé. Il n'avait pas vu venir le coup, quand Ilona avait insisté pour le voir avant son départ. Il avait cru à un caprice ou à un chantage, ne soupçonnant pas une seconde l'horreur qui avait suivi. Il ferma les yeux, pris de vertige, se revoyant accroché aux jambes de l'homme qui dirigeait toute l'opération, le suppliant de l'épargner. Il s'était liquéfié, lui qui se croyait fort, éclairé par la foi, sûr de ses convictions religieuses.

Allah l'avait puni de son orgueil, lui infligeant cette humiliation atroce. Il se tourna et étouffa un cri : il avait un énorme bleu là où le talon aiguille d'Ilona l'avait frappé. En repensant à la prostituée russe, il se sentit envahi par une furieuse envie de meurtre. Il la haïssait comme il n'avait jamais haï personne. Surtout, en plus de l'avoir trahi, elle avait assisté à son humiliation. Il ne se sentirait à nouveau bien dans sa peau que lorsqu'il pourrait piétiner son cadavre. Jamais il ne se serait cru aussi lâche, lui qui vibrait de fierté au spectacle des kamikazes palestiniens à la télé. C'est vrai, il avait rendu beaucoup de services au réseau d'Oussama Bin Laden, mais il n'avait jamais affronté la violence comme ce soir. Il revoyait cet horrible Américain, cette montagne de chair, l'écrasant littéralement sous son poids. Il percevait encore le contact terrifiant du pistolet sur sa nuque. Il se mit soudain à trembler de tous ses membres et attrapa la bouteille de Defender dont il restait un fond, qu'il vida d'un trait. L'alcool le fit tousser, le cassa en deux, et il réalisa qu'il régnait un froid piquant dans la pièce où l'air frais de la nuit s'engouffrait par la baie vitrée éventrée.

Il allait devoir donner le lendemain une explication à ses domestiques. Il ferait croire à un cambriolage, même si ce n'était pas très crédible dans ce quartier et dans cette demeure hyperprotégés. Peu à peu, les tremblements se calmèrent. Normalement, il aurait dû regagner son domicile, rejoindre sa famille, comme il le faisait toutes les nuits, mais une petite voix lui disait qu'avant, il devait résoudre un dilemme. C'était un choix dont dépendait tout son avenir, s'il en avait encore un. Certes, quand le soleil se lèverait, il serait toujours un des hommes les plus riches et les plus respectés de Dubaï, avec une famille, une réputation sans tache, de nombreux amis dont ceux de ses réseaux secrets. Mais il ne pourrait pas aller à son bureau le lendemain à neuf heures comme tous les jours, en chassant de son esprit cette parenthèse horrible. Parce qu'il avait parlé. Donné des noms. Il avait procuré aux Américains haïs de quoi poursuivre leur enquête.

Or, il savait à quel point ce transfert d'or était vital pour l'organisation d'Oussama Bin Laden. Depuis novembre 2001, celle-ci ne cessait d'encaisser des coups de plus en plus rudes. D'abord, la débandade des talibans qui l'avait privée d'un support logistique incomparable en Afghanistan, puis la trahison larvée des Pakistanais qui juraient pourtant, la main sur le cœur, être les plus fidèles soutiens de l'Islam combattant. En même temps, terrorisés et achetés par les Américains, ils trahissaient tous les jours un peu plus. Sans les dernières arrestations de Rawalpindi, l'opération « or » se serait conclue sans problème. Il fallait d'urgence réorganiser le réseau financier d'Al-Qaida sur de nouvelles bases sûres. Le maillage bancaire qui avait longtemps fonctionné était, lui aussi, sous pression américaine, et même les banques les plus engagées dans le soutien à Al-Qaida se défilaient les unes après les autres, menacées de sanctions mortelles par les Américains. Certes, le système *hawala* continuait à fonctionner, mais son réseau ne s'étendait pas sur toute la planète.

L'or, lui, était accepté partout.

Abdul Zyad avait le choix désormais entre deux options, également mauvaises. La première était de ne rien dire. De continuer à vivre, sachant que les Américains allaient s'attaquer au réseau Al-Qaida des Émirats et que, tôt ou tard, on saurait qu'il se trouvait à la source de leurs informations. Un jour, on l'attendrait chez lui et on l'égorgerait. Ça, c'était la version optimiste. Mais la punition risquait d'être à la mesure de la trahison. Un homme comme Tawfiq al-Banna était capable de le découper vivant avec son grand couteau en récitant des versets du Coran.

La seconde solution était d'avouer sa faute, de prévenir ceux qu'il avait trahis. Un moment *très* difficile. Mais, au moins, s'il mourait, ce serait l'âme en paix avec Allah.

Quelque chose lui disait que, de toute façon, son avenir était derrière lui. Même si on faisait semblant de l'absoudre dans un premier temps... Dans ces organisations, les traîtres ne vivaient jamais vieux.

Il s'agenouilla sur le tapis jonché de débris de verre et de vomi, face à La Mecque, et pria longuement. Les poils du tapis de soie brûlaient la blessure ouverte de sa joue, mais il n'en avait cure. Lorsqu'il se remit debout, sa décision était prise. Il éteignit, sortit et regarda autour de lui. L'allée était vide et silencieuse. Il gagna sa grosse BMW garée un peu plus loin et se mit au volant. Le confort du siège et le ronronnement puissant du moteur lui mirent un peu de baume au cœur. Machinalement, il rajusta son keffieh blanc, le ramenant sur son visage pour dissimuler sa blessure. Puis il se mit en route, passant bientôt devant la maison où toute sa famille dormait. Une haine incroyable lui tordait le ventre. Tant qu'il n'aurait pas piétiné le cadavre d'Ilona, cette brûlure ne le quitterait pas. Mais, en attendant, il allait s'acquitter d'une tâche beaucoup plus pénible : avouer sa trahison.

*
* *

Ilona n'arrivait pas à descendre de la Mercedes arrêtée en face de chez elle. Silencieux, les deux gorilles se faisaient tout petits à l'arrière. Elle se tourna vers Malko, les traits creusés par l'angoisse.

– Je suis certaine qu'il va envoyer quelqu'un me tuer, dit-elle. J'ai trop peur.

– Pas maintenant, affirma Malko, il est encore sous le choc et sait que nous le surveillons.

– Il est très puissant, insista Ilona. Il peut faire appel à la mafia indienne. Contre de l'argent, ils tuent n'importe qui. Laissez-moi venir avec vous.

– Non, trancha Malko. Il faut qu'en apparence, vous continuiez à mener la même vie. Il vous arrive de ramener des clients chez vous ?

– C'est très rare.

– Bien.

Il se retourna vers les deux Américains serrés à l'arrière.

– Qui est volontaire pour passer la nuit chez notre amie ?

Les deux gorilles rougirent comme des rosières, muets de saisissement. Ce n'était pas une circonstance prévue dans le manuel. Malko décida :

– Milton, vous êtes volontaire. De toute façon, désormais

vous ne lâchez plus miss Ilona. C'est une *prosecution witness*[1]. Demain, Chris prendra votre place.

– *Spasiba, spasiba bolchoi*[2], murmura Ilona.

Après son explosion de fureur chez Abdul Zyad, elle s'était effondrée. Elle sortit de la voiture, suivie de Milton Brabeck, et Chris Jones vint rejoindre Malko à l'avant.

– Si on m'avait dit cela un jour, marmonna-t-il, je ne l'aurais pas cru ! Qu'est-ce qu'elle va lui faire ?

– À mon avis, rien, dit Malko. Je ne pense pas qu'elle ait eu de vraie pulsion sexuelle depuis son enfance. Allons nous coucher. Demain, la journée sera longue.

\*\*\*

Yosri Al-Shaiba, agenouillé sur le vieux tapis de prières étalé dans son arrière-boutique, faisait sa première prière. Avec une ferveur toute particulière. Pour lui, la nuit avait été courte. Vers minuit, il avait reçu un coup de téléphone de quelqu'un dont il avait aussitôt reconnu la voix, mais qui ne s'était pas identifié, lui disant simplement qu'il devait le rencontrer de toute urgence. Ils s'étaient donné rendez-vous, à mots couverts, dans un lieu qu'ils connaissaient tous les deux. L'appel était donné d'une cabine publique. Yosri al-Shaiba s'était rendu au rendez-vous, se demandant quel problème il aurait à résoudre. Ce qu'il avait appris alors l'avait assommé. Jamais il n'aurait pu imaginer une telle catastrophe. L'homme qu'il avait rencontré et pour lequel il avait toujours éprouvé un grand respect, autant pour sa réussite que pour sa piété, n'était plus que l'ombre de lui-même. Quelqu'un de détruit, qui s'était confessé à lui d'une voix geignarde, implorant tous les trois mots le pardon d'Allah. Dans son for intérieur, Yosri al-Shaiba avait alors éprouvé un immense mépris

---

1. Témoin de l'accusation.
2. Merci beaucoup.

pour cet homme à qui Allah avait tout donné et qui, le moment venu, n'avait pas été capable de se comporter comme un martyr. Décidément, le Coran avait raison : la richesse corrompait les hommes les plus valables. Lui qui ne gardait pour vivre que le strict nécessaire, consacrant à la Cause son temps, son énergie et ses économies, qui avait vu les martyrs du 11 septembre renvoyer l'argent qu'ils n'avaient pas eu le temps de dépenser avant de mourir, avait été pris d'une sainte fureur.

– Tu aurais dû mourir sans dire un mot ! avait-il asséné. Comme un martyr. Et tu aurais été directement au paradis d'Allah.

Il y croyait dur comme fer. Abdul Zyad était reparti dans ses pleurnicheries. Yosri al-Shaiba l'avait interrompu.

– Maintenant, il faut réparer les dégâts causés par ta lâcheté, avait-il décrété.

Ils avaient longuement parlé, envisageant plusieurs solutions. Il fallait faire d'une pierre deux coups : couper la piste menant à Sharjah et se débarrasser de leurs adversaires. Yosri al-Shaiba était sans illusion : il en viendrait d'autres. Mais il s'agissait d'une course contre la montre. Il lui fallait à tout prix gagner quelques jours.

Finalement, lorsqu'ils s'étaient séparés, ils avaient mis au point un plan qui répondait à leurs deux critères. Surmontant son dégoût, Al-Shaiba avait étreint son «frère», demandant pardon à Dieu, puis regagné sa maison. Il avait une longue journée devant lui.

Sa prière terminée, il se remit debout. Sa femme et ses enfants dormaient encore, mais ils étaient habitués à le voir partir très tôt. Il grignota quelques dattes et prit deux cuillerées d'un miel épais du Yémen, le plus nourrissant, et un verre de lait. Il n'avait jamais fumé ni bu d'alcool et mangeait le moins de viande possible. Un peu d'agneau pour célébrer la fin du ramadan et du poulet de temps à autre.

Quand il sortit, le soleil brillait déjà et il se mit au volant de sa vieille Range Rover qui avait plus de 300 000 kilomètres. Maudissant les Américains d'avoir durement frappé leur organisation. À quelques semaines près, ils n'auraient rien trouvé à Dubaï. Seulement, Allah le Tout-Puissant et le Miséricordieux leur avait envoyé des épreuves. D'une part, le dernier chargement d'or en provenance du Pakistan n'était pas encore arrivé, retardé par l'avarie technique du navire qui devait le transporter. Ce n'était cependant qu'un demi-contretemps car, pour des raisons indépendantes de leur volonté, l'or qui se trouvait déjà sous sa garde, en lieu sûr, ne pouvait pas quitter les Émirats. Ils se devaient de l'acheminer vers sa nouvelle destination dans des conditions de sécurité absolue, et le moyen prévu pour cela faisait provisoirement défaut.

Il traversa le quartier d'Al-Yarmouk, encore désert, puis, arrivé à la mosquée Al-Wasit, prit à gauche, en direction de Ras al-Khaïmah, l'émirat le plus au Sud de la fédération, juste avant la frontière omanaise qui enjambait une zone montagneuse où vivaient les tribus les plus islamisées de la région.

*\*\**

Ilona avait les jambes qui tremblaient en pénétrant dans le bureau d'Abdul Zyad, là où, des mois plus tôt, elle l'avait séduit grâce à ses talents buccaux. Il lui sembla que la secrétaire indienne lui lançait un regard bizarre, mais c'était peut-être son imagination. Elle n'avait pas beaucoup dormi et ce n'était pas la présence de son « baby-sitter » qui y était pour quelque chose : il avait été sage comme une image, tassé sur un fauteuil, et ne s'était même pas déshabillé.

Mort de timidité.

Lorsqu'elle était sortie, le second attendait devant chez elle au volant d'une Mercedes, et elle s'était sentie quand même rassurée. Elle avait dû expliquer aux deux Américains que le bureau d'Abdul Zyad se trouvant à quelques centaines de mètres, elle s'y rendait à pied, et ils l'avaient suivie à bonne distance. Elle se dit que dès que cette affaire serait terminée, elle filerait se mettre au vert à Volgograd et ne remettrait jamais les pieds dans un pays arabe. Après tout, les pays où elle pouvait exercer ses talents ne manquaient pas. L'Amérique par exemple. Son vieil instinct de survie la reprenait. Peut-être qu'en rendant service aux Américains, elle obtiendrait un visa pour les États-Unis. Une autre idée l'effleura. Un des deux hommes chargés de sa protection était peut-être célibataire. Si c'était le cas, elle se donnait entre dix minutes et une heure pour en enrouler un autour de son petit doigt.

Ce beau rêve se dissipa sous le regard féroce d'Abdul Zyad. La haine qu'il exprimait était telle qu'elle en était palpable. De nouveau, Ilona sentit ses jambes flageoler. L'Indien avait dissimulé l'estafilade de sa joue sous un sparadrap translucide, mais ses yeux étaient soulignés de lourdes poches bistre et ses traits plutôt chiffonnés. Pour se donner une contenance, il alluma une cigarette avec son Zippo en or massif puis désigna à Ilona un sac de voyage en cuir fauve – un faux Hermès – posé sur son bureau.

– Tu vas porter ce sac à l'hôtel *Saint-Georges*, dit-il d'une voix volontairement neutre. Quelqu'un t'y attendra à dix heures. Il te donnera son nom – Baghlal – et tu lui remettras le sac.

– Comment vais-je le reconnaître ?

– Il *te* reconnaîtra, laissa tomber Abdul Zyad, mettant dans le « te » tout le mépris qu'il éprouvait.

Il se retenait de toutes ses forces pour ne pas lui sauter à la gorge et l'étrangler sur-le-champ. Pendant quelques secondes, ils se dévisagèrent, comme un couple en instance de divorce qui se retrouve chez le juge. Puis, sans affronter le regard d'Abdul Zyad, Ilona murmura « très bien » et prit le sac.

Il était très lourd, une dizaine de kilos. De l'or. Sans un mot, elle se retourna et gagna la porte. Ivre de rage contre lui-même, Abdul Zyad se sentit flamber de désir devant cette croupe somptueuse et ces longues jambes qu'il avait si souvent écartées. Cette chienne dégoulinante de sexualité était envoyée par Satan en personne. Pour conjurer sa pulsion, il murmura un verset du Coran entre ses dents, mais garda quand même son regard glué au balancement de la croupe tant qu'elle fut dans son champ visuel.

Une fois seul, sa rage mit longtemps à retomber, mêlée à l'angoisse de l'avenir. Il essaya de se persuader qu'avec le petit sacrifice qu'il venait de consentir, tout allait rentrer dans l'ordre. Sans trop y croire. Plus tard, beaucoup plus tard, lorsque tout l'or d'Al-Qaida serait en sûreté, il s'occuperait d'Ilona. Il la ferait enlever et emmener dans une tribu qui détestait les pécheresses infidèles de son espèce. Ils l'attacheraient en plein soleil, lui crèveraient les yeux et les recouvriraient ensuite de miel pour que les mouches et les insectes viennent s'y nourrir. Grâce à ce fantasme agréable, il retrouva en partie sa sérénité et put se remettre au travail. Adressant une ultime prière à Allah pour que les choses se déroulent comme il l'avait prévu avec Yosri al-Shaiba.

*
* *

Chris Jones et Milton Brabeck attendaient devant le parking face à l'entrée de l'hôtel *Saint-Georges* où venaient de s'engouffrer Ilona et sa précieuse cargaison. Ils ne pensaient pas qu'elle risque quoi que ce soit à ce stade de l'opération. Même si Zyad leur avait tendu un piège. Lorsqu'elle était ressortie du Golden Land Building, elle était retournée chez elle où ils l'avaient rejointe. Le sac ouvert, ils avaient examiné son contenu : dix lingots d'or estampillés Gold Emirates, allant du numéro 386587 à 386596.

Milton Brabeck les avait photographiés un par un avec son Canon numérique avant de les remettre dans le sac.

L'or d'Al-Qaida. Cela le faisait rêver.

— Il y en a quand même pour cent mille dollars, avait rêveusement remarqué Chris Jones.

Maintenant, ils attendaient devant le *Saint-Georges*, quand même sur leurs gardes, leurs pistolets, une balle dans le canon, glissés sous les sièges. La porte tournante de l'hôtel pivota sur la silhouette somptueuse d'Ilona. Sans son sac de cuir, mais avec des lunettes noires. Elle n'avait pas parcouru dix mètres qu'un Arabe en keffieh et *dichdach* sortit derrière elle, la rattrapa et l'aborda.

— Jésus Christ ! Quelles jambes et quel cul ! soupira Chris Jones. Elle en a des kilomètres... Quand je pense que tu as passé la nuit avec elle.

Milton Brabeck émit un ricanement désabusé.

— *You bet*[1] *!* Elle ne s'est même pas déshabillée et elle crevait de frousse. Au moindre craquement dans l'appart', elle se relevait et me disait de tirer dans le tas. Mais c'est vrai, quel cul ! On n'a pas fait le voyage pour rien.

Sur le perron de l'hôtel *Saint-Georges*, Ilona discutait avec ce qui semblait être un client potentiel. Les affaires reprenaient. Finalement, elle fit demi-tour et rentra avec lui. Les deux gorilles n'en revenaient pas.

— *Well*, c'est vraiment une pute, conclut Milton Brabeck avec un peu de tristesse. C'est vrai qu'un cul comme ça, elle serait conne d'en faire cadeau.

Chris Jones lui envoya soudain un coup de coude.

— Attention ! Voilà notre sac.

Un jeune moustachu, maigre comme le sont souvent les Indiens, les cheveux collés par la gomina, vêtu d'un tee-shirt rougeâtre et d'un pantalon gris, venait d'apparaître, le faux sac Hermès à la main. Il s'éloigna à pied en direction du souk de l'or, par les petites ruelles du quar-

---

1. Tu parles !

tier Al-Sabkha. Impossible de le suivre en voiture. Chris et Milton abandonnèrent la leur et se mêlèrent à la foule des touristes traînant devant les vitrines des innombrables bijoutiers. Noyés dans cette masse, ils n'eurent pas trop de mal à suivre le porteur du sac Hermès. Celui-ci émergea du souk de l'or pour s'engager dans Al-Khail Street. Là aussi, la foule était assez dense pour que les deux Américains ne se fassent pas remarquer. D'ailleurs, l'homme au sac Hermès ne s'était pas retourné une seule fois. Dans Al-Khail Street, il y avait pratiquement un changeur par immeuble ! Sanaa Exchange, Ary Gold, Federal Exchange, City Center Exchange... L'Indien au sac Hermès entra dans une boutique à l'enseigne de « Wall Street Exchange Center » et ne ressortit pas. Chris Jones passa devant la façade bleue, rongé de fureur. C'était un comble. Les deux gorilles se retrouvèrent un peu plus loin pour se répartir les tâches. Chris Jones alla chercher la Mercedes abandonnée devant le *Saint-Georges*, tandis que Milton Brabeck surveillait le Wall Street Exchange Center et appelait Malko. Ce qu'ils avaient fait était la partie la plus facile du programme. En effet, ils ignoraient l'essentiel : les lingots d'or contenus dans le sac Hermès allaient-ils être stockés chez le changeur ou repartir ? Et dans ce cas, avec la même personne ou une autre ?

*
* *

La rue Al-Khail était en sens unique, cela facilitait la planque. Malko avait fini par trouver une place, tandis que Chris Jones se tenait un peu avant. Il n'y avait plus qu'à attendre. Malko, tendu, se demanda si son double pari allait réussir. D'abord, que le changeur n'allait pas conserver cet or. Ensuite, que la même personne l'emporterait à sa destination finale, qui ne pouvait être que l'endroit où était stocké le reste de l'or d'Al-Qaida. Évidemment, c'était hasardeux, mais il n'avait guère le choix. Si un autre employé de la boutique de change emmenait l'or dans un autre emballage, ils auraient perdu leur temps. Des gens entraient et sortaient sans arrêt du Wall Street Exchange Center, avec ou sans paquet. Son raisonnement était le suivant : pour une affaire aussi « sensible », il devait y avoir le minimum de personnes dans la confidence. Donc, il y avait une bonne chance que ce soit le même employé. Et puis, on était en Orient, où négligence et nonchalance étaient les deux mamelles de la vie...

Son portable grelotta. Il l'avait mis sur vibreur pour ne pas attirer l'attention, après avoir communiqué les coordonnées du changeur à Richard Manson. C'était justement ce dernier qui le rappelait.

– *Good news!* annonça l'Américain. Le propriétaire de cette boîte est dans nos « bécanes ». Catalogué comme opérateur *hawala* au profit d'Al-Qaida. C'est un Indien musulman du nom de Baghlal al-Zafer. D'après la description que vous me faites, c'est le patron lui-même qui s'est déplacé au *Saint-Georges*. Ne lâchez surtout pas prise.

– On fera notre possible, assura Malko.

C'était toujours facile de donner des ordres à partir d'un bureau. Il commença à pleuvoir. D'énormes gouttes de pluie, étranges pour la saison. En quelques instants, Al-Khail Street fut déserte et ils durent se réfugier dans les deux voitures. Il y avait moins d'animation : beaucoup de boutiques fermaient entre midi et quatre heures, car elles restaient ensuite ouvertes très tard, jusqu'à dix heures.

Rien ne se passa pendant près de deux heures, sinon que la pluie cessa. À tour de rôle, ils allaient se dégourdir les jambes. C'est Chris Jones qui soudain repéra le même homme, ressortant du Wall Street Exchange Center avec le même sac.

– Bingo ! dit-il simplement.

L'Indien maigre parcourut une centaine de mètres et s'engouffra dans un parking souterrain. Problème : la voiture de Malko était coincée par un fourgon de livraison. Ils s'entassèrent dans celle de Chris, une Mercedes identique, juste à temps pour voir leur client ressortir du parking au volant d'une Lexus blanche qui se dirigea vers l'est. Il tourna d'abord à gauche puis à droite, pour descendre Al-Maktoum Road, la grande avenue filant vers l'aéroport. Il y avait beaucoup de circulation et ce n'était pas évident de suivre la Lexus sans se coller à elle. Ils prirent Al-Maktoum jusqu'à un grand rond-point orné d'une énorme horloge. Le porteur d'or en fit le tour et s'engagea dans Al-Ittihad Road, la grande artère qui longeait l'aéroport. Donc, il quittait Dubaï en direction de Sharjah.

Malko, aussitôt, rendit compte à Richard Manson. Ils roulaient dans le *no man's land* entre Dubaï et Sharjah. Les premiers buildings de Sharjah apparurent, dispersés dans le désert, les voitures garées en vrac à leurs pieds. Cela poussait comme des champignons. Sharjah, plus pauvre que Dubaï, dépourvu de pétrole et de tourisme de luxe, était encore plus laid. Les feux rouges se succédaient. Ils traversèrent tout Sharjah. La rue avait changé de nom, devenant Al-Wahda, sans être plus attrayante. Ils passèrent des carrefours, des mosquées, des buildings modernes, des passages surélevés, allant toujours vers l'est.

Bientôt, le désert réapparut, semé de quelques constructions. Un panneau indiquait Ras al-Khaïmah à trente-deux kilomètres. La circulation se fit moins intense. Ils roulèrent ainsi pendant une demi-heure, puis apparurent les premières maisons de Ras al-Khaïmah, tout petit émirat, très pauvre, adossé au sultanat d'Oman. Le désert commença à faire place à des collines rocheuses sans la moindre végétation, qui semblaient particulièrement inhospitalières. Plus d'hôtels pour touristes, peu de magasins, encore moins de gratte-ciel, mais beaucoup de mosquées ! Les rares constructions se confondaient avec l'ocre clair du désert. Il fallait écarquiller les yeux pour les découvrir. C'était la partie la plus « rugueuse » des Émirats, là où les touristes n'allaient jamais. D'ailleurs, il n'y avait rien à voir, à part quelques Bédouins qui n'aimaient pas les étrangers. La Lexus roulait toujours devant eux, à la même allure.

Malko rappela Richard Manson qui ne dissimula pas sa nervosité.

– Faites attention ! conseilla-t-il, c'est un coin sensible. Les tribus détestent les étrangers. Même la police évite de s'y rendre. Vous devriez peut-être décrocher.

– Décrocher ! s'insurgea Malko, vous n'y pensez pas !

– Si, insista l'Américain. Je n'aime pas cet itinéraire. J'ai l'impression qu'on vous balade. Pourquoi ce type va-t-il si loin ?

– Justement, argumenta Malko. C'est un endroit parfait pour planquer de l'or.

– *Take care*[1], répéta Richard Manson. Vous êtes dans la région d'où venait un des kamikazes du 11 septembre, Marwan al-Shani.

Malko raccrocha, quand même inquiet. La route serpentait désormais entre des collines rocheuses semées de rares maisons de pierres sèches. Et surtout, à part la Lexus et eux, il n'y avait plus personne sur la route... Chris Jones, qui avait un bon instinct, se tourna vers Malko et dit calmement :

– Ça craint par ici. On continue ?

– On continue, confirma Malko, sans quitter des yeux la Lexus.

Un élément le perturbait : son conducteur ne pouvait pas ne pas s'être aperçu qu'il était suivi. Pourtant, il continuait comme si de rien n'était. À moins qu'il ne soit particulièrement obtus.

Ils traversaient un village qui semblait abandonné sous le soleil. Soudain, un énorme 4×4 déboucha d'une voie poussiéreuse s'enfonçant dans les collines et se mit à

---

1. Faites attention à vous.

rouler derrière eux. Dans son rétroviseur, Malko vit trois hommes à l'avant, en tenue traditionnelle. Il n'eut pas le loisir de se poser de questions. Chris Jones venait de pousser un cri.

– Attention devant !

Un troupeau de chameaux avait commencé à traverser tranquillement la route, houspillé par deux Bédouins. La Lexus blanche avait dû stopper pour les laisser passer. Il y en avait bien une centaine et ils ne se pressaient pas. Les deux gorilles contemplaient le spectacle, ébahis. En Arizona, il y a très peu de chameaux.

– J'ai envie de faire une photo, proposa Milton Brabeck.

– Regarde plutôt derrière toi, fit Chris Jones, je suis pas sûr que ce soit le moment.

Malko se retourna à son tour et sentit son pouls grimper au ciel. Le gros 4×4 s'était arrêté aussi, à une vingtaine de mètres derrière eux. Ses quatre portières ouvertes vomissaient des *dichdachas*. Des Bédouins bardés de cartouches et d'étuis en toile pleins de chargeurs, tous Kalachnikov au poing.

Sans se presser, ils se dirigeaient vers la Mercedes bloquée par les chameaux. À part ceux-ci et leurs bergers, il n'y avait personne à un kilomètre à la ronde. Un des Bédouins s'arrêta, épaula sa Kalach, visant la Mercedes, et, posément, ouvrit le feu.

# CHAPITRE XI

Une fraction de seconde avant que la rafale ne parte, Malko, dans un réflexe désespéré, donna un coup de volant à gauche en écrasant l'accélérateur. Il frôla la Lexus blanche stoppée devant les chameaux, aperçut furtivement le visage éberlué du conducteur et, accroché à son volant, fonça droit sur les ruminants.

Il les vit grandir dans le pare-brise et choisit d'en heurter un entre les pattes de devant et les pattes de derrière. Le capot passa sans difficulté, puis il y eut un choc mou, un bruit écœurant. Le ventre de l'animal venait d'être heurté par le pavillon de la Mercedes lancée à toute allure.

Le chameau poussa un cri horrible, la voiture subit un brutal ralentissement puis, entraînée par son poids et la puissance de son moteur, éventra l'animal qui retomba lourdement à l'arrière, en défonçant le coffre, puis roula sur le sol. Malko continua sa course folle en zigzags, protégé des balles de ses adversaires par le troupeau qui continuait à traverser. Le malheureux chameau, les intestins répandus sur la chaussée, poussait des cris affreux en agitant spasmodiquement les pattes. Plusieurs balles frappèrent la carrosserie de la Mercedes. Le rétroviseur vola en éclats. Les Bédouins ne renonçaient pas. À cet endroit, la route donnait directement sur un terrain rocailleux qui plongeait en pente douce vers un ravin. Malko, sans hésiter, donna un coup de volant et la Mercedes s'engagea dans la pente, rebondissant sur le sol inégal, mais disparaissant à la vue des tireurs. Très vite, le moteur cala. D'un seul élan, les trois hommes se ruèrent à l'extérieur et coururent jusqu'au ravin, pour se dissimuler derrière une butte rocheuse. De là, ils ne voyaient plus la route, mais leurs adversaires ne les voyaient pas non plus. Pourtant, ils entendirent claquer une longue rafale. Sur quoi tiraient les Bédouins ? Ils n'eurent guère le loisir de se poser la question. Deux silhouettes venaient d'apparaître juste au sommet de la pente. Des Bédouins armés de Kalachnikov.

– *Motherfuckers !* gronda Chris Jones.

Tenant son Glock à deux mains, il visa soigneusement un des hommes en train de les chercher, et tira trois fois. Cela ne fit presque qu'une seule détonation. Le Bédouin s'effondra comme une poupée de chiffon. Malko visa à son tour le second qui recula et disparut. Impossible de savoir s'il avait été touché. Chris Jones n'hésita pas.

– Couvre-moi, lança-t-il à Milton Brabeck.

Courbé en deux, il remonta la pente en courant et s'aplatit à côté du Bédouin qui gisait face contre terre, la tête éclatée. En un éclair, il lui eut arraché sa Kalachnikov. Ensuite, de la main gauche, il tira le corps vers lui et récupéra deux chargeurs glissés dans un étui de toile. L'homme avait pris une balle dans l'œil qui avait fait sauter son turban, et deux dans la poitrine. Il était extrêmement mort.

Le gorille redescendit ensuite vers ce qui restait de la Mercedes. Le toit enfoncé, le coffre aplati, la carrosserie criblée de balles, elle avait piteuse allure.

Ils tendirent l'oreille. Soudain, plusieurs silhouettes apparurent fugitivement au bord de la route et une fusillade violente éclata. Les balles ricochaient sur les rochers, couinaient dans tous les coins, faisant jaillir des gerbes de poussière. Tapis derrière leur butte, ils se dirent que les Bédouins se préparaient à les attaquer.

Puis, le silence retomba brusquement. Ils tendirent l'oreille, guettant le moindre bruit. Il était difficile de progresser sur cette pente caillouteuse sans faire rouler des pierres. Mais rien ne se passa. Soudain, ils entendirent un bruit de moteur qui décrut rapidement. Malko risqua un œil : le cadavre du Bédouin avait disparu. Ses amis avaient déclenché ce feu d'enfer pour le récupérer sans risques, puis, dégoûtés, ils avaient renoncé. Ils ne s'attendaient probablement pas à rencontrer autant de résistance. Déployés, Malko, Chris Jones et Milton Brabeck remontèrent la pente, encore méfiants.

Quand ils atteignirent la route, ils constatèrent que les Bédouins étaient vraiment partis.

De l'accrochage, il ne restait que la Lexus blanche, immobilisée au milieu de la chaussée, portières ouvertes, et le cadavre du chameau déjà recouvert de mouches. Ils s'approchèrent du véhicule. Le jeune Indien très maigre était affalé sur son volant, criblé de balles comme la Lexus. Il n'avait donc pas été tué par erreur durant la fusillade mais bel et bien exécuté. La portière de son côté était trouée d'une dizaine d'impacts et la glace s'était volatilisée sous les balles. Le chameau avait été achevé de plusieurs balles de Kalach dans la tête.

Perplexe, Malko glissa la main dans la veste du mort et prit son portefeuille. Le faux sac Hermès avait disparu mais ses yeux tombèrent, sur le plancher, sur un objet rectangulaire.

Un lingot d'or.

Les agresseurs avaient dû saisir le sac précipitamment. Le lingot en était tombé. Il l'examina et remarqua immédiatement un détail intéressant : il portait l'estampille du Crédit suisse ! Dans cet environnement, cela semblait assez surréaliste. Chris Jones s'approcha et l'examina à son tour.

– C'est bizarre, remarqua-t-il, ceux que j'ai photographiés n'étaient pas comme ça.

Donc Abdul Zyad avait bien dit la vérité. Le changeur de la rue Al-Khail échangeait les lingots « locaux » remis par Abdul Zyad pour d'autres plus anonymes et plus faciles à écouler de par le monde. Une belle organisation. Milton Brabeck regarda autour de lui, un peu nerveux.

– Il vaudrait mieux ne pas s'éterniser, remarqua-t-il.

Leurs adversaires pouvaient effectivement revenir à la charge.

– Comment va-t-on repartir ? À pied ? observa Milton Brabeck.

– On peut peut-être remettre la Mercedes en route, suggéra Malko.

Ils redescendirent dans le ravin et il se mit au volant. Miracle, lorsqu'il tourna la clef de contact, le moteur ronronna. Il fallut quand même que Chris Jones, avec ses énormes mains, écarte l'aile arrière qui frottait contre la roue et bloque le coffre complètement déformé. Mais lorsque Malko voulut remonter la pente, les roues se mirent à patiner furieusement, projetant des volées de cailloux dans tous les sens et s'enfonçant dans le sol sablonneux. Chris et Milton durent unir leurs efforts pour la pousser. Enfin, elle consentit à remonter en crabe jusqu'à la route.

Elle faisait un tapage d'enfer mais elle roulait. Il y avait encore des bouts de peau de chameau coincés un peu partout.

– Je dirai au loueur que j'ai écrasé un chameau, suggéra Chris Jones.

Milton Brabeck ricana.

– C'est ça. Et que, pour se venger, il a vidé un chargeur sur toi...

Malko conduisait lentement, aux aguets. En bas de la côte, ils aperçurent le village d'où avait jailli le 4×4 des agresseurs et Malko accéléra. Ils virent défiler en un éclair les maisons et les quelques commerces, mais rien de menaçant : ils étaient sortis d'affaire.

**\* \***

Malko, au volant de l'épave de la Mercedes, se traînait dans Sharjah. C'était l'heure de pointe et ils avançaient au pas. Il avait rendu compte par téléphone à Richard Manson de l'accrochage. De toute évidence, on leur avait tendu un piège. Donc, Abdul Zyad avait prévenu ses amis d'Al-Qaida. Ceux-ci – avec ou sans son accord – avaient décidé de liquider Baghlal al-Zafer, le changeur. Coupant ainsi la piste de l'or. Ce complice des opérations d'Al-Qaida avait été délibérément sacrifié pour entraîner la CIA dans un guet-apens et l'or qu'il transportait avait dû servir à récompenser les auteurs de l'agression. Comme ces lingots avaient été fournis par Abdul Zyad, cela n'entamait pas les réserves d'Al-Qaida. Malko en tirait une conclusion : si le changeur avait été éliminé, c'est qu'on n'avait plus besoin de lui. Donc, qu'on n'attendait plus d'or à transformer.

Il accéléra, se faufilant entre les voitures. Il avait hâte de se retrouver en face d'Abdul Zyad. Comme s'il avait deviné les pensées de Malko, Milton Brabeck demanda :

– On va revoir l'enfoiré de l'autre nuit ?

– Évidemment, confirma Malko.

– J'ai envie de prendre un sécateur, suggéra Chris Jones. Au lieu de lui tailler les ongles, on pourrait lui tailler les doigts. Je suis sûr qu'au troisième, il dira tout ce qu'il sait. Et il lui en restera encore sept. Je n'aime pas ce type avec son torchon blanc sur la tête et sa barbe.

– Chris, objecta Malko, vous voyez trop de films de gangsters.

Il pensa soudain à Ilona, laissée seule, sans protection. Il l'appela aussitôt de son portable et la Russe répondit avant la fin de la première sonnerie.

– Où êtes-vous ? demanda Malko.

– Chez moi, fit Ilona. Vous venez ?

– Ne sortez pas de chez vous et n'ouvrez à personne, dit-il. Nous sommes en route. On sera à Dubaï dans une demi-heure au plus. Je vous enverrai un « baby-sitter ».

Il se retourna vers Milton Brabeck.

– Milt, je vous déposerai chez Ilona. Moi, je vais avec Chris rendre visite à Abdul Zyad.

\*
\* \*

Abdul Zyad égrenait nerveusement son chapelet aux grains d'ambre, baissant toutes les dix secondes les yeux sur sa Breitling « Bentley Motors ». Normalement, à cette heure, tout était terminé et il avait retrouvé son honneur. S'en tirer avec dix kilos d'or, après une telle trahison, était vraiment un prix d'ami. Quand au changeur, c'était un affairiste qu'il méprisait, qui n'aidait Al-Qaida que par appât du gain.

La voix de sa secrétaire dans l'interphone le fit sursauter.

– Une dame demande à vous voir, annonça-t-elle. Il paraît qu'elle a rendez-vous avec vous.

– Je n'ai rendez-vous avec personne, répliqua le marchand d'or, agacé. Demandez-lui ce qu'elle veut.

– Je l'ai déjà fait. Elle dit qu'elle vient de Ras al-Khaïmah et que vous savez de quoi il s'agit.

Intérieurement, Abdul Zyad rendit grâce à Allah. C'était le message qu'il attendait. Il avait pensé à un coup de fil codé, mais une visite, c'était encore mieux.

– C'est vrai, reconnut-il, j'avais oublié. Faites-la entrer.

Quelques instants plus tard, sa secrétaire indienne aux longues nattes introduisit dans le bureau une femme en *abaya*, le visage dissimulé sous son *hijab*. Elle attendit que la secrétaire soit sortie pour le retirer et Abdul Zyad découvrit un ravissant visage triangulaire avec une grande bouche charnue, des cheveux longs frisés et très noirs. Un type arabe prononcé. L'intensité de son regard le mit presque mal à l'aise. Dur, perçant et, en même temps, sans expression. Elle n'était pas maquillée et il lui donna la trentaine. La main sur le cœur, il la salua en arabe.

– *Salam aleykoum.*
– *Aleykoum salam*, répondit-elle mécaniquement, continuant en anglais : Puis-je avoir un peu de thé ?
– Bien sûr, fit Abdul Zyad, un peu surpris.

Il appuya sur le bouton de l'interphone et passa la commande à sa secrétaire. Lorsque celle-ci frappa à la porte, la visiteuse remit vivement son *hijab*. Pour le retirer dès qu'ils furent seuls à nouveau. Abdul Zyad en éprouva une nouvelle sensation de malaise, mais préféra la balayer de son esprit et demanda, en anglais lui aussi :

– Quel est l'objet de votre visite ? Je ne crois pas vous connaître.

L'inconnue lui adressa un sourire froid.
– Pourtant, j'ai déjà travaillé dans votre intérêt.
– Ah bon ! dit-il, de plus en plus étonné. Dans quelles circonstances ?
– Un service que m'avait demandé un de vos amis de Sharjah, Yosri al-Shaiba. C'est d'ailleurs de sa part que je viens aujourd'hui.

Soulagé, Abdul Zyad lui adressa un sourire chaleureux.
– Je vois, dit-il, j'espère que vous m'apportez de bonnes nouvelles.

Les coins de la bouche de la femme s'abaissèrent et elle laissa tomber d'une voix froide :

– Non. Les choses ne se sont pas passées comme prévu. Baghlal al-Zafer est mort, mais pas ceux qui étaient principalement visés.

Abdul Zyad sentit un grand froid l'envahir. Si les Américains qui avaient débarqué chez lui étaient encore vivants, il n'allait pas tarder à les voir arriver à son bureau. Il s'insurgea, terrifié et furieux.

– Le frère Yosri m'avait dit que tout avait été prévu, que l'opération était soigneusement planifiée. Qu'il n'y avait aucun risque d'échec.

– Sauf si les Américains étaient prévenus…, fit sa visiteuse, d'une voix lourde de menaces.

Abdul Zyad sentit tout son sang filer vers ses pieds et eut du mal à articuler trois mots.

– *Wahiet Allah*, commença-t-il, je…

– Laissez Allah tranquille, coupa la femme avec la froideur d'un iceberg. Ils étaient prévenus. Et une seule personne pouvait le faire : vous. Quand on a trahi une fois, on ne s'arrête plus.

Ce qu'il vit dans les yeux de son interlocutrice le terrifia. Il fouilla dans la poche de sa *dichdach* pour prendre son portable.

– Je vais appeler Yosri…, commença-t-il.

– Inutile, l'interrompit la femme, j'ai un message pour vous.

D'un geste naturel, elle se leva et plongea la main dans son sac. En un éclair, Abdul Zyad réalisa qu'elle était venue uniquement pour le tuer. Il se leva à son tour et allongea le bras pour arrêter son geste, mais le bureau était trop large. Sa visiteuse ressortit la main de son sac. Elle tenait un pistolet prolongé d'un silencieux et tendit le bras vers Abdul Zyad. Pendant une seconde ou deux, il ne vit plus que ce tout petit trou noir au milieu du gros silencieux. Si petit qu'il en paraissait inoffensif.

– *La, la*[1], bredouilla-t-il.

Il y eu un *plouf* léger et le premier projectile lui traversa la gorge. Il recula, essayant de retenir entre ses doigts le sang qui jaillissait, voulut crier mais ne put émettre qu'une sorte de gargouillis. Feriel Shahin abaissa un peu le canon

---

1. Non, non.

de son arme et tira encore deux fois. Les balles frappèrent l'Indien en pleine poitrine et il glissa le long du mur. Au même moment, le téléphone se mit à sonner et la tueuse sursauta, remettant vivement son arme dans son sac. Elle rajusta son *hijab*, sortit alors que le téléphone sonnait toujours. Abdul Zyad avait déjà les yeux vitreux et une large coulée de sang sortant de sa gorge souillait sa belle *dichdach* blanche.

La secrétaire leva à peine les yeux quand la visiteuse passa devant elle, sans presser le pas. Élevée à la dure école du terrorisme, Feriel Shahin avait des nerfs d'acier. Sa férocité naturelle l'avait fait accepter dans un monde d'hommes où les femmes se situaient entre le chien et le chameau. Et aussi, sa dextérité avec une arme. Elle avait suivi des cours de tir dans le camp afghan de Khost et il lui en était resté quelque chose.

Dans la galerie, elle se paya le luxe de prendre l'ascenseur aux parois de verre qui permettait d'admirer les vitrines en descendant. Au lieu de prendre l'escalier.

\*\*\*

La secrétaire d'Abdul Zyad leva la tête en voyant deux hommes pénétrer dans l'entrée. Le premier ressemblait à un businessman, mais le second avait une allure inquiétante, avec ses épaules de docker, ses cheveux très courts, ses yeux gris et une certaine façon de marcher. Elle était habituée : le marchand d'or recevait toutes sortes de gens...

– M. Zyad ? demanda Malko avec un sourire poli.
– Vous avez rendez-vous ?
– Non, mais il me connaît. M. Malko Linge. Pouvez-vous le prévenir ?

Décidément, c'était le jour des rendez-vous surprise. La secrétaire appuya sur le bouton de l'interphone. Pas de réponse.

– Il doit être au téléphone, dit-elle, asseyez-vous.

Chris Jones et Malko s'assirent sagement sur la banquette de cuir rouge en dessous des photos d'Abdul Zyad avec toutes les personnalités de Dubaï et de ses nombreux diplômes honorifiques. Toutes les trois minutes, la secrétaire essayait de le joindre. Finalement, elle se leva et annonça avec un sourire :

– Je vais le prévenir. Monsieur Linge, n'est-ce pas ?

Elle disparut par une porte latérale. Quelques secondes plus tard, son hurlement fit trembler les murs. Malko et Chris Jones furent debout en même temps et se ruèrent vers la porte. Le gorille avait déjà son Glock au poing. La secrétaire, en larmes, vint se jeter dans ses bras, balbutiant des mots incompréhensibles. Elle avait oublié d'un coup tout son anglais.

Quand Malko pénétra dans le bureau, il comprit immédiatement ce qui s'était passé. Abdul Zyad était mort milliardaire, mais mort quand même ! Son regard vitreux fixait le plafond. Comme la secrétaire n'avait rien entendu, on avait utilisé un silencieux.

Le ménage continuait. Al-Qaida était décidément bien organisée. Il regarda autour de lui à la recherche d'un indice et aperçut en face du bureau un bout de papier par terre. Il se baissa : il s'agissait d'un ticket de bar portant l'inscription « Grand Hôtel Sharjah » au dos duquel était griffonné un numéro de téléphone. Cela pouvait être tombé de la poche d'un visiteur, mais pas forcément de celle du tueur... Il fit le tour du bureau pour examiner le cadavre. Juste au moment où la sonnerie d'un portable se déclenchait. Pas de portable en vue. Il lui fallut quelques instants pour réaliser qu'il se trouvait dans la poche du mort. Il le trouva dans celle de droite, un petit Motorola pliant laqué rouge avec une montre encadrée de brillants incrustée au milieu. La sonnerie s'arrêta au moment où il l'ouvrait et il se contenta de le mettre dans sa poche. La secrétaire surgit à cet instant avec un vigile en bleu, tout aussi affolé qu'elle.

— M. Zyad a été assassiné, annonça Malko. Vraisemblablement par son dernier visiteur. Vous avez dû voir l'assassin, puisqu'il n'y a qu'une porte.

Écroulée sur une chaise, la secrétaire bredouilla quelque chose au sujet d'une femme en *hijab* partie peu de temps avant leur arrivée. Malko revit celle qui avait voulu le tuer à l'*Intercontinental*. Ça ne pouvait être qu'elle. À quelques minutes près, elle lui tombait dans les bras. Était-elle particulièrement audacieuse ou ignorait-elle qu'ils avaient échappé au guet-apens de Ras al-Khaïmah ?

Discrètement, ils s'éclipsèrent avant l'arrivée de la police. Milton Brabeck et Ilona les attendaient au *Hyatt*.

*\*\**

— Vous connaissez le *Grand Hôtel* de Sharjah ? demanda Malko à Ilona qui avait du mal à empêcher ses mains de trembler.

L'annonce du meurtre d'Abdul Zyad l'avait terrifiée et deux Defender avalés coup sur coup n'avaient pas suffi à calmer son angoisse.

— Bien sûr, dit-elle. J'y ai habité quand je suis arrivée de Volgograd. C'est un hôtel bon marché au bord de la plage, où il n'y a pratiquement que des Russes.

— J'ai trouvé une note de bar à l'en-tête de cet hôtel, par terre dans le bureau.

Cela ne parut pas surprendre Ilona.

— Abdul Zyad a dû recevoir la visite d'un Russe, avança-t-elle. Il y a pas mal de mafieux au *Grand Hôtel*, qui font toutes sortes de trafics. Il leur vend peut-être de l'or.

Malko avait noté le numéro griffonné sur le ticket. Il commençait par 06. C'était donc à Sharjah. Richard Manson trouverait facilement son propriétaire. Mais, pris d'une brusque inspiration, il le tendit à Ilona.

– Vous pouvez appeler ce numéro ? Essayez de savoir à qui il correspond. Si on vous pose des questions, prétendez avoir fait un faux numéro.

Elle le composa sur son portable, dit quelques mots et coupa la communication.

– C'est une Russe qui m'a répondu, j'avais raison, triompha-t-elle.

Malko ne répondit pas. Il y avait 95 % de chances que Feriel Shahin ait abattu Abdul Zyad. Il fallait simplement découvrir si c'était elle qui avait perdu ce ticket, ou un précédent visiteur.

– Pouvez-vous me rendre un service ? demanda Malko à Ilona qui venait d'allumer une Marlboro avec son petit Zippo Swarowski incrusté de diamants et le faisait tourner entre ses doigts.

– Oui, bien sûr.

– Vous allez faire un tour au *Grand Hôtel* de Sharjah avec Chris Jones. Je cherche une femme qui s'appelle Feriel Shahin. Elle est marocaine et très dangereuse. C'est très probablement elle qui vient d'exécuter Abdul Zyad.

Ilona parut ravie de se rendre utile, et surtout de ne pas rester seule.

– Pas de problème, assura-t-elle. Je connais pas mal de monde là-bas. Une partie du personnel est russe et je connais le directeur de salle, un Marocain. Il m'a fait la cour. Il sait tout ce qui se passe dans l'hôtel.

– Attention, je ne parle pas russe, prévint Chris Jones.

Ilona lui jeta un regard presque admiratif.

– Avec votre physique, vous pouvez passer pour un Russe.

Chris Jones en rougit de fierté. Ils se séparèrent à la sortie du *Hyatt*. Malko avait hâte de faire parler le portable d'Abdul Zyad. Il prit la direction du World Trade Center avec Milton Brabeck, tandis que Chris repartait vers Sharjah dans une nouvelle Mercedes, louée une heure plus tôt.

Tandis qu'ils roulaient sur Cheikh-Zayed Road, il se fit la réflexion que l'action se déplaçait vers l'ouest des Émirats.

Les membres ou les sympathisants d'Al-Qaida installés à Dubaï étaient morts. Il ne lui restait comme piste que Tawfiq al-Banna, l'assassin de Touria Zidani, Yosri al-Shaiba, le marchand de miel dont il ignorait le rôle exact et, bien entendu, Feriel Shahin, qui pouvait se trouver n'importe où.

Arrivé au 21ᵉ étage du World Trade Center, il fut introduit immédiatement auprès de Richard Manson, à qui il avait déjà fourni toutes les informations sur l'aventure de Ras al-Khaïmah et le meurtre d'Abdul Zyad. Malko lui tendit le portable récupéré dans la poche du mort.

– Faites-le examiner tout de suite par vos techniciens, suggéra-t-il. Il contient peut-être des numéros intéressants. Essayez aussi de savoir à quoi correspond ce numéro.

Richard Manson prit le portable et le ticket de bar du *Grand Hôtel* et donna le tout à sa secrétaire.

Miracle : le consulat général comportait une machine à espresso.

*\*\**

– On se croirait à Miami Beach, remarqua Chris Jones en détaillant les centaines de corps allongés sous le soleil. Ils sont aussi gros que chez nous.

Depuis qu'ils avaient franchi la porte du *Grand Hôtel Sharjah*, vieil édifice érigé à l'écart sur la corniche de Sharjah, une bande de sable encore peu bétonnée, ils n'entendaient plus parler que russe... Des familles entières étaient allongées en plein soleil, écarlates, stakhanovistes du bronzage express. L'hôtel était bourré de Russes. Ilona et Chris Jones gagnèrent un petit bar, devant la plage, abrité par des parasols.

— Ôtez votre cravate, vous allez vous faire remarquer, conseilla Ilona à Chris Jones. Les Russes ne portent pas de cravate. Moi, je vais voir mon copain, le maître d'hôtel marocain.

Chris Jones s'installa devant un Coca, observant les gens autour de lui. Il avait l'impression de se trouver sur une autre planète, ou au cinéma. Ilona réapparut une demi-heure plus tard.

— Il y a à l'hôtel une femme qui répond au signalement, annonça-t-elle. Une Marocaine aux cheveux frisés, mince, plutôt réservée. Le maître d'hôtel, en tant que compatriote, a bavardé avec elle. Il pense que c'est une pute. Elle est déjà souvent venue. En ce moment, elle occupe la chambre 322, avec vue sur la mer, et elle est inscrite sous le nom de Farida Sultan.

Chris Jones lui jeta un regard interloqué et admiratif.

— *My God!* Vous travaillez bien.

Ilona eut un sourire amer.

— Je travaille pour *moi*, je suis sûrement la prochaine sur la liste de ces fous furieux. Je voudrais les envoyer tous au cimetière. On y va ou on attend ? Cette fille n'est pas dans sa chambre en ce moment.

— On y va.

Tandis qu'ils longeaient la mer, elle lui jeta un regard en coin et remarqua :

— C'est vous, ce soir, qui dormez chez moi ?

Le gorille piqua un fard.

— Oui, je crois bien, m'am...

— Prenez un pyjama, vous dormirez dans mon lit, annonça Ilona. Il faut que vous soyez en forme pour me protéger.

Chris Jones faillit en emboutir une charrette à bras.

*\*
\* \**

Le conseil de guerre se tenait au 21ᵉ étage, dans le bureau de Richard Manson. Le portable d'Abdul Zyad avait commencé à parler. Un des numéros trouvés dans sa mémoire était celui de Yosri al-Shaiba, le marchand de miel de Sharjah, l'homme qui avait fourni la voiture aux assassins de Touria Zidani, et peut-être plus. S'il n'avait été qu'un simple comparse, le milliardaire de Dubaï n'aurait pas gardé son numéro en mémoire. Il faudrait, hélas, beaucoup plus de temps pour savoir à qui correspondaient les autres numéros.

Chris Jones venait juste de les rejoindre, arrivant de Sharjah avec les informations sur Feriel Shahin. Malko but son troisième espresso et résuma la situation :

– Nous en savons désormais un peu plus. Apparemment, Abdul Zyad et les gens gravitant autour de lui à Dubaï ne représentaient qu'une branche de l'opération de transfert de l'or. Sinon, Al-Qaida ne les aurait pas supprimés. Désormais, tous ceux que nous avons identifiés sont à Sharjah ou plus au sud : les gens de la mosquée tablighi, y compris Al-Banna, le meurtrier de Touria Zidani, Yosri al-Shaiba, le marchand de miel, et maintenant Feriel Shahin. Plus les Bédouins qui nous ont attaqués.

Richard Manson l'interrompit.

– On peut facilement faire arrêter Feriel Sahin par la police de Sharjah. Ils nous doivent bien cela.

– Bien sûr, reconnut Malko, mais à quoi bon ? Nous n'avons pas répondu à deux questions. Où se trouve l'or d'Al-Qaida et, surtout, comment se déroule le reste de l'opération ? Nous ignorons aussi quel rôle jouent ces différents personnages. Je pense que cette mosquée est très importante. Seulement, aucun d'entre nous ne peut s'en approcher sans éveiller les soupçons. Aussi, je propose de faire appel à Elko Krisantem : il est musulman et peut se fondre facilement dans cet environnement avec une bonne « légende ».

– Excellente idée, reconnut Richard Manson. Mais cela risque de prendre du temps. Et rien ne nous dit que cette mosquée joue un rôle dans le transfert de l'or d'Al-Qaida.

– Exact, reconnut Malko. De tous les gens que nous

avons repérés, à mes yeux la plus intéressante est Feriel Shahin. Les autres sont d'ici, elle non. Or, elle reste dans les Émirats, apparemment sans activité. Elle ne s'est activée que pour tenter de m'éliminer et ensuite pour liquider Abdul Zyad.

– Vous voulez dire qu'elle serait le pivot de l'opération ? demanda Richard Manson. Elle, une femme ?

– Je le pense, répondit Malko. C'est vrai que les femmes sont rarissimes au sein d'Al-Qaida, mais il y en a. Souvenez-vous de la Pakistanaise qui convoyait un engin nucléaire sur New York, il y a trois ans[1]. Sinon, que fait-elle à Sharjah, à bronzer dans un hôtel plein de Russes ?

– Que suggérez-vous ?

– Qu'on la surveille de près, en utilisant Ilona.

Richard Manson se rembrunit.

– Cette prostituée russe ! Nous ignorons tout d'elle et...

– En effet, reconnut Malko, mais c'est une dure et elle en veut beaucoup à Al-Qaida. Je l'ai vue agir : elle possède du sang-froid et si on la motive, elle peut rendre de grands services.

– Comment voulez-vous la motiver ? s'inquiéta l'Américain, qui pensait déjà à son budget.

Malko tira de sa poche le lingot d'or récupéré dans la voiture du changeur lors de l'embuscade.

– Avec ceci, dit-il. Cet or n'appartient à personne. Il n'existe pas. Je suis certain qu'elle apprécierait le geste.

Richard Manson poussa un profond soupir.

– O.K., allez-y. Mais pas de bavure, je vous en supplie. Et faites attention. Cette Feriel Shahin est armée et dangereuse. Elle l'a déjà prouvé.

Malko esquissa un sourire.

– Je suis payé pour le savoir. J'essaierai de ne pas lui fournir une seconde occasion de me tuer.

---

1. Voir SAS n° 139, *Djihad*.

# CHAPITRE XII

Chris Jones, rougissant comme une première communiante, tendit à Ilona le paquet enveloppé d'un emballage cadeau.

– C'est pour vous, annonça-t-il, de la part du prince Malko. Il y a un petit mot avec.

La Russe prit le paquet, intriguée, et le soupesa.

– C'est lourd, fit-elle. Ce n'est pas des chocolats ?
– Non.
– C'est une arme ?
– Non. Ouvrez-le.

Ilona défit le papier rouge et s'immobilisa, éblouie, avant de lever les yeux sur le gorille.

– Mais c'est de l'or ! Un kilo d'or. D'où vient-il ?
– On l'a trouvé, se contenta de dire Chris Jones. Il est *clean*. Lisez le mot qui l'accompagne.

Ilona n'arrivait pas à lâcher le lingot, le caressant comme si c'était la peau d'un homme aimé. Enfin, elle le posa et lut le mot qui l'accompagnait, rédigé en russe. Elle éclata ensuite de rire.

– On va aller s'installer au *Grand Hôtel* ! C'est sympa !

Chris Jones rougit encore plus.

– *Strictly business, m'am !* s'empressa-t-il de préciser.

Ilona but une gorgée de thé et dit simplement :

— *Karacho*. On partira demain matin, je vais réserver, leur dire que j'ai trouvé un client américain. Mais je vous apprendrai un peu de russe. Allez, on va se coucher.

Chris Jones fila dans la salle de bains, ne sachant plus où se mettre. La CIA mettait ses principes à rude épreuve. Il allait partager la chambre d'une prostituée russe, lui, un homme marié, de religion baptiste, qui n'avait jamais fait un écart. Il aurait dû rester au *Secret Service,* où on ne risquait pas de telles horreurs. Quand il ressortit de la salle de bains, dans son beau pyjama bleu, il eut un choc qui le cloua à la moquette.

Ilona s'était déshabillée également. Elle l'attendait, un peu déhanchée sur ses jambes immenses, uniquement vêtue d'une chemise de nuit de satin noir ornée de dentelles mauves qui s'arrêtait au-dessus du genou. Les pointes de ses seins moulées par le satin semblaient le narguer. La Russe s'approcha de lui et noua ses bras sur sa nuque, son ventre appuyé au sien.

— Moi, j'ai eu mon cadeau ! dit-elle d'une voix pleine de douceur, tu vas avoir le tien.

Comme elle avait parlé russe, Chris Jones ne comprit pas, mais la pression de son ventre était parfaitement explicite. À son immense honte, il sentit son sexe se développer à une vitesse fulgurante, en dépit de la prière désespérée qu'il adressait au ciel.

— *Karacho ! Karacho !* susurra Ilona.

Avec une habileté diabolique, elle glissa de longs doigts dans l'entrebâillement du pyjama et empoigna le membre déjà raide à pleines mains. Chris poussa un gémissement déchirant.

— *M'am ! No, please !*

Il en tremblait. De la pointe d'un ongle acéré, Ilona lui agaça la peau du gland et il crut mourir de plaisir. Puis, elle plia ses longues jambes et d'un coup, sa bouche enveloppa une bonne moitié du sexe de Chris Jones. Il eut encore un geste de recul mais, la main gauche refermée sur ses testicules, Ilona l'empêchait de se dérober. Cloué au sol comme par la foudre, le cerveau en ébullition, Chris Jones ne savait plus comment il s'appelait. Constatant seulement que la langue diabolique de sa fellatrice était en train de l'emmener au ciel.

Sa sève jaillit très vite et il entendit un cri sauvage. Le sien. Tremblant sur ses bases, il se laissa aspirer, jusqu'à la dernière goutte. Mort de honte. Réalisant qu'une créature venait de lui administrer une fellation à genoux ! Comme Monica Lewinski avec Bill Clinton. En dépit de ce précédent historique, il se dit qu'il n'aurait jamais assez de toute sa vie pour expier.

Ilona s'était déjà relevée. Très détendue, elle lui effleura la joue d'une main légère.

– Maintenant, on va dormir comme frère et sœur, O.K. ?

\*
\*  \*

Yosri al-Shaiba gara son vieux fourgon au coin de Al-Corniche Road et de Al-Bourj Avenue et continua à pied après avoir traversé. À cet endroit, Al-Corniche Road longeait le Kaled Lagoon, un bras de mer qui se terminait en marécage, pénétrant profondément dans Sharjah. Des dizaines de *dhaws* ancrés le long du quai chargeaient et déchargeaient toutes sortes de marchandises à destination d'Oman, du Qatar, du Koweït, d'Inde ou même du Pakistan. Les mêmes depuis des siècles. Le marchand de miel trottina sur plus de cent mètres, gagnant le quai où s'amarraient les *dhaws* arrivant du Pakistan. Avec son calot blanc, sa *dichdach* et sa barbe, il se fondait parfaitement dans le paysage. Enfin, il aperçut celui qu'il cherchait, le capitaine d'un des *dhaws*, en train de diriger le déchargement de son bateau.

Yosri al-Shaiba lui fit signe et, aussitôt, il descendit sur le quai. Les deux hommes s'étreignirent et le marchand de miel entraîna son ami de l'autre côté de l'avenue, dans une gargote où on servait toutes sortes de thés.

– As-tu entendu parler du *Sikka Star*, mon frère ? Il devait arriver la semaine dernière. Je sais que tu étais à Gwadar.

– C'est vrai, je l'ai vu, fit le marin. Il était encore là-bas parce que le capitaine était malade, mais il ne devrait pas tarder.

– Il doit m'amener du miel d'acacia d'Afghanistan, expliqua Yosri al-Shaiba. Je n'en ai plus et j'ai beaucoup de commandes.

– *Inch Allah*, il devrait être là dans une semaine, conclut le capitaine pakistanais.

Ils devisèrent une demi-heure, de la guerre en Irak, des prix du diesel, du commerce, et se séparèrent. Yosri al-Shaiba regagna son fourgon et reprit la route de sa boutique. Le véhicule garé, il gagna la petite mosquée voisine et se mit à prier sur un coin du tapis élimé. Quelques hommes dormaient encore, enroulés dans des couvertures. La mosquée servait aussi de caravansérail aux voyageurs trop pauvres pour se payer l'hôtel. L'imam leur donnait parfois quelques dirhams en échange de petits travaux. Les gens étaient très pieux à Sharjah et observaient strictement les règles de la Charia. Ici, à part les Russes qui ne bougeaient guère de leurs hôtels, on voyait peu d'étrangers, découragés par cette austérité. Impossible de trouver une goutte d'alcool dans toute la ville. Il fallait aller plus loin, vers Ras al-Khaïmah pour trouver des trafiquants, souvent des Omanais.

Sa prière terminée, Yosri al-Shaiba s'assit en tailleur à même le sol. Quelques minutes plus tard, une immense silhouette se glissa près de lui. Déchaussé, il faisait encore deux mètres dix ! Pour un regard moins indulgent que celui de Yosri, son visage était presque grotesque. Sa barbe noire pointait vers l'avant comme un menton supplémentaire et semblait rejoindre son énorme nez crochu.

Ses yeux enfoncés, son front bas et ses oreilles décollées n'arrangeaient pas l'ensemble. Mais Tawfiq al-Banna se moquait de son apparence physique. Le feu de ses yeux noirs semblaient perpétuellement brûler des infidèles. Il ne s'épanouissait qu'au service d'Allah, relisant inlassablement le Coran pour y trouver son unique source de joie.

– Tu as des bonnes nouvelles, mon frère ? demanda-t-il à Yosri.

– Pas encore, dut avouer le marchand de miel, mais, *inch Allah*, la semaine prochaine, le bateau sera là.

Tawfiq hocha la tête sans répondre, fataliste comme tous les vrais croyants. Tout était dans la main de Dieu. Yosri al-Shaiba prit dans sa poche un petit sachet et le lui tendit.

– J'ai pensé à toi.

C'était des épices dont le géant raffolait. Un de ses seuls luxes, dont il agrémentait son riz et les vieux poulets qu'il achetait en solde. Les deux hommes prièrent ensemble un long moment puis se séparèrent, avant même de sortir de la mosquée.

*\*\**

Elko Krisantem cligna des yeux sous le soleil éblouissant, ne croyant pas encore à son bonheur. Il y avait longtemps que son maître ne l'avait pas emmené en mission, ce qu'il préférait le plus au monde[1]. Non seulement parce que cela lui permettait de reprendre son vrai métier – tueur à gages –, celui qu'il exerçait lorsque Malko l'avait rencontré à Istanbul[2] mais aussi parce qu'il portait une véritable dévotion à Malko, qu'il servait le reste du temps comme maître d'hôtel au château de Liezen.

---

1. Voir SAS n° 135, *SAS contre PKK*.
2. Voir SAS n° 1, *SAS à Istanbul*.

– Vous allez vous mettre à l'arabe, expliqua Malko. Ici, on parle peu le turc.

– Pas de problème, *Ihre Hoheit*, assura le Turc, mais je n'ai pas emporté grand-chose.

C'est-à-dire qu'il avait dû laisser à Liezen son vieux parabellum Astra et n'avait que son lacet d'étrangleur. Bien assez pour une mission de pénétration.

– On vous a trouvé une «légende», expliqua Malko. Vous êtes chauffeur de camion et votre patron a fait faillite à cause de la guerre en Irak. Vous êtes coincé aux Émirats sans argent et vous cherchez du travail. On a préparé une liste de mosquées à Sharjah où vous allez vous présenter pour demander de l'aide. Vous vous trouvez un petit hôtel dans le centre et vous appellerez d'une cabine publique. Quelqu'un dans votre situation n'a pas de portable.

Elko regardait le désert défiler de chaque côté de la route. Au comble du bonheur.

– Chris et Milton sont là? demanda-t-il timidement.

– Oui, dit Malko, mais pas question de les voir pour le moment. Après, on aura le temps.

Après des débuts mouvementés, l'amitié entre les deux gorilles et Elko Krisantem s'était développée, basée sur une estime réciproque et quelques aventures partagées où ils avaient risqué leur vie ensemble pour les beaux yeux de la CIA et de Malko. Celui-ci stoppa devant un arrêt d'autobus et tendit au Turc un bristol blanc et quatre cartes de téléphone.

– Je vous laisse là, dit-il. Voilà mon numéro et celui de la station à Dubaï. Appelez-moi dans quarante-huit heures. Le troisième numéro est celui d'un répondeur. Ne l'appelez que si vous êtes en danger.

Il lui remit également une enveloppe avec des dirhams et la liste des mosquées «sensibles» où il devait se rendre. Avant de repartir en direction de Dubaï. Désormais, son dispositif était au complet et il n'y avait plus qu'à attendre.

Évidemment, une petite pensée agaçante lui trottait parfois dans la tête : et si l'or d'Al-Qaida avait déjà quitté Dubaï ?

Impossible de le savoir sans arrêter ceux qui étaient déjà repérés, et n'étaient que des pions dans cette organisation tentaculaire. Pourtant, les interrogatoires du financier d'Islamabad, Mustapha al-Awsawi, menés à la base de Bagram, avaient confirmé que d'après lui l'opération n'était toujours pas dénouée. Mais le financier prétendait ignorer la destination finale de cet or.

Une heure plus tard, Malko arrivait à l'*Intercontinental*. Au moment où il prenait l'ascenseur, une femme voilée entra dans la cabine. Il eut involontairement un mouvement de recul, cherchant à percer la dentelle noire du *hijab*. Soudain, il sentit son parfum et se détendit. C'était du Chanel n° 5. La femme avec qui il avait fait l'amour, le jour de son arrivée. Celle dont sa nuque lacérée s'était souvenue plusieurs jours... Sans prononcer un mot, elle sortit en même temps que lui au cinquième étage et le suivit dans la chambre.

Trente secondes plus tard, son *hijab* jeté à terre, elle était soudée à lui, toujours aussi déchaînée, le regard révulsé, sa langue essayant de lui arracher les amygdales. Il regretta de ne pas parler arabe pour lui raconter sa mésaventure. Mais elle s'en moquait sûrement. Dès qu'elle était en sa présence, elle n'avait qu'une idée en tête : se faire baiser. Avec des mouvements désordonnés, elle se débarrassa de son *abaya*, révélant ses seins serrés dans un bustier de dentelle. Cette fois, elle n'avait même pas mis de culotte, sans doute pour gagner du temps. Une fois nue, elle arracha pratiquement ses vêtements à Malko. Refermant les doigts sur son membre et s'en servant pour l'entraîner jusqu'au lit.

Prévenu, il la prit par les hanches, la retourna, l'agenouilla et l'embrocha d'une seule traite, lui arrachant un râle d'extase. Il avait bien fait d'être prudent. Les ongles de sa partenaire commencèrent à griffer la courtepointe avec un crissement de plus en plus fort. Jusqu'à ce que le tissu se déchire. Elle s'en moquait : bien calée sous lui, elle agitait son bassin comme pour mieux se faire baratter. Debout derrière elle, Malko donnait des coups de reins de plus en plus violents. Elle le recevait, rythmant chaque poussée dans son ventre d'un cri bref. Une croyante recevant la communion. Ils explosèrent ensemble et un bon morceau de couvre-lit partit en lambeaux. Malko s'écarta, ravi. Il avait bien joui et protégé sa nuque. Sa partenaire se releva à son tour, hagarde, le regard absent. Comme elle se baissait pour ramasser son *abaya*, il lui demanda :

– *What is your name*[1] ?

Elle murmura plus qu'elle ne dit : «Zubarah.» En un clin d'œil, elle était rhabillée et fila sans même lui demander son nom à lui. Visiblement, pour elle, il n'était qu'une «sex-machine».

\*
\*\*

Feriel Shahin pénétra d'un pas décidé dans le long building abritant toutes les compagnies de fret opérant à l'aéroport de Sharjah. Une enfilade d'entrepôts, le Cargo Building, à deux kilomètres de l'aéroport. Elle entra dans le local situé le plus à gauche, juste en face du poste de garde. Le rez-de-chaussée était désert, occupé par un bureau vide et un hangar ouvrant sur la piste où s'entassaient diverses marchandises, des pneus énormes de trains d'atterrissage, du matériel de levage.

Pas un chat. On entrait comme dans un moulin.

Au moment où elle revenait sur ses pas, un petit Indien souriant surgit et lui demanda ce qu'elle cherchait.

– Les bureaux de Airbuzz.

1. Comment vous appelez-vous ?

Il montra le plafond.
– Au second étage, miss.

Feriel Shahin emprunta un escalier de fer, déboucha dans une suite de bureaux climatisés, aux murs couverts d'affiches en russe, de posters et de tableaux de vol. Une fille très grande, belle, en pantalon, vint vers elle et lui demanda sans aménité, en anglais avec un fort accent russe :

– Qu'est-ce que vous cherchez ?
– Serguei Polyakof.
– Vous avez rendez-vous ?

À son tour, Feriel Shahin la fusilla du regard. Elle n'allait pas se laisser faire par cette garce.

– Oui, fit-elle avec sécheresse. J'ai rendez-vous.
– Attendez ici, dit la Russe en tournant les talons, la plantant au milieu du bureau.

Elle fut de retour trois minutes plus tard et dit simplement :

– Venez avec moi.

Elle la conduisit jusqu'à un bureau vitré, tout au fond. Un homme de haute taille, les cheveux rejetés en arrière, les traits réguliers, athlétique, des yeux très bleus, lui tendit la main.

– Serguei Polyakof, dit-il d'une voix de baryton d'opéra. Je vous attendais.

Il dégageait un tel magnétisme sexuel que Feriel Shahin sentit ses jambes se dérober sous elle, elle qui n'avait aucune vie sexuelle depuis des mois. Ce regard bleu lui faisait frissonner les ovaires. Elle se força pourtant à baisser les yeux et à demander d'une voix neutre :

– Où en sommes-nous ?

Serguei Polyakof eut un sourire rassurant.

– Les choses s'arrangent, mais l'appareil ne sera pas prêt avant une dizaine de jours. Il a fallu revoir tout le circuit hydraulique et l'envoyer chez Ilyouchine.

Feriel Shahin serra les lèvres, furieuse.

— S'il est trop en retard, nous allons faire appel à quelqu'un d'autre. Nous ne pouvons pas attendre indéfiniment.

Le Russe se permit un sourire discret et remarqua :

— Je ne suis pas sûr que vous trouviez la même qualité de service ailleurs. C'est vrai, nous avons eu un problème technique, mais, dès la semaine prochaine, l'appareil sera opérationnel.

— Bien, concéda Feriel Shahin. Je reviendrai dans une semaine.

Elle fit demi-tour et le Russe sortit de derrière son bureau, arborant un sourire digne de Clark Gable.

— Je vais vous faire visiter nos locaux, que vous ne soyez pas venue pour rien, proposa-t-il.

Elle faillit refuser, mais mesmérisée par le regard bleu, elle le suivit. Il redescendirent un demi-étage et il la fit pénétrer dans un grand bureau aux murs recouverts de plans de vol poussiéreux. Des dossiers traînaient partout. Cela sentait la poussière et la chaleur.

— Mais il n'y a rien ici, remarqua Feriel Shahin.

— C'est vrai, pas grand-chose, reconnut Serguei Polyakof.

Agacée, Feriel Shahin se retourna pour sortir et se retrouva pratiquement dans les bras du Russe !

Sans un mot, il posa ses grandes mains sur ses hanches et la poussa doucement mais fermement vers le bureau couvert de poussière. Il se pencha et elle sentit sa moustache effleurer son visage. En même temps, un ventre impérieux s'appuyait contre le sien. Elle éprouva le volume d'une verge qui lui parut immense. Bâillonnée par un baiser fougueux, elle bascula en arrière, coincée entre l'arête du bureau et le corps puissant du Russe.

Elle tenta de se débattre mais il était beaucoup plus fort qu'elle et ce sexe énorme contre son ventre la faisait fondre. Serguei Polyakof, en un clin d'œil, releva sa jupe, se défit, libérant son membre. D'un geste précis, il écarta la culotte de coton et plongea d'un trait dans le ventre de

Feriel Shahin, l'emmanchant jusqu'à la garde. Elle eut l'impression qu'il l'ouvrait en deux. Inondée, elle se sentit incapable de résister. Déjà, le Russe lui relevait les jambes à la verticale, afin de mieux la pilonner. Elle s'accrocha des deux mains au rebord du bureau, sinon il l'aurait projetée très loin, de l'autre côté. À grands coups de reins, il se jetait au fond de son ventre, les deux mains crochées dans ses seins.

Très vite, il poussa un grognement sauvage et Feriel Shahin sentit sa sève frapper le fond de son vagin comme un torrent, ce qui déclencha son orgasme à elle. Tout cela n'avait pas duré cinq minutes. Déjà, Serguei Polyakof se retirait d'elle, triomphant.

– J'ai senti que tu en avais envie, dit-il simplement, en souriant.

Feriel Shahin se redressa, assise sur le bureau. La tête lui tournait. À sa grande honte, elle s'aperçut qu'elle ne quittait pas des yeux le sexe toujours dressé en face d'elle. Et qu'elle en avait encore envie. Mais déjà, Serguei Polyakof l'escamotait.

– On se revoit dans une semaine, dit-il d'une voix égale.

Feriel Shahin se retrouva cinq minutes plus tard sous le soleil, groggy. C'était la première fois qu'elle avait une relation sexuelle aussi violente, aussi brève. Et elle découvrait quelque chose en elle qui lui faisait peur. Serguei Polyakof aurait pu la sodomiser, la forcer à le sucer, elle l'aurait fait. Elle, la militante irréprochable qui pensait sans cesse à son mari.

Le soldat en faction au poste de garde la salua en levant la barrière et elle reprit la route menant à Sharjah. Le ventre encore en feu, elle ne prêta pas attention à la petite voiture blanche arrêtée un peu plus loin, le long du grillage isolant les pistes.

# CHAPITRE XIII

Richard Manson sautait comme un cabri autour de son bureau, ne dissimulant pas son excitation. Il brandit sous le nez de Malko une liasse de documents.

– Voilà une toute petite partie du dossier Victor Bout ! On nous avait assuré que sa compagnie, Airbuzz, avait quitté le pays. Ses téléphones ne répondaient plus, il n'y avait plus d'activité et plus d'avions immatriculés dans sa nébuleuse. Si Feriel Shahin est allée lui rendre visite, ce n'est sûrement pas pour prendre le thé. Ce type nous a causé des centaines de problèmes. On le retrouve partout.

Chris Jones et Ilona se trouvaient toujours à Sharjah, au *Grand Hôtel*, et c'est en filant Feriel Shahin que la prostituée russe avait découvert cette nouvelle connexion. Heureusement, parce que depuis quatre jours, rien ne bougeait. Elko Krisantem traînait à Sharjah autour des mosquées, essayant de se faire des relations... La surveillance de Yosri al-Shaiba, le marchand de miel, s'était révélée pratiquement impossible. Il aurait fallu disposer d'éléments locaux pouvant se fondre dans le petit quartier populaire où il tenait boutique. Selon la tradition musulmane, Abdul Zyad avait été enterré tout de suite après son assassinat et son affaire reprise par un de ses neveux. La vie continuait sans à-coups dans les Émirats, rythmée par les nouvelles de la guerre en Irak, qui se déroulait à un peu plus de mille kilomètres au nord.

– Qui est Victor Bout ? demanda Malko.

– Un ancien officier de l'armée de l'air soviétique, qu'il a quittée en 1991. Et surtout un type très malin. Il est né à Douchanbe, au Tadjikistan, et a environ quarante ans. Il parle six langues et a organisé le plus grand réseau de trafic d'armes que nous connaissions. Depuis des années, il est au top de la liste du FBI. Il a monté plusieurs compagnies aériennes gigognes, avec des Ilyouchine et des Antonov achetés pour une bouchée de pain. Il était basé à Anvers, en Belgique, jusqu'en 1997, puis il est venu s'installer dans les Émirats, là où Feriel Shahin s'est rendue.

– D'après Ilona, remarqua Malko, cela ne semblait pas gigantesque. Juste un grand hangar et quelques bureaux.

– Ne vous y trompez pas, avertit Richard Manson, Victor Bout règne sur un trafic d'armes international, le plus important du monde. Il a livré des armes aux talibans, au groupe Abu Sayyaf des Philippines, à la Libye, au Libéria, au Zaïre. Et des centaines de tonnes à l'Angola, quand le pays était sous embargo. Et surtout, il a armé Al-Qaida jusqu'en 2001. Il possède une soixantaine d'avions, immatriculés dans différents pays d'Afrique, et il change tout le temps leurs immatriculations. C'est une énorme opération.

– Il est à Sharjah ?

L'Américain émit un ricanement plein de tristesse.

– Il vit à Moscou. On ne sait même pas où. Quand on demande des informations au FSB[1], ils prétendent que c'est un entrepreneur privé et qu'il ne viole aucune loi de Russie. Pourtant, il est le seul à pouvoir livrer des armes sophistiquées aux quatre coins du monde. Le spécialiste des faux *end-users*[2]. Pratiquement, tous ses clients sont sous embargo.

---

1. Service de renseignements intérieur russe.
2. Certificat de destination finale.

— Les services russes sont sûrement au courant, dit Malko.

Richard Manson eut un haussement d'épaules désabusé.

— Évidemment. Il achète ses armes en Ukraine, en Bulgarie, en Pologne et aussi en Russie. Ils touchent.

— Pourquoi est-il venu s'installer dans les Émirats ?

— Bonne question : nous n'en savons rien, mais on pense que c'était pratique pour lui quand il faisait beaucoup de business avec l'Afghanistan. C'est lui qui assurait l'entretien des avions d'Ariana, la compagnie afghane, à la suite d'un accord passé avec les talibans en 1996. Il entretenait la petite Air Force des talibans. Il avait aussi monté une compagnie charter, The Flying Dolphins, qui assurait des liaisons entre Sharjah et différentes villes d'Afghanistan. La famille du cheikh Zayed a fréquemment été invitée sur ses vols pour des parties de chasse là-bas. Et même quand les États-Unis interdirent Ariana de vol, à la suite des sanctions prises contre le pays, Victor Bout se débrouilla pour garder une autorisation de vol pour les avions de Flying Dolphins.

— Et vous n'avez rien fait pour l'arrêter ? s'étonna Malko.

L'Américain baissa la tête.

— J'ai un rapport ici selon lequel, en 2000, l'administration Clinton a demandé «au plus haut niveau» aux Émirats d'interdire à Victor Bout d'opérer à partir de chez eux. On les a envoyés promener, sous prétexte que Bout n'avait aucune activité illégale...

Un ange passa, au vol alourdi par des liasses de billets, et se fondit dans l'ocre du désert.

Victor Bout, de toute évidence, savait se débrouiller. Quelque chose intriguait Malko.

— Vous me décrivez cet homme comme un trafiquant d'armes, remarqua-t-il. En grandes quantités. Aujourd'hui, Al-Qaida n'a plus besoin de ce genre de matériel.

— Exact, reconnut l'Américain, mais Bout est avant tout

un transporteur. Il va n'importe où sans rien demander. À Sharjah, il n'y a aucun contrôle.

– Vous pensez qu'il pourrait être impliqué dans le trafic d'or d'Al-Qaida ?

– Ce n'est pas impossible. D'autant que son frère, Serguei, est installé à Karachi. N'oubliez pas qu'il sont tous les deux de la région et qu'ils parlent dari et urdu. Je vais demander immédiatement à la station d'Islamabad de se renseigner sur lui et ses liens locaux avec les gens d'Al-Qaida.

– Puisqu'il est connu comme le loup blanc, poursuivit Malko, Bush ne s'en est pas occupé ?

Richard Manson secoua tristement la tête.

– Victor Bout n'était plus en tête de liste... Il n'y en avait que pour l'Irak.

– Ilona n'a vu aucun avion sur le tarmac, remarqua Malko. Feriel Shahin n'est peut-être pas allée le voir pour l'or. Nous ne savons rien de leurs rapports.

– *Right*, reconnut l'Américain. Je vais essayer de faire localiser les avions de la flotte aérienne de Bout.

– Il ne faut pas lâcher Feriel Shahin, souligna Malko. Si Victor Bout est impliqué dans le transport d'or d'Al-Qaida, elle sert apparemment d'interface. Je pense que vous avez les moyens de surveiller les mouvements d'avions de l'aéroport de Sharjah, en *temps réel*.

– Absolument, confirma l'Américain. J'ai un rapport quotidien. Je vais en demander un toutes les six heures, que nous ne puissions pas être pris par surprise. À propos, vous avez des nouvelles de votre ami turc ?

– Il traîne à Sharjah, il a trouvé de petits jobs grâce à l'imam d'une mosquée du quartier des souks. Il écoute et il regarde. C'est un *long shot*. Peut-être que cela ne donnera rien. Je lui ai recommandé d'être prudent : il travaille sans couverture. S'ils se doutent de ce qu'il fait réellement, ils l'égorgent.

– Dieu le protège, soupira Richard Manson. Et vous aussi.

\*\*

Elko Krisantem, allongé sur le tapis élimé de la mosquée King Faisal, essayait de prendre un peu de repos. Pendant six heures, il avait déchargé des caisses d'un *dhaw* juste arrivé et ce n'était plus de son âge. Il gagnait tout juste de quoi ne pas mourir de faim et se serait évanoui sans ses « fonds secrets ». Désormais, il était accepté comme travailleur immigré et les différents imams à qui il s'était adressé lui procuraient tous du travail.

De toute façon, 85 % de la population émiratie était étrangère, il ne détonnait pas, d'autant qu'il était musulman.

Il sursauta et releva la tête. Un homme était arrivé sans bruit devant lui.

– Mon frère, dit le vieil imam de la mosquée, je t'ai observé depuis ton arrivée. Tu me parais être un bon musulman et un homme honnête.

Elko se releva vivement et répondit humblement :

– Je fais de mon mieux.

– Moi, je n'ai pas grand-chose à t'offrir, expliqua l'imam, nous ne sommes pas très riches, mais j'ai parlé de toi à des gens qui disposent de beaucoup plus de moyens. Des Tablighis[1]. Ils ont une mosquée tout au bout de la zone industrielle, Amer-bin-Fouhairah. Dans la zone n° 11. En plus du lieu de culte, ils dirigent une grande école pour l'apprentissage du Coran et de la sunna du Prophète. Tu pourrais aller étudier avec eux.

Elko Krisantem eut un geste fataliste.

– Mais je n'ai pas d'argent, je gagne à peine de quoi nourrir mon corps.

---

1. Secte musulmane fondée au Pakistan, spécialiste de l'étude du Coran.

Avec ses épaules voûtées, ses traits creusés et ses cheveux gris, il inspirait plutôt la pitié. L'imam eut un sourire onctueux.

– Il n'est pas question de te faire payer, mon frère. Ils reçoivent des dons généreux de l'Oumma et sont heureux de servir Dieu en approfondissant la foi des croyants. Va les voir de ma part, ils te trouveront un lit, de la nourriture, et t'apprendront la sagesse. Leur iman se nomme Mohammad, comme le saint Prophète.

– Merci, merci ! murmura Elko Krisantem. Que Dieu te couvre de Sa protection.

Il se pencha en avant et embrassa l'épaule droite de l'iman, en signe de soumission. Puis, après avoir ramassé le sac où il conservait ses quelques affaires, il sortit de la mosquée. À pied, il en avait pour près de deux heures, tant cette ville était immense. Il parcourut un peu plus d'un kilomètre avant de trouver une cabine et d'appeler Malko.

\*\*\*

Debout au bord du quai d'Al-Corniche, Yosri al-Shaiba regardait un *dhaw* ventru en train de manœuvrer pour s'amarrer à couple avec un autre bateau déjà en train de décharger. Les places étaient chères et seuls les plus riches acceptaient de payer la taxe leur permettant de s'amarrer directement sur le quai. Les interjections volaient dans tous les sens. On jetait des cordages et, peu à peu, le *dhaw* se rapprochait en crabe. Son équipage paraissait fourbu : la route était longue depuis le Pakistan et la mer souvent grosse en cette saison, avec de brutaux coups de vent. Yosri al-Shaiba contemplait le spectacle, priant Dieu pour que tout se soit bien passé à Gwadar. Dans ce coin perdu du Béloutchistan, les liaisons étaient rares et tous s'abstenaient d'utiliser les Thurayas, écoutés et repérés par les Américains. Les deux bateaux furent enfin à couple, immobilisés par une nuée de cordages. Le pont du *dhaw* disparaissait sous les caisses et les cartons entassés tant bien que mal. Il y avait même plusieurs animaux vivants.

Yosri ne put résister à l'anxiété. Il monta par la passerelle à bord du premier *dhaw*, traversa le pont et escalada le plat-bord du second, bousculé par des marins en train de commencer à décharger. Le cœur serré, il gagna à l'arrière la cabine du capitaine, à laquelle on accédait par une échelle de bois, juste sous le château arrière. Cela sentait le poisson, le mazout et les épices. Le capitaine était en train de téléphoner de son portable et il fit signe à Yosri al-Shaiba de s'asseoir. Celui-ci obéit, priant silencieusement. Lorsque la conversation fut terminée, le capitaine vint vers lui et l'étreignit, l'embrassant trois fois.

— Tout s'est bien passé! assura-t-il aussitôt, grâce à Allah.

C'étaient tous des gens simples, qui croyaient dur comme fer que leur bonheur ou leur malheur dépendait *exclusivement* du Très-Haut.

— Que grâce Lui soit rendu, murmura Yosri al-Shaiba. Quand vais-je pouvoir prendre possession de mon miel?

— *Inch Allah*, dès demain, assura le capitaine. Il est tout à fait au fond de la cale et j'ai des denrées périssables à décharger avant. Et puis, mes marins sont épuisés, le voyage a été très dur. Allah nous a envoyé une tempête terrible, sûrement pour nous éprouver.

— Que Son nom soit béni, fit simplement le marchand de miel. Je viendrai demain avec de quoi effectuer le transport et payer.

— *Inch Allah*, à demain, conclut le capitaine.

Yosri al-Shaiba refit la gymnastique inverse pour regagner le quai. Avant de s'éloigner, il se retourna et regarda longuement le nom en lettres d'or incrusté sur le flanc du *dhaw* : *Sikka Star*. Il touchait enfin au bout de ses peines.

*
* *

Chris Jones, allongé au bord de la piscine du *Grand Hôtel* de Sharjah, avait l'impression de s'être dédoublé. Lui qui avait horreur du soleil était pratiquement aubergine, le seul moyen de passer inaperçu. Tous les Russes qui débarquaient à Sharjah avaient un emploi du temps très simple. Ils bronzaient à se faire éclater la peau, mangeaient comme des porcs, battaient un peu leurs femmes, généralement grosses et affreuses, après le coucher du soleil, et ensuite s'enfermaient dans leur chambre pour boire la vodka apportée avec eux.

Des animaux qui ne lisaient pas, ne regardaient pas la télé et se baignaient à peine, ne sachant pas nager. En barbotant dans l'eau, Chris s'était fait draguer par d'abominables mémères au poids monstrueux. Sa carrure athlétique plaisait. Par moments, il se demandait comment il allait rentrer dans son ancienne peau, car cet intermède ne durerait pas éternellement. Il avait honte de s'avouer que les quelques relations sexuelles qu'il avait eues avec Ilona, toujours à l'initiative de la Russe, lui laissaient un goût de miel. Dès qu'il la voyait arriver en maillot, avec ses jambes interminables se terminant au renflement du sexe épilé, il se sentait les mains moites. Elle faisait l'amour comme il l'avait seulement vu dans les films X. Et encore, uniquement les meilleurs. Honte suprême, il avait pris goût à la fellation ! Le drame, c'était de ne pouvoir parler de tout cela à personne. Il imaginait la tête de Milton Brabeck quand il le reverrait. Mais même à son vieux partenaire, il n'oserait pas parler de ces sulfureux plaisirs. Il lui avait même semblé, la veille au soir, surprendre chez Ilona les signes de ce qui ressemblait à un orgasme. Soudain, elle s'était agitée sous lui, avec un long soupir, refermant ses bras sur son dos musclé.

Pour l'instant, elle était partie à Sharjah faire des courses. À l'hôtel, on ne trouvait rien. Il regarda sa Breitling Natimez toute neuve : une heure et demie. Avec une partie de l'argent du lingot, Ilona s'était acheté une Breitling Callistino et il s'était laissé tenter. Il n'allait pas l'attendre pour déjeuner. Machinalement, il leva la tête vers la salle à manger qui dominait la piscine et son pouls grimpa à une vitesse vertigineuse. À travers la glace, il aperçut Feriel Shahin en grande conversation avec le maître d'hôtel marocain aux yeux globuleux. Ce qui, en soi, n'avait rien d'extraordinaire : elle était l'une des rares non-Russes de l'hôtel et sa compatriote. Chris Jones les observa derrière ses lunettes noires. La jeune Marocaine disparut et il reprit sa séance de bronzage, se promettant de rapporter le fait à Ilona.

*
* *

Feriel Shahin, depuis des années, était sur ses gardes, ce qui lui avait permis de survivre et de rester en liberté. Lorsque son compagnon s'était fait arrêter à Abu Dhabi, un an plus tôt, elle avait fait preuve d'un sang-froid admirable, «enfumant» les autorités qui l'avaient laissée sortir. Planquée dans cet hôtel depuis trois semaines, obligée de demeurer dans les Émirats, elle ne se fiait pas entièrement à son faux passeport pour ne pas avoir de problème. Tout ce qui s'était passé durant les dernières semaines prouvait que les Américains essayaient de pénétrer leur dispositif. Même après la liquidation d'Abdul Zyad, le danger persistait. En réalité, l'arrestation à Rawalpindi du financier d'Al-Qaida avait mis en branle un processus extrêmement dangereux pour l'organisation.

C'était une course contre la montre avec les Américains, où malheureusement elle se retrouvait attachée à un piquet comme une chèvre. Impuissante. C'est sur elle que reposait l'organisation du dernier transfert d'or indispensable au financement des prochaines opérations. Elle ne pouvait pas déserter et devait rester libre. Aussi testait-elle régulièrement ses sources d'information. Ibrahim, le maître d'hôtel marocain, la trouvait visiblement à son goût et elle en profitait pour lui tirer les vers du nez sans qu'il s'en doute. Or, ce qu'il venait de lui apprendre la tracassait. D'après lui, une prostituée russe qui avait déjà séjourné dans cet hôtel avait ramené un amant américain avec qui elle partageait des vacances.

Tandis que Feriel Shahin remontait vers le niveau de la réception, elle se posait plusieurs questions. Il y avait six mille Américains, entre Dubaï et Abu Dhabi, la plupart dans le pétrole. Rien d'étonnant donc à ce que l'un d'eux ait succombé au charme d'une pute de l'Est. Mais ces filles ne perdaient pas de temps à passer des vacances avec leurs clients. Elles travaillaient au rendement... Ou alors celle-là était tombée sur un milliardaire. Seulement, les milliardaires ne venaient pas au *Grand Hôtel* de Sharjah. Autre chose : à Dubaï, l'alerte avait été donnée à Abdul Zyad *justement* par une prostituée sous sa protection. Ce qui avait déclenché l'élimination d'une taupe de la CIA, une autre pute marocaine. Mais Feriel Shahin ignorait tout de celle qui avait donné l'alerte. Même son nom. Et, là où il était désormais, Abdul Zyad ne risquait pas de la renseigner. C'était quand même une coïncidence troublante.

Elle remonta dans sa chambre pour passer un maillot et fut brutalement frappée par une idée brillante. Si elle profitait de cet hôtel pour se planquer, se faisant passer pour une pute maghrébine, pourquoi d'autres n'en feraient-elles pas autant ? Le maître d'hôtel lui avait donné le numéro de la chambre du couple, 332. L'étage au-dessus du sien. Elle enfila son maillot une pièce, un paréo par-dessus, prit son sac contenant le pistolet qui ne la quittait jamais et monta un étage à pied.

Au *Grand Hôtel*, on faisait les chambres toute la journée et elle ne fut pas étonnée de trouver une femme de chambre dans le couloir. S'approchant d'elle avec son plus beau sourire, elle demanda en anglais :

– J'ai laissé ma clef à la piscine. Vous pouvez m'ouvrir ? La 332.

La Philippine ne discuta même pas. Trente secondes plus tard, Feriel Shahin pénétra dans une chambre en désordre et referma. Première précaution, elle prit son pistolet, fit monter une balle dans le canon et le glissa dans son paréo, prêt à servir. Puis elle se lança dans la fouille de la chambre. Ce fut vite fait. Au fond de l'armoire, elle découvrit une mallette métallique fermée à clef. Elle la soupesa. Au poids, ce n'était pas du linge. Cela pouvait être un équipement photo, mais elle était un peu plate pour cela. Impossible de l'ouvrir sans laisser de traces. Elle la secoua et n'entendit aucun bruit, ce qui renforça ses soupçons. Cela ressemblait furieusement à des armes dans leur cocon de mousse.

Elle n'osa pas rester plus longtemps. Quand elle ressortit dans le couloir, elle n'avait plus envie d'aller à la piscine. Elle était presque certaine d'avoir découvert un nouveau danger. Si un agent de la CIA se trouvait au *Grand Hôtel*, ce ne pouvait être que pour elle. Donc, danger immédiat. Elle regagna sa chambre, se remit en pantalon et descendit. De tous les membres ou sympathisants d'Al-Qaida dans la région, à part les gens des tribus du Sud, difficilement exportables hors de leur territoire, elle était la seule à pouvoir se déplacer et agir. Grâce à son *hijab*, elle ne risquait pas grand-chose. Sauf si on l'avait identifiée.

Donc, elle allait avoir besoin, très vite, de protection.

Sa voiture était un four et elle dut laisser tourner la clim' plusieurs minutes avant de pouvoir y pénétrer. Destination la zone cargo de l'aéroport de Sherjah. Serguei Polyakof, le représentant de Victor Bout, était le seul à pouvoir lui venir en aide. Ce serait cher, mais elle avait largement de quoi le payer. En plus, la « sympathie » qu'il lui avait manifestée lors de leur dernière rencontre pouvait toujours faciliter la négociation. Il était impératif d'éliminer toute menace avant la phase finale de l'opération qu'elle était chargée de mener à bien.

# CHAPITRE XIV

Malko écouta attentivement le rapport de Chris Jones. À première vue, il n'y avait rien d'alarmant, mais Feriel Shahin était une professionnelle, toujours aux aguets. Grâce au maître d'hôtel marocain du *Grand Hôtel*, avait-elle pu déceler une menace ? Il avait le choix entre trois solutions, dont aucune ne le satisfaisait entièrement : ne rien faire, donner l'ordre à Chris de quitter le *Grand Hôtel* ou encore prévenir la police.

– Ne quittez pas l'hôtel, conseilla-t-il à Chris Jones, mais soyez sur vos gardes. Qu'Ilona essaye de savoir ce que Feriel Shahin a demandé à ce maître d'hôtel.

Il recommençait à tourner en rond. L'implication de Victor Bout dans l'affaire de l'or n'était encore qu'une hypothèse. Il n'avait aucune autre piste à suivre, à part la surveillance de Feriel Sahin. Et pas de nouvelles d'Elko. Autre impasse : Yosri al-Shaiba, le marchand de miel, l'homme qui conduisait la voiture lors du meurtre de Touria Zidani, était impossible à surveiller sans personnel « local ». Il baissa les yeux sur le cadran de sa Breitling Crosswind : le temps s'écoulait avec une lenteur exaspérante et l'inaction commençait péniblement à lui peser.

\*
\*  \*

Elko Krisantem sortit sans se presser de l'enceinte de la mosquée Amer-bin-Fouhairah et s'arrêta devant les cabines téléphoniques. Il avait dit à ses nouveaux amis qu'il devait téléphoner chez lui en Turquie pour rassurer les siens et leur annoncer qu'il resterait quelques semaines à Sharjah, et il avait acheté, pour trente dirhams, une carte téléphonique dans une épicerie voisine.

Il composa le numéro de Malko et attendit. Au moment où on décrochait, il vit surgir de la mosquée Tawfiq al-Banna, un de ceux qui semblaient y jouer un rôle important, surtout avec les Afghans de passage. Le géant lui jeta un regard suspicieux, et au lieu de s'éloigner, demeura planté à un mètre de lui. Aussitôt, Elko se mit à parler turc avec animation. L'autre l'observa quelques instants puis rentra dans la mosquée.

— Allô ? fit aussitôt Elko, vous êtes là ? J'avais un problème.

— Je suis là, dit Malko, que se passe-t-il ?

Privé de nouvelles sur les autres fronts, Malko se raccrochait à l'espoir qu'Elko fasse des découvertes.

— Depuis hier, je suis logé à la mosquée Amer-bin-Fouhairah, annonça Elko Krisantem. J'ai une chambre et je fais de petits travaux. Le matin, il y a des cours d'explication du Coran. Les Tablighis qui tiennent cette madrasa sont des gens très gentils, très religieux. Leur centre est au Pakistan. Ils répandent la parole de Dieu et sont très pacifiques.

— Pourtant, il y a un assassin parmi eux. Un homme de plus de deux mètres. Je l'ai vu de mes yeux poignarder cette Marocaine...

— C'est Tawfiq, dit aussitôt Elko. Il est logé comme moi à la mosquée parce qu'il est venu de Ras al-Khaïmah où se trouve sa tribu. Il étudie le Coran et il semble très religieux. Ici, il y a deux catégories de gens : les Tablighis qui tiennent la madrasa et la mosquée, et puis les invités, comme moi, qui viennent d'un peu partout. Plusieurs Afghans, des Pakistanais. Ils se réunissent le soir, mais ils ne m'ont pas encore invité. Ils restent très tard à discuter autour d'un feu de bois.

– Vous n'avez rien remarqué de suspect ?

– Non. C'est une vie paisible. On se lève très tôt, on prie beaucoup et on étudie. Personne ne parle politique, sauf pour dire que les Américains sont maudits de Dieu et qu'Oussama Bin Laden est le cheikh de tous les musulmans.

– Faites attention, recommanda Malko. Vous n'avez rien sur vous de compromettant ?

– Rien, jura Elko Krisantem. La madrasa est vaste. Une partie du sous-sol est réservée aux Afghans, mais tout le reste est accessible. Je n'ai pas vu d'armes. Je vais essayer de me lier avec ces Afghans.

– Faites *très* attention, répéta Malko.

\*
\*  \*

Le vol en provenance de Moscou se posait en retard et Serguei Polyakof, de la galerie circulaire qui dominait les comptoirs des différentes compagnies aériennes de l'aéroport de Sharjah, regardait une file de putes russes qui s'apprêtaient à prendre l'avion pour l'île de Kish, en Iran. Elles y passeraient vingt-quatre heures et reviendraient ensuite prendre un visa tout neuf leur permettant de rester trois mois dans les Émirats.

Enfin, les premiers passagers de Moscou débarquèrent et il repéra immédiatement ceux qu'il attendait. Trois hommes d'une trentaine d'années, bâtis comme des dockers, le cheveu blond et ras, sanglés dans de superbes vestes de cuir noir, sans cravate, un sac de voyage à la main. Il se hâta de descendre pour les accueillir à la sortie. Un seul était connu de lui : Dimitri Serguine. Un malabar au front bas qui avait jadis commandé en Tchétchénie une équipe des commandos Alpha chargés de traquer les indépendantistes. Il en avait ramené quelques oreilles qui n'avaient plus grande valeur, un sac de dents en or arrachées à leurs propriétaires, morts ou vivants, et une énorme cicatrice là où le poignard d'un *boiviki*[1] s'était enfoncé dans sa rate. Plus le désir de gagner assez d'argent pour s'acheter un petit appartement dans la périphérie de Moscou. Bien qu'il soit prêt à tout, ce n'était pas évident : il y avait beaucoup de ses semblables sur le sable, prêts à tout également. Il s'avança, la main tendue, vers Serguei Polyakof, et les deux hommes s'étreignirent.

– *Dobredin*, Dimitri Sergueievitch, dit Serguei Polyakof. Tu vois, ici, il y a du soleil, des femmes et (il baissa la voix) de l'or, beaucoup d'or...

Il éclata de rire et Dimitri Sergueievitch Serguine se retourna vers les deux hommes qui l'accompagnaient.

– Je te présente deux camarades. Nous étions ensemble chez les *tchernozopiés* et tu peux compter sur eux comme sur moi-même. Le brun, c'est Boris Alexandrovitch Surjieff, l'autre Vladimir Dimitrievitch Ogozodnik.

Poignées de mains. Les trois nouveaux venus avaient le même regard froid, la même indifférence à l'égard du monde extérieur. Surjieff dirigeait une salle de culture physique à Moscou, ce qui lui permettait de recruter des gens pour toutes sortes de besognes. Tous entretenaient d'excellents rapports avec le FSB, qui faisait régulièrement appel à eux pour ce qu'il appelait les « procédures extrajudiciaires ». C'est-à-dire les meurtres ciblés de suspects de la mouvance tchétchène. C'était mal payé, dangereux si on se faisait prendre par la *Milicija*, mais procurait une grande tranquillité d'esprit. Un seul numéro de téléphone rue Djerzinski et tout était réglé. Serguei Polyakof avait déjà utilisé Serguine comme convoyeur d'armes dans des pays « sensibles » et il avait été impec-

---

1. Combattant tchétchène.

cable. Son arme favorite était le Poulimiot, un fusil-mitrailleur équipé d'un chargeur-boîte de soixante cartouches.

Dès qu'ils sortirent dans le parking, la chaleur les agressa et ils retirèrent leur veste de cuir avant de monter dans le 4×4 de Serguei Polyakof. Tous portaient des maillots de corps rayés blanc et bleu, comme les troupes d'élite russes. Ils prirent la direction du bâtiment du fret. Lorsqu'ils y arrivèrent, un van de Airbuzz était déjà là, déchargeant quelques caisses arrivées sur le même vol que les trois hommes.

– Votre matériel, fit simplement Serguei Polyakof.

Ils le suivirent dans les bureaux déserts de l'entresol et s'installèrent dans le bureau où il avait « violé » Feriel Shahin. Deux employés indiens apportèrent plusieurs caisses scellées qu'ils déposèrent à terre. À l'aide d'une pince, Serguei Polyakof commença à les ouvrir. La première ne contenait que des bouteilles de vodka, de la Stolychnaya « Carte noire », et ils éclatèrent de rire.

De la deuxième, Serguei Polyakof sortit quatre pistolets automatiques Makarov Gyurza comportant un chargeur de dix-huit cartouches. Des armes toutes neuves, directement livrées par l'usine. Avec des flopées de chargeurs. La troisième caisse révéla trois autres automatiques Makarov, des Fort-14, avec des chargeurs de douze coups seulement. L'un d'eux avait le chien extérieur, la queue de détente et la sûreté plaqués or, et une crosse en bois sculpté. Dimitri Serguine le récupéra avec un sourire ravi. C'était son arme personnelle, qu'il utilisait depuis la Tchétchénie. Le temps d'y mettre un chargeur, d'ajuster un système de visée laser sous le canon, il la glissa dans sa ceinture à hauteur de sa colonne vertébrale.

Dans la dernière caisse, se trouvait le Poulimiot, démonté. Ils eurent vite fait de le remonter et d'y placer la boîte-chargeur pour le poser ensuite sur le bureau. Serguei Polyakof jeta un coup d'œil satisfait à ses recrues :

avec ces trois-là, il pourrait remplir le contrat établi avec Feriel Shahin.

Après avoir fait claquer la culasse du Poulimiot, Dimitri Serguine leva les yeux vers Serguei Polyakof et demanda d'une voix égale :

– Qu'est-ce qu'on fait et combien cela rapporte ?

C'étaient des rapports sains et l'adjoint de Viktor Bout ne se formalisa pas de cette brutalité.

– Vous avez deux missions, expliqua-t-il. La première est de sécuriser notre environnement. Je vous expliquerai comment. La seconde est un simple travail de *convoyage*. D'ici à un autre pays, dès que notre Ilyouchine qui est en réparation sera arrivé.

– Des armes ? demanda Serguine.

– Non, répondit Serguei Polyakof sans approfondir. Pour l'ensemble, vous serez payés chacun dix mille dollars. Dimitri Sergueievitch vingt mille. En or. Ça vous va ?

– *Karacho*, approuva Serguine, après un hochement de tête des deux autres. On commence quand ?

– Il faut d'abord que je vous explique la manœuvre et que je vous installe. Au *Sharjah Beach Hotel*. C'est sur une plage et il y a beaucoup de compatriotes. Si on vous pose des questions, vous êtes en vacances. Mais on ne vous en posera pas... Le minibus va vous emmener là-bas et ensuite vous louerez une voiture. Ne vous séparez jamais de votre équipement. Voilà de quoi le compléter.

Il sortit d'une boîte trois portables Motorola. Sur chacun, il y avait une bande plastique avec un numéro à l'encre rouge.

– C'est mon numéro, expliqua Serguei Polyakof. Vous ne l'utiliserez qu'en cas d'extrême urgence. Les Américains écoutent tout. Moi, je vous appellerai. Dimitri Sergueievitch, tu as Alpha 1, Boris Alexandrovitch Alpha 2, Vladimir Dimitrievitch Alpha 3. *Karacho* ?

– *Karacho*, répondirent en chœur les trois hommes.

Aucun n'avait dépassé le grade de *praportchik*[1]. C'étaient des âmes simples, qui ne comprenaient que les ordres simples. À part les Tchétchènes, ils n'avaient d'antipathie pour personne. Aucune opinion politique non plus. Ils ramassèrent leur équipement et Serguei Polyakof les avertit :

– Attention, dans ce pays on ne boit pas d'alcool ouvertement et on n'en trouve pas à acheter. Alors, économisez la vodka et buvez dans vos chambres. Maintenant, je vais vous préciser votre première mission : la sécurisation de la zone.

Un langage militaire qu'ils comprenaient parfaitement : il fallait éliminer tous les adversaires possibles dans l'environnement immédiat. À Grozny, ils avaient passé leur temps à ça.

– Dimitri, continua Serguei Polyakof, c'est sur toi que repose le premier choc. Tu vas séduire une fille (il pouffa) ; ce n'est pas très difficile, c'est une pute... T'arranger pour te trouver seule avec elle et, avec l'aide de tes deux camarades, l'amener ici. Discrètement, bien sûr.

– Pourquoi on ne la tue pas tout de suite ? objecta le Russe avec bon sens.

Serguei Polyakof sourit.

– Parce qu'avant de la tuer, on a des questions à lui poser et des choses à lui faire faire. Grâce à elle, on va apprendre où et comment frapper ceux qui nous gênent.

Il lui tapa le front amicalement du plat de la main.

– Ça s'appelle le renseignement.

L'autre approuva avec un sourire bovin. Ils avaient fait beaucoup de « renseignement » en Tchétchénie. Dimitri Serguine avait une méthode très efficace pour faire parler les gens. Il grillait de voir si cela marchait aussi dans ce pays ensoleillé.

---

1. Adjudant.

## CHAPITRE XV

Chris Jones et Ilona gagnèrent la salle à manger du *Grand Hôtel* pour le dîner. Une famille avec trois enfants faisait un raffut du diable et le maître d'hôtel marocain semblait furieux. Chris, selon ses habitudes, lui demanda un Defender comme apéritif, tandis qu'Ilona allait se servir au buffet. Le gorille examina les convives : aucune trace de Feriel Shahin, mais la terroriste marocaine n'était pas toujours là. Ilona, au buffet, avait engagé la conversation avec un Russe aussi grand et massif que lui. Elle revint à leur table avec une énorme assiette de viande.

– J'ai rencontré un type de Volgograd, dit-elle. Il m'a draguée comme un fou.

Bizarrement, Chris Jones en éprouva une pointe de jalousie. Un comble ! Il suivit des yeux le compatriote d'Ilona, installé à une table du fond, en compagnie d'un autre Russe du même gabarit.

– Ils habitent à l'hôtel ? demanda Chris.

– Non, je ne crois pas, fit Ilona. Ce sont des businessmen, pas des ploucs comme ceux d'ici.

En dépit de ses relations sexuelles épisodiques avec lui, Ilona continuait à fonctionner de sa manière habituelle, se disant que deux clients, cela faisait mille dollars. Et en plus, des Russes. Avec un peu de chance, ils se soûleraient à la vodka et ne la toucheraient pas. Son assiette vidée, elle annonça :

— Je crois que je vais aller prendre un verre avec eux. Je ne peux pas t'emmener parce qu'ils ne parlent que russe, mais je ne rentrerai pas tard...

Chris piqua du nez dans son Defender. Il n'avait plus faim. Si on lui avait dit un jour qu'il cohabiterait avec une prostituée de Volgograd et qu'il serait jaloux d'elle, il se serait sûrement pendu. Le sentant déstabilisé, Ilona prit le temps de fumer une cigarette, que Chris lui alluma aussitôt avec le Zippo Swarowski de la jeune femme, comme il l'avait vu faire à Malko.

En plus, il était soucieux. Feriel Shahin n'avait pas reparu à l'hôtel depuis la veille. Dès qu'Ilona eut rejoint ses nouveaux amis, il alla faire un tour à la réception. La clef de la Marocaine était au tableau. Donc, elle n'avait pas quitté l'hôtel.

\*
\*  \*

Ilona était contente de parler russe. Son nouveau copain, Dimitri, à qui elle n'avait pas encore révélé sa profession, l'avait emmenée boire un verre au nouvel hôtel *Radisson*, beaucoup plus loin à l'est sur la corniche, commandant une bouteille de Taittinger Comtes de Champagne Rosé Millésimé 1996 rien que pour elle... Ce luxe lui avait paru suspect. Bizarrement, à part la satisfaction de parler la langue, elle ne se sentait pas à l'aise. La façon dont Dimitri s'exprimait, son regard dur, son attitude, tout cela sentait le mafieux et lui faisait peur. Son copain s'était éclipsé à la sortie du *Grand Hôtel Sharjah*, filant dans un gros 4 × 4. Cela non plus ne sentait pas le touriste ordinaire. Du coup, elle avait renoncé à lui réclamer de l'argent. Plus vite elle serait rentrée à l'hôtel, mieux cela vaudrait. Elle bâilla ostensiblement

— J'ai sommeil, dit-elle, trop sommeil. Tu me raccompagnes ?

– *Vsio normalno, davai*[1], fit le Russe, qui paya en sortant de sa poche une énorme lisse de dirhams.

Ilona appréhendait un peu le retour, Dimitri risquant de ne pas se contenter d'un simple verre. Effectivement, à peine assis dans la voiture, il descendit paisiblement le Zip de son pantalon, se tourna vers elle et annonça d'une voix calme :

– On ne va pas se quitter comme ça...

Son sexe, à demi dressé, parut énorme à Ilona qui en avait pourtant vu d'autres. Elle faillit dire «*niet*» mais elle avait peur. Avec un sourire soumis, elle dit simplement de sa voix professionnelle :

– Tu as une belle queue.

Le métier revenait. Tout de suite, dès qu'elle se pencha sur lui, son compagnon lui saisit la nuque, forçant son membre jusqu'au fond de son gosier. Elle le mordit légèrement et il relâcha sa prise. Ensuite, ce fut la routine. Elle avait hâte de le faire jouir, de descendre et de prendre un taxi. Il commençait à souffler comme un phoque et elle se mit à le masturber furieusement. Au moment où il se déversait dans sa bouche avec un grognement ravi, la portière s'ouvrit, du côté d'Ilona. D'abord, elle pensa à la police. Puis deux mains l'empoignèrent, la tirant hors du véhicule, si violemment qu'elle tomba à terre.

Ahurie, elle aperçut deux silhouettes énormes. Un des hommes la releva, l'empoigna par la nuque et le sexe, crochant ses doigts dans la dentelle de sa culotte, et la jeta littéralement à l'arrière d'un 4 × 4 garé à côté, moteur en marche. Il monta ensuite près d'elle, la prit par les cheveux et lui lança :

– Maintenant que tu as terminé avec Dimitri, occupe-toi de moi. Et vite.

C'était Boris, celui qui se trouvait au restaurant avec Dimitri. Le troisième, qu'elle n'avait jamais vu, venait de

---

1. Pas de problème. On y va.

se mettre au volant. Le 4 × 4 démarra brutalement, suivi par la voiture de Dimitri. Son ravisseur avait déjà ouvert son pantalon de cuir. Docilement, elle se pencha sur le sexe endormi. Inutile de prendre des coups. Elle maudissait son imprudence. Des aventures semblables, elle en avait connu à Volgograd. Des bandes de voyous qui « punissaient » les filles ou s'amusaient avec. Si elles résistaient, elles se retrouvaient estropiées, battues ou mortes. Après tout, ce n'était qu'un mauvais moment à passer.

Mais son instinct ne l'avait pas trompée : c'étaient bien des mafieux.

Le véhicule roulait à toute vitesse et elle avait du mal à maintenir le sexe trapu dans sa bouche. À la faveur d'une ligne droite, elle parvint quand même à le faire jouir. L'autre la repoussa aussitôt brutalement et alluma une cigarette. Ils roulaient hors de Sharjah et elle se demanda où ils allaient. Puis, le 4 × 4 ralentit, elle aperçut une barrière qui se levait et un long hangar. Celui qui conduisait descendit, ouvrit la portière et tira Ilona à l'extérieur. Dimitri rejoignit ses deux compagnons.

Encadrée par les trois hommes, elle franchit une petite porte qui donnait dans un hangar vide puis on lui fit monter un escalier métallique et elle pénétra dans des bureaux vides, éclairés par des néons blafards. Courageusement, elle se retourna et adressa un sourire à ses tourmenteurs.

– On aurait quand même pu aller à l'hôtel...

Dimitri, pour toute réponse, lui envoya une gifle formidable et elle fut projetée contre le mur, presque assommée. L'œil gauche fermé, la tête bourdonnante, elle vit les trois hommes ôter leurs vestes, puis leurs tricots de corps. Quand elle aperçut leurs tatouages, elle comprit à qui elle avait affaire. C'était bien sa chance d'être tombée sur des types comme ça à Sharjah ! Ils la regardaient avec un mélange de concupiscence et de mépris. Dimitri se tourna vers ses deux copains.

– Qui est-ce qui commence ?

— Vladimir, il n'a encore rien eu, remarqua Boris avec bon sens.

Vladimir s'approcha, fixa Ilona dans les yeux et lui lança :

— Si tu ne me fais pas jouir comme un feu d'artifice, je t'écrase ta petite gueule de pute.

Sans un mot, Ilona tomba à genoux devant lui, défit sa ceinture et se mit au travail. Elle sentit qu'un des deux autres s'approchait d'elle par-derrière, déchirait sa jupe et lui arrachait sa culotte. De gros doigts s'introduisirent en elle, la fouillant comme un animal. Si fort qu'elle mordit involontairement le membre qui remplissait sa bouche. Elle reçut aussitôt une gifle qui lui arracha un cri. Tombée sur le plancher, elle fut aussitôt relevée par Boris qui la jeta en travers du grand bureau vide. Vladimir lui tira la tête en arrière puis vers le bas, de façon que, sa nuque calée sur l'arête du meuble, elle ait le visage renversé en arrière. Aussitôt, il lui enfourna brutalement son sexe jusqu'à la glotte. Ilona réprima un haut-le-cœur, puis sentit qu'un des hommes lui écartait violemment les cuisses, et un membre la pénétra brutalement, à lui repousser les ovaires dans la gorge. Il jouit très rapidement et son copain lui succéda. Celui-là lui rabattit les jambes vers l'avant et, posant son sexe contre l'ouverture de ses reins, la sodomisa avec une violence inouïe...

Ils s'excitaient les uns les autres, échangeant des plaisanteries ordurières et des appréciations salaces, se relayant à tour de rôle dans tous les orifices de son corps. Entre deux viols, ils lampaient de la vodka à la bouteille. Ilona avait mal partout, son ventre était en feu, et elle se répétait que la seule façon de ne pas prolonger son supplice était de ne pas se rebeller. C'était un mauvais moment à passer.

Cela dura plus d'une heure. La tête lui tournait. Elle ne pensait plus, occupée à satisfaire ses bourreaux du mieux qu'elle le pouvait.

Tout à coup, elle réalisa qu'on la laissait tranquille. Étendue sur le ventre en travers du bureau, dans une odeur d'alcool, de sperme et de sueur, elle en profita pour récupérer. Enfin, c'était fini ! Puis, Dimitri la prit par les cheveux avec un sale sourire.

– *Tebe nzovitsa, douchitchka*[1] ? Ce n'est pas tous les jours que tu peux goûter d'aussi belles queues.

Ilona demeura muette. Surtout, ne pas relancer le cauchemar.

Dimitri continua :

– On avait besoin de s'amuser un peu avant de travailler... J'espère que tu vas être bien coopérative.

Ilona sentit une pointe de feu lui vriller le cœur.

– Travailler, fit-elle, qu'est-ce que tu veux dire ?

L'autre lui lança un regard mauvais.

– Tu pensais qu'on t'avait emmenée ici simplement pour te baiser un peu ? On aurait pu faire ça sur la plage. Non, on a des questions à te poser.

– Des questions ?

Là, elle ne comprenait vraiment plus. Le Russe la prit à la gorge et dans une haleine d'alcool, lui souffla :

– Oui, *goloubouchka*[2], des questions sur ton copain américain. Et *ses* copains.

D'un seul coup, Ilona comprit. La séance de baise, c'était juste pour se détendre.

– Je ne sais pas ce que tu veux dire, prétendit-elle. Moi, je travaille dans ce pays et j'ai trouvé un client américain qui me file cinq cents dollars par jour pour passer ses vacances avec lui.

Dimitri secoua la tête.

– Tu es vraiment conne ! Bon, *za rabotou*[3]. Tu sais, en

---

1. Tu as aimé, petite colombe ?
2. Petit pigeon.
3. Au travail.

Tchétchénie, on en a vu de plus dures que toi. Allez, mets-toi à quatre pattes, là, sur le bureau.

Elle obéit pour éviter les coups et le Russe lui flatta la croupe.

– Beau petit cul... Bon, ne bouge pas. Boris ! Tu as le matos ?

– *Da*, cria Boris.

Dimitri lui entoura la taille de ses deux bras, lui coinçant la tête entre ses cuisses puissantes. Elle vit Boris s'approcher derrière elle. De la main gauche, il lui écarta les fesses. Ilona sentit quelque chose de froid et de dur qui forçait son anus et elle poussa un cri. L'homme qui la violait ricana.

– C'est moins bon que ma queue ? Non ?

Impitoyablement, il lui enfonça ce qui lui parut être un long tuyau dans les intestins. Cela semblait interminable et elle hurlait à chaque centimètre supplémentaire de pénétration. Enfin, il s'arrêta. Elle avait le visage inondé de larmes, ses dents claquaient et elle avait l'impression d'être transpercée jusqu'à l'estomac.

Dimitri lui lâcha la tête et Boris fit le tour du bureau pour se placer devant elle, agitant quelque chose sous son nez.

– Tu vois ce que c'est, ce truc ? demanda-t-il.

À travers ses larmes, Ilona distingua un morceau de fil de fer barbelé militaire aux arêtes coupantes comme un rasoir. L'autre continua :

– On va jouer au chien. En mettant ce truc dans ton joli petit cul. Mais rassure-toi, on va le retirer.

Il retourna derrière elle, et elle sentit qu'il immobilisait le bout de tuyau enfoncé dans son rectum. Pendant quelques instants, elle ne sentit rien, puis une sensation délicieuse : on lui retirait le tuyau qui la violait. Seulement, son soulagement fut de courte durée. Une brûlure atroce lui arracha un cri sauvage. Désormais, le fil de fer barbelé glissé à l'intérieur du tuyau était en contact direct avec la paroi de son intestin d'où il ressortait par son anus, se terminant par une boucle enroulée autour de la main de son bourreau, protégée par un gant de cuir. Il venait de tirer un peu et les barbelés avaient commencé à la déchirer...

Boris se pencha à son oreille.

– Tu préfères que je tourne ou que je le retire d'un coup ?

Terrifiée, Ilona ne répondit pas. Presque aussitôt, elle eut l'impression qu'on lui découpait les entrailles. Instinctivement, elle se mit à pivoter pour accompagner la torsion du barbelé et son bourreau éclata de rire. C'était ça, faire le chien. Ilona se retrouva sur le dos, comme un chien qui veut jouer.

– Tu veux bien nous aider, *goloubouchka* ? demanda suavement Boris.

Comme elle ne répondait pas, il tira d'un coup sec, faisant sortir le barbelé d'un centimètre. Ilona hurla et s'évanouit. Aussitôt, Boris prit la bouteille de vodka et en versa un peu sur son anus à vif.

– Tu sais, *goloubouchka*, nous avons toute la nuit, précisa-t-il, ce qu'on te demande n'est pas très difficile...

*\*\**

Chris Jones n'arrivait pas à fermer l'œil. Pour la centième fois, il regarda les aiguilles lumineuses de sa Breitling. Deux heures et demie du matin. Et Ilona n'avait pas reparu. Il essaya de se persuader qu'elle était partie passer la nuit avec son client. Après tout, c'était une pute. Il n'osait pas appeler Malko à cette heure tardive. Et pour lui dire quoi ? Qu'il était jaloux d'Ilona ?... Il essaya de se rendormir et, finalement, mit CNN pour regarder la guerre. Même ce spectacle, dont il raffolait d'habitude, ne l'apaisa pas. Il se leva et ouvrit la porte donnant sur le couloir. Une violente discussion venait de la chambre d'en face. Un Russe était en train de tabasser sa femme qui hurlait.

Le gorille passa un vêtement, descendit à l'étage en dessous et avança en direction de la chambre de Feriel Shahin. Son pouls monta aussitôt en flèche : la porte était ouverte. Il jeta un coup d'œil, vit la penderie vide... La Marocaine était revenue dans la soirée chercher ses affaires et avait quitté l'hôtel. Il retourna dans sa chambre et posa le Glock, une balle dans le canon, à côté de son lit. Il n'aimait pas cette coïncidence : Feriel Shahin s'était éclipsée juste au moment où Ilona disparaissait. Malgré tous ses efforts, il ne put s'endormir et compta les heures jusqu'à ce que le soleil se lève.

À huit heures, enfin, il appela d'abord Milton Brabeck. Celui-ci lui conseilla d'appeler Malko, qu'il réveilla.

– Nous avons un problème ! annonça avec gravité le gorille.

\*\*

Il était midi. Toujours aucune nouvelle d'Ilona. Son portable était coupé. Chris Jones avait inspecté le *Sharjah Beach Hôtel* sans voir l'homme qu'il avait aperçu la veille au restaurant, et dont il ne savait ni le nom ni même le prénom. Or, le *Sharjah Beach* était, lui aussi, plein de Russes.

Malko se rongeait. Il y avait une connexion évidente entre la disparition de Feriel Shahin et celle d'Ilona. Mais pourquoi avoir enlevé ou tué Ilona ? Évidemment, la présence des deux Russes lui faisait soupçonner Victor Bout.

– Je vais au World Trade Center, dit-il à Milton Brabeck. Allez rejoindre Chris à Sharjah.

Vingt minutes plus tard, il était en face de Richard Manson. Ce dernier ne parut pas trop inquiet de la disparition d'Ilona, mais celle de Feriel Shahin le rembrunit.

– Cette fois, je vais demander au CID de la retrouver, puisque nous avons le nom sous lequel elle s'était inscrite. Tout cela sent mauvais. Quelque chose se prépare et on veut nous mettre hors jeu. Vous avez des nouvelles de Krisantem ?

— Pas encore, fit Malko, mais il ne m'appelle pas régulièrement. Il faut retrouver Ilona.

— Elle est peut-être tout simplement avec un client, objecta l'Américain. Attendons ce soir.

Malko repartit vers l'*Intercontinental*, tordu par l'angoisse. Ilona était une fille sérieuse et avait peur. Elle n'avait pas disparu de son plein gré. Richard Manson avait raison : cela sentait mauvais, mais la Russe détenait sûrement le fin mot de l'histoire.

Pendant qu'il roulait, son portable sonna. Il répondit et vit le numéro qui s'affichait : cela commençait par 06. Il fit « allô », mais la communication fut aussitôt interrompue. Il dut attendre d'être à l'hôtel pour vérifier le numéro. Il s'agissait d'une des quatre cabines en face de la mosquée Amer-bin-Fouhairah. Ou c'était une coïncidence extraordinaire, ou il s'agissait d'Elko Krisantem, la seule personne qui pouvait l'appeler de là. Le Turc avait pu être interrompu et rappellerait.

Deux heures plus tard, Malko rongeait toujours son frein : Elko Krisantem n'avait pas rappelé.

Cette fois, c'était certain, ses adversaires étaient passés à la contre-offensive. Certes, il lui restait Chris Jones et Milton Brabeck avec leur puissance de feu. Mais comment et sur qui l'appliquer ? Il ne s'agissait plus de retrouver l'or d'Al-Qaida, mais de sauver ses collaborateurs. Son portable sonna à nouveau et il se rua dessus. Ce n'était pas Krisantem, mais une voix de femme.

— Malko ? C'est moi, Ilona.

# CHAPITRE XVI

— Ilona ! fit Malko, incroyablement soulagé. Où étiez-vous passée ? Nous étions très inquiets.
— Oh, j'ai fait la folle, expliqua la Russe. J'ai bu trop de champagne et je me suis couchée très tard. Je viens de me réveiller. Je suis à l'hôtel *Radisson*, à Sharjah, et je n'ai pas de voiture.

Connaissant le goût d'Ilona pour le Taittinger, l'histoire était vraisemblable.

— Bien sûr, dit aussitôt Malko. Je serai là dans une heure au plus. Où serez-vous exactement ?
— Au bar, au rez-de-chaussée, en entrant à droite.

Après avoir raccroché, il se sentit léger comme une plume. Ilona réapparue, il ne restait plus que Feriel Shahin à retrouver. Il n'était pas impossible que la Marocaine change régulièrement d'hôtel, surtout si elle avait reniflé une présence suspecte. Quant à Elko Krisantem, il rappellerait.

Il descendit rejoindre Chris et Milton à la cafétéria de l'*Intercontinental* et leur annonça la réapparition d'Ilona.

— Je vais la chercher, proposa aussitôt Chris Jones, rayonnant.
— Tu es amoureux ! ricana Milton Brabeck.

Chris, furieux, se renfrogna. Malko, peu à peu, sentait

son euphorie se dissiper. Cette histoire d'Ilona était quand même bizarre. Dans son métier, il n'y avait jamais de coïncidence.

– Nous y allons tous les trois, décida-t-il. Une fois que nous l'aurons récupérée, nous ratisserons les hôtels touristiques de Sharjah pour essayer de retrouver Feriel Shahin. Il y en a une douzaine au plus.

Chris Jones avait senti sa réticence et demanda aussitôt :
– Elle vous a paru comment, au téléphone ?
– Elle ne m'a dit que quelques mots, répondit Malko, mais elle semblait normale. Mais, je ne sais pas... mon sixième... peut-être que je deviens parano, tout simplement...

Il se renseigna à la réception.

Le *Radisson* était en plein Sharjah, à côté de la mosquée Al-Majfirah, entre la corniche et la mer. Il imaginait mal un guet-apens dans ce grand hôtel de luxe, surtout en plein jour.

*\**
\*

Elko Krisantem jardinait. Derrière la madrasa, il y avait un petit potager destiné à améliorer l'ordinaire de la communauté. Il ne se sentait pas tranquille. Au moment où il avait voulu téléphoner à Malko, Tawfiq, le géant, avait surgi comme s'il le suivait. Elko s'était hâté de raccrocher et de rentrer dans la cour. Quelque chose avait changé dans l'attitude des gens de la mosquée à son égard : désormais, ses occupants se méfiaient visiblement de lui, cessant de parler lorsqu'il s'approchait et fuyant sa compagnie. Même les Tablighis étaient moins chaleureux. Il avait l'impression que ce changement datait du jour où, pensant ne trouver personne, il était descendu au sous-sol des Afghans pour une discrète exploration et où il s'était heurté à un Afghan armé d'une Kalach.

C'était la première arme qu'il voyait dans la mosquée.

Il avait battu en retraite sous le regard furieux de l'Afghan, sans poser de question.

Il termina son jardinage et se dit qu'il fallait absolument prévenir Malko. Cette mosquée était suspecte et il se pouvait très bien qu'une partie de l'or d'Al-Qaida y soit dissimulée. Il posa sa bêche et gagna la cour déserte. Bientôt, ce serait l'heure de la prière. Il allait en profiter pour téléphoner : tous les jours, pendant dix minutes, tous s'agenouillaient sur leurs tapis de prières. Il attendit l'appel du muezzin puis se dirigea vers le grand portail. Il se glissa dans la cabine téléphonique et enfonça sa carte dans l'appareil. Il commençait à composer le numéro du portable de Malko lorsqu'il sentit une présence derrière lui. Il se retourna : Tawfiq, l'immense barbu aux yeux fous, avait surgi de nulle part et l'observait. Avant que Elko Krisantem ait le temps de retirer sa carte, il sortit de la poche de son *abaya* un couteau de boucher de trente centimètres et en enfonça la pointe dans le flanc du Turc.

— Tu ne pries pas, mon frère ? demanda-t-il, l'air mauvais.

De la pointe de son couteau, il repoussa Elko qui dut reculer pour ne pas être embroché. Tawfiq al-Banna se pencha sur le cadran où le numéro appelé s'affichait et se retourna.

— Ce n'est pas un numéro turc, mon frère.

\*\*\*

Malko tourna autour du rond-point de la mosquée Al-Majfirah et s'engagea sur la corniche en direction de l'ouest. Le *Radisson*, flambant neuf, se trouvait tout de suite sur sa droite, au bout d'une longue allée, avec le parking à gauche. Il s'engagea dans l'allée, s'arrêta sous l'auvent de l'entrée et se tourna vers Chris Jones.

— Chris, allez la chercher.

L'Américain avait déjà sauté de la Mercedes. Il s'engouffra dans la porte tournante. Malko regard autour de lui. Le parking était presque vide, l'hôtel venant tout juste d'ouvrir. À peine deux minutes plus tard, le gorille réapparut, dépité, et rejoignit la Mercedes.

– Elle n'est pas là, annonça-t-il.
– Vous avez regardé partout ?
– Oui.
Bizarre.
– J'y vais, dit Malko.

Laissant le volant à Milton Brabeck, il pénétra à son tour dans l'hôtel et gagna le bar, absolument désert. Un maître d'hôtel indien l'accueillit avec un large sourire, trop content de voir enfin un client.

– Je cherche une jeune femme blonde qui se trouvait là tout à l'heure, dit Malko. Vous ne l'avez pas vue ?

Le sourire de l'Indien s'effaça.

– *Sir*, dit-il dans un anglais parfait, je suis ici depuis dix heures du matin et je n'ai vu personne. Les « jeunes femmes » viennent plutôt le soir, si c'est ce que vous cherchez.

Malko remercia et ressortit, perturbé. Ou Ilona avait menti – et il ne voyait pas pourquoi – ou elle n'était jamais venue et on l'avait forcée à lui fixer ce rendez-vous. Qui ne pouvait alors être qu'un piège. Mais lequel ? Pourtant, la seule raison de cet appel était de l'attirer là. Il remonta dans la Mercedes, perplexe, et expliqua la situation aux deux gorilles.

– On attend un peu ? suggéra Chris Jones, le cœur brisé.
– Cela ne sert à rien, objecta Malko. Ilona n'est jamais venue ici. Allons voir au *Sharjah Beach Hôtel*, si vous retrouvez l'homme qui se trouvait avec elle au restaurant de votre hôtel.
– Pourquoi on ne va pas chez Airbuzz ? demanda Milton Brabeck. Ce sont des Russes liés à Al-Qaida.
– Sauf à faire une expédition en force, cela ne servira à rien, objecta Malko. Nous n'avons aucune autorité légale

et l'endroit est gardé par les militaires émiratis. En plus, il faut éviter d'alerter les Russes qui ignorent encore probablement que nous nous intéressons à eux.

Il ressortit dans Corniche Road, large avenue à deux voies séparées par un terre-plein, à la circulation quasi inexistante. Il avait parcouru une centaine de mètres lorsqu'un 4 × 4 noir aux vitres fumées les doubla. Au lieu de continuer son chemin, il se rabattit un peu plus loin et roula devant eux. Le pouls de Malko fit un bond. Le véhicule n'avait pas de plaque minéralogique. Au moment où il allait avertir Milton, la glace arrière du hayon du 4 × 4 se souleva, laissant apparaître le canon d'un fusil-mitrailleur.

*\*\**

Avant même que l'arme ne commence à tirer, dans un réflexe fulgurant, Malko donna un violent coup de volant vers la gauche. Il y eut un choc sourd et la Mercedes se retrouva sur le terre-plein central. Des détonations claquèrent, un rythme d'arme automatique. La rafale toucha l'arrière de la Mercedes, à la hauteur du coffre. Une grêle de projectiles troua la carrosserie, s'enfonçant un peu partout, crevant le pneu arrière droit, arrachant la porte du coffre. Les glaces furent pulvérisées. La Mercedes retomba lourdement de l'autre côté du terre-plein et termina sa course sur le bas-côté de Corniche Road. Des flammes jaillirent de l'arrière et en quelques secondes enveloppèrent tout le véhicule. Malko et les deux gorilles se ruèrent hors du véhicule. Milton Brabeck poussa un cri :

– Attention, ils reviennent !

Le 4 × 4 noir était à son tour passé de l'autre côté du terre-plein et revenait dans leur direction ! Impossible de distinguer ses occupants à cause des reflets sur le pare-brise, mais ce n'étaient pas des amis. Chris Jones leva son Glock et, bras tendus, commença à tirer. Posément, au coup par coup. Ils virent alors le 4 × 4 noir freiner brutalement et s'arrêter. Malko et Milton Brabeck avaient dégainé à leur tour, mais ils n'eurent pas le temps de se servir de leurs armes. Le véhicule noir venait de retraverser le terre-plein et repartait dans la direction opposée. Impossible de le poursuivre à pied.

Quelques badauds commençaient à s'agglutiner autour de la Mercedes en train de brûler. Heureusement, les flammes dissimulaient les impacts de balles et cela pouvait ressembler à un simple accident de la circulation. Malko, fou furieux, appela immédiatement Richard Manson. Il finissait de lui expliquer la situation quand une voiture de police blanche et verte s'immobilisa à leur hauteur. Un des policiers en jaillit, un extincteur à la main. Malko alla à la rencontre de son collègue, dissimulant son angoisse.

Qu'était devenue Ilona ? Cette attaque ne portait pas la signature d'Al-Qaida, même s'il n'avait pas vu ses auteurs. Cela rappelait plutôt, par sa brutalité, la mafia russe.

*\*\**

Boris Alexandrovitch Gurjieff ne toucherait jamais ses dix mille dollars. Affalé sur la banquette avant du 4 × 4, la tête rejetée en arrière, il regardait de ses yeux vitreux le pavillon du Toyota. Une balle l'avait atteint en plein front, lui faisant éclater le crâne. Il y avait du sang et des débris de matière cervicale dans toute la voiture. Les dents serrées, les deux Russes survivants ruminaient leur échec. Ils avaient pourtant mis les chances de leur côté avec le Poulimiot.

En bons militaires, ils avaient rompu le contact en constatant que leurs adversaires n'étaient pas neutralisés, mais au contraire capables de riposter. Serguei Polyakof allait être furieux... Ils retraversèrent tout Sharjah, prenant ensuite la route de l'aéroport. Comme personne ne les poursuivait, ils se détendirent un peu. Heureusement, à part trois impacts dans le pare-brise, le 4 × 4 ne portait pas de marques compromettantes. À peine dans l'enceinte des bâtiments du fret, Dimitri s'engagea sur la rampe menant au hangar et y gara le véhicule.

Trois minutes plus tard, il pulvérisait le pare-brise à coups de masse. Serguei Polyakof surgit alors qu'ils étaient en train de sortir le corps de Boris Alexandrovitch Gurjieff de l'habitacle pour l'envelopper dans une toile. Il explosa.

– *Bolchemoi !* Qu'est-ce qui est arrivé ?

– *Problem !* fit simplement le Russe.

Dimitri Serguine approuva, l'air sombre.

– *Da*. Ils nous ont échappé et ont tué Boris.

Ça, c'était le cadet des soucis de Serguei Polyakof.

– Ils vous ont identifiés ? demanda-t-il aussitôt.

– *Niet*, affirma Vladimir Ogoroznik. Ils ne nous ont même pas vus. Mais ils étaient armés et ils savaient se servir de leur matériel. Si on n'avait pas fait un *razvarot*[1], on y passait tous les trois.

Serguei Polyakof leur jeta un regard méprisant. Et on appelait ça l'élite de l'armée russe. À trois, avec un Poulimiot, et bénéficiant de la surprise, ils n'avaient pas été fichus de liquider trois Américains.

– Il faut se débarrasser de ce 4 × 4, dit-il, les Américains sont très liés au CID. On va l'emmener vers le sud, chez nos copains ; tout de suite, avec Boris. Ils l'enterreront là-bas. Remettez-le à l'intérieur.

Boris était lourd, très lourd. Quand ils l'eurent allongé à l'arrière, Dimitri Serguine dit, l'œil mauvais :

– On descend l'autre salope ou on l'emmène aussi ? Je veux lui exploser la gueule moi-même.

– Pour le moment, elle reste là, fit sèchement Serguei

---

1. Demi-tour.

Polyakof. Vous avez fait assez de conneries pour aujourd'hui.

Ilona gisait, ligotée comme un saucisson, à même le sol du bureau où elle avait été torturée. Ils l'avaient nourrie et lui avaient administré une piqûre de morphine pour qu'elle soit en état de parler, deux heures plus tôt. Le sang s'écoulait de son anus, sans interruption, et la douleur devenait insupportable. C'est la menace d'un nouvelle séance du « jeu du chien » qui l'avait convaincue d'appeler Malko. Désormais sans illusion et résignée, elle attendait la mort. Pour s'être trouvée au mauvais moment au mauvais endroit. Prise dans une histoire qui la dépassait. Ses bourreaux la liquideraient dès qu'ils n'auraient plus besoin d'elle. Ses intestins la brûlaient atrocement et elle se demandait combien de temps elle mettrait à agoniser. Le pire, c'est que ses tortionnaires n'éprouvaient aucune haine à son égard. Juste une indifférence sidérale. Elle était un animal de laboratoire. Dont on se débarrasse quand on n'a plus besoin de lui.

Serguei Polyakof se mit au volant de sa BMW et fit signe au soldat de lever la barrière.

Il se demandait comment réagir. Feriel Shahin allait très vite venir aux nouvelles. Pour l'instant, il ignorait où elle se trouvait et sous quelle identité. Avec son *abaya* et son *hijab*, elle pouvait se déplacer à sa guise. Il n'osait pas penser à sa réaction : l'Ilyouchine 76 qu'elle avait charté arriverait le lendemain. Son plan de vol déposé auprès de la tour de contrôle de l'aéroport de Sharjah prévoyait qu'il reparte dans les quarante-huit heures, à destination de l'Angola.

Moins longtemps il resterait à Sharjah, mieux cela vaudrait. Or, à moins d'être mongoliens, les Américains allaient deviner d'où venait le coup. Et réagir en conséquence. Alors que lui, Serguei Polyakof, au nom de Victor Bout, s'était engagé auprès de la représentante d'Al-Qaida, à fournir un « environnement sécurisé ». Il n'osait pas penser aux conséquences pour lui si ce n'était pas le cas. Dans son métier, les procédures de licenciement se résumaient à une balle dans la nuque. Il contourna l'aéroport et prit la route de Ras al-Khaïmah. Boris Gurjieff n'avait sûrement jamais pensé qu'il dormirait de son dernier sommeil sous les palmiers du désert...

Il restait à Serguei Polyakof quelques heures pour résoudre son problème : éliminer définitivement ses adversaires. Peut-être Ilona pouvait-elle encore se révéler utile. Elle ne posait pas de problème. Au pire, on l'embarquerait dans l'Ilyouchine et elle serait jetée dans la mer d'Oman.

\*\*

Elko Krisantem, les mains liées derrière le dos, les chevilles entravées, essayait de rester zen. Tawfiq al-Banna l'avait conduit à la pointe de son couteau de boucher jusqu'au sous-sol où se trouvaient les Afghans. Là, on l'avait d'abord battu à coups de crosse, après une conversation en dari à laquelle il n'avait rien compris. Ensuite, un des Afghans qui parlait anglais s'était accroupi en face de lui, le regard brûlant de haine.

— Tu es un chien, avait-il craché. Doublement un chien, puisque tu es des nôtres. Un musulman. Dieu te punira sévèrement.

Elko avait protesté de son innocence, en turc et en anglais, jurant ne pas comprendre ce qui arrivait. Ils l'avaient fouillé sans rien trouver, mais leur conviction était faite : le numéro affiché sur la cabine publique suffisait à l'incriminer. Impossible de prétendre qu'il s'agissait d'un numéro turc...

— Tu travailles avec les Américains ! avait conclu son interrogateur. Avant de partir d'ici, nous t'égorgerons.

En attendant, il reposait dans une minuscule cellule aménagée à côté du quartier des Afghans. Il y faisait un froid glacial. Le sol était en terre battue et il était dans le noir complet.

Aucune chance de s'évader, bien qu'ils ne lui aient même pas confisqué son lacet, en ignorant sûrement l'usage. Pourtant, l'avenir n'était pas rose : Tawfiq al-Banna semblait un fanatique haineux et Elko ne voyait pas comment on pourrait venir le chercher dans ce sous-sol. Jamais la CIA ne prendrait le risque d'attaquer une mosquée pour le libérer, lui qui n'était même pas contractuel à l'Agence.

**\*\***

L'ambiance était lugubre, en dépit du soleil qui tapait sur la grande baie vitrée du bureau de Richard Manson. L'Américain avait écouté le récit des mauvaises nouvelles de la journée, vautré dans son fauteuil, jouant machinalement avec son Zippo à bannière étoilée. Ilona avait bel et bien disparu, kidnappée par des Russes non identifiés qui n'avaient pas hésité, à Sharjah, en plein jour et en pleine ville, à monter une opération militaire. Ils étaient probablement liés à Airbuzz, mais comment le prouver ?

Où se trouvait Ilona, la prostituée russe devenue auxiliaire de la CIA ? Avait-elle été retournée avec de l'argent ou torturée ? Feriel Shahin, elle aussi, s'était volatilisée. Comme Elko Krisantem. Au fur et à mesure que les heures passaient, l'anxiété de Malko s'était accrue. Le coup de fil interrompu du Turc n'était pas bon signe.

– Que pensez-vous faire ? lui demanda Richard Manson. Nous n'avons plus aucun indice pour retrouver cet or.

Malko était à mille lieues de l'or d'Al-Qaida.

– C'est vrai, reconnut-il, mais avant l'or, il faut retrouver Ilona et Elko Krisantem. Ils sont forcément en danger.

– Que suggérez-vous ? Faire appel au CID ?

– Non. Nous devons agir nous-mêmes. Commencer par la mosquée de Sharjah, puisque nous ignorons où peut se trouver Ilona. Si Elko n'a pas donné signe de vie d'ici ce soir, je pense qu'il faut y aller. Avec Chris et Milton. Effectuer une descente, afin de s'assurer de la présence d'Elko.

– Et s'il n'y est pas ?

Malko eut un geste d'impuissance.

– Je pense que nous trouverons des indices. Mais je ne peux pas l'abandonner.

L'Américain n'était pas chaud.

– Il s'agit d'une *mosquée*, souligna-t-il. Si j'en parle au CID, je connais d'avance leur réponse : ce sera non. Et si votre intervention se traduit par un clash, les conséquences politiques risquent d'être incalculables. Les différents cheikhs d'ici jouent avec le feu. Surtout à Sharjah où la population est très islamisée. L'attaque d'une mosquée par des étrangers – des non-croyants – peut enflammer les choses et déclencher des réactions violentes. Des attentats antiaméricains. Aussi, je ne peux pas vous donner le feu vert.

– Je prends acte, dit Malko sans se compromettre. Dans ce cas, nous n'avons plus qu'à attendre.

– Vous avez fait un travail formidable, reconnut Richard Manson. Grâce à la filature de Feriel Shahin, nous sommes désormais presque sûrs que l'or d'Al-Qaida se trouve quelque part dans les Émirats et va être évacué dans un des appareils de Victor Bout. Tant qu'il n'y aura pas d'avion sur le tarmac de Sharjah, nous avons un répit. Profitez-en pour essayer de découvrir où il est caché.

Ils se séparèrent sans poignée de main. Chris et Milton arboraient des mines d'enterrement. Malko n'attendit pas d'être au rez-de-chaussée pour annoncer :

– Ce soir, j'irai à la mosquée Amer-bin-Fouhairah. Même si ce n'est pas politiquement correct. De toute façon, l'assassin de Touria Zidani s'y trouve. On n'ira pas pour rien. Je crains qu'il ne soit arrivé quelque chose à Elko.

Chris Jones, qui n'arrêtait pas de penser à Ilona, renchérit :

– Moi, je viens avec vous. Même si je dois me faire virer.

L'expédition risquait de ne pas être triste. Contre eux, il y avait au moins une trentaine de personnes. Malko se dit que s'il découvrait dans la mosquée une partie de l'or d'Al-Qaida, Richard Manson oublierait ses objections. Sinon, il aurait tenté l'impossible pour sauver Elko Krisantem et pourrait se regarder dans une glace.

# CHAPITRE XVII

Feriel Sahin transpirait sous son *hijab*. Le 4 × 4 Toyota n'était pas climatisé et il y régnait une chaleur étouffante. Assis à côté d'elle, un Bédouin de la tribu des Al-Sheni de Ras al-Khaïmah faisait comme si elle n'existait pas. Deux autres se trouvaient à l'avant du 4 × 4, qui précédait un fourgon blanchâtre à l'intérieur duquel s'entassaient une demi-douzaine de Bédouins armés jusqu'aux dents. Ils étaient mal à l'aise dès qu'ils quittaient leur rocaille, et d'autant plus en présence d'une femme, même si elle respectait strictement les règles islamiques. Surtout qu'elle leur donnait des ordres. Ils savaient que c'était une combattante de l'islam et s'étaient pliés à son commandement.

La Marocaine se pencha vers le chauffeur.

– Nous ne devons pas rester là-bas plus d'une demi-heure. Si on nous dérange, tes hommes doivent tirer.

– *Aiwa*[1], fit-il simplement.

Ils étaient dans Sharjah et remontaient Al-Wahda Street, longeant la zone industrielle. Depuis qu'elle avait quitté le *Grand Hôtel* de Sharjah, Feriel Sahin s'était réfugiée dans la tribu des sympathisants d'Al-Qaida. Le seul endroit où elle soit totalement en sécurité. Jamais le CID ne viendrait

---

1. Oui.

l'y chercher. Évidemment, cela ne simplifiait pas les communications, car elle se refusait, par prudence, à utiliser son portable.

Elle avait reçu une première mauvaise nouvelle par un messager envoyé chez Airbuzz : les Américains n'avaient pas été neutralisés. Un autre messager lui avait appris l'arrestation au sein de la mosquée Amer-bin-Fouhairah d'un espion, très probablement envoyé par les Américains. Elle avait aussitôt pris sa décision : mettre à l'abri l'or stocké depuis des mois dans la mosquée. Ce n'était plus un endroit sûr : les Américains risquaient de venir récupérer leur espion.

Elle était tendue mais les deux véhicules passaient complètement inaperçus dans la circulation intense de Sharjah. Ils longèrent la zone industrielle et parvinrent enfin à la grille de la grande madrasa. Le 4 × 4 et le fourgon traversèrent la cour, puis contournèrent le grand bâtiment blanc pour s'arrêter devant un petit escalier donnant accès au sous-sol, invisible de la cour. Depuis qu'elle en avait donné l'ordre, les Afghans avaient remonté les caisses d'or d'un second sous-sol au premier. À peine les deux véhicules eurent-ils stoppé que les Bédouins se déployèrent autour, prêts à tirer. Feriel Shahin sauta du 4 × 4 et alla à la rencontre de l'immense Tawfiq al-Banna. Son homme de confiance à la mosquée.

– Tout est prêt ?
– Tout est prêt, dit-il.

Aussitôt, les Afghans commencèrent à transporter les caisses de bois qui ressemblaient à des caisses de munitions avec leurs poignées en corde. Chacune contenait dix lingots d'un kilo. Les Afghans en portaient trois à la fois qu'ils rangeaient ensuite dans le fourgon. Nerveuse, Feriel Shahin décida d'aller faire un tour de l'autre côté afin de surveiller l'entrée de la mosquée. Heureusement, Tawfiq avait fait refermer la grille afin d'éviter toute surprise fâcheuse. Lorsqu'elle revint, le transport était presque terminé. Elle regarda les caisses entassées dans le fourgon :

cela ne tenait pas beaucoup de place, et pourtant il y en avait pour dix millions de dollars. Une fortune pour Al-Qaida, de quoi financer la grande campagne d'attentats après la guerre contre l'Irak. Elle ne serait tranquille qu'une fois cet or en lieu sûr pour de bon.

Tawfiq al-Banna s'approcha d'elle.

– C'est fini, dit-il. Il reste l'homme dont je t'ai parlé. Est-ce que je peux l'égorger avant de te le remettre ?

– Qu'a-t-il vu ? demanda Feriel Shahin.

– Rien. Je l'ai surpris en train de téléphoner à ses maîtres.

– Libère-le, fit-elle simplement.

Tawfiq lui jeta un regard d'incompréhension et protesta :

– Le libérer ! Mais c'est un ennemi. Il a voulu nous infiltrer pour voler cet or.

– Libère-le, répéta Feriel Shahin, sinon ceux qui l'ont envoyé vont le chercher partout. Dis-lui que tu t'es trompé. Il peut rester ici désormais autant qu'il le souhaite. Et tes amis tablighis seront contents.

Des Afghans étaient en train de monter dans le fourgon. Seuls ceux d'entre eux qui désiraient rester à la mosquée pour étudier demeuraient là. En deux minutes, tout fut bouclé. Feriel Shahin reprit place dans le 4 × 4. Direction la tribu des Al-Sheni. Dans deux heures, cette partie de l'or d'Al-Qaida serait en sûreté. Tawfiq al-Banna regarda s'éloigner les deux véhicules. Furieux et frustré.

*
* *

Lorsque Elko Krisantem vit entrer dans sa soupente Tawfiq al-Banna, son couteau de boucher à la main, il se dit que c'était fini. Il essaya de se recroqueviller, enfonçant son menton dans sa gorge en un geste futile de défense, mais il sentait déjà la lame entamer sa peau. Tawfiq al-Banna resta immobile d'interminables secondes, debout à côté de lui. Puis il se pencha, retourna Elko Krisantem sur le ventre et, d'un geste sûr, trancha les liens de ses poignets.

– Il y a eu une erreur à ton sujet, fit-il de mauvaise grâce. Nous avons discuté de ton cas avec nos hôtes qui ont décidé que tu étais innocent. Tu peux rester ici et étudier le Saint Livre aussi longtemps que tu le souhaites, *inch Allah*.

Il tourna les talons, sans même lui libérer les chevilles.

Elko Krisantem s'en acquitta lui-même et se frotta longuement les poignets, se demandant ce que signifiait cette étrange libération. Il avait soif et faim et se hâta de remonter à la surface, accueilli aussitôt par un des Tablighis qui l'invita à venir se restaurer dans la petite pièce qui leur servait de réfectoire. Pendant qu'il mangeait, le religieux lui dit :

– Parfois, nos frères sont trop suspicieux… Ils sont tellement traqués ! Il faut leur pardonner. Moi, je suis sûr que tu es un bon musulman.

– Je suis un bon musulman, affirma Elko, qui n'avait pas mis les pieds dans une mosquée depuis trente ans.

Il avait hâte de prévenir Malko mais on ne lui avait pas rendu sa carte de téléphone. Il se dit qu'il irait en acheter une autre un peu plus tard.

*\*\**

Serguei Polyakof essayait de s'intéresser aux papiers étalés sur son bureau, sans y parvenir. Dimitri Serguine et Vladimir Ogoroznik se reposaient à l'entresol, après une effroyable cuite à la vodka pour fêter dignement la mort de leur copain Boris. Celui-ci gisait désormais sous six pieds de sable, loin de Sharjah. Ilona était toujours détenue dans le bureau et se plaignait de plus en plus. Serguei Polyakof ne savait plus que faire. Il devait fournir à Feriel Shahin un plan qui la rassure, mais n'en voyait pas. La seule solution était d'accélérer le processus à partir du moment où l'Ilyouchine 76 destiné au transport de l'or se poserait à Sharjah. Mais, même en faisant au plus vite, cela représentait plusieurs heures au sol durant lesquelles ils seraient vulnérables : les Américains les soupçonnaient, l'interrogatoire d'Ilona l'avait confirmé. Auraient-ils le temps de réagir ? Serguei Polyakof ne pouvait pas prendre le risque. S'il échouait, c'était tout un délicat échafaudage de relations avec ses clients qui risquait de s'effondrer.

À force de réfléchir, il échafauda une contre-mesure qui pourrait éventuellement le débarrasser des Américains. C'était un peu délicat, mais sans parade si c'était bien réalisé. Restait à convaincre Feriel Shahin.

Il descendit à l'entresol. L'idée de garder Ilona dans ce local l'inquiétait, mais la jeune femme pouvait encore servir. Ses deux bourreaux tuaient le temps en lisant des ouvrages de science-fiction apportés avec eux. Ilona, couchée sur le sol, semblait morte.

– Comment va-t-elle ? demanda Serguei Polyakof.

Dimitri Serguine jeta un coup d'œil indifférent à la forme étendue et haussa les épaules.

– Pareil. Tu veux qu'on la finisse ? Elle commence à puer

Serguei Polyakof faillit dire oui. Si on la trouvait là, il risquait de sérieux problèmes. Il se rassura en se persuadant qu'aucun policier ou douanier émirati n'allait se mettre en quatre pour une prostituée russe. Il arrosait assez les douaniers de Sharjah pour qu'ils lui en soient reconnaissants.

– Faites-lui une piqûre, dit-il, qu'elle ne fasse pas de bruit.

\*\*\*

Malko se reposait après la réunion houleuse au consulat général des États-Unis. Et broyait du noir. Il savait les risques encourus s'il désobéissait au chef de station : en cas de bavure, il serait déclaré *persona non grata* à la CIA et n'aurait plus qu'à vendre le château de Liezen. En même temps, il ne pouvait pas abandonner Elko Krisantem. Il affrontait des gens féroces. Du meurtre sauvage de la « mule » chargée d'or à l'attaque d'une brutalité inouïe dont il avait été victime, ses adversaires avaient montré qu'ils n'hésitaient pas une seconde à tuer.

Peut-être Elko était-il déjà mort. Mais il ne pouvait pas faire l'impasse sur son sort. Ou alors, il ne pourrait plus se regarder en face.

Il avait calculé que l'activité serait à peu près nulle vers dix heures du soir dans la zone industrielle : les entrepôts seraient fermés et s'il y avait de la casse, personne n'interviendrait.

Mais Dieu sait comment se passerait l'attaque de la mosquée Amer-bin-Fouhairah, en dépit de ces éléments favorables.

**\*\***

Un silence tendu régnait dans la nouvelle Mercedes tout aussi blanche que l'autre. Il était dix heures pile et Malko venait de tourner dans la grande avenue qui descendait jusqu'à l'extrémité de la zone industrielle n° 11. Pas un chat, tous les entrepôts étaient fermés. Malko se gara le long du mur où se trouvaient les cabines téléphoniques, face à une forêt de gigantesques pylônes électriques plantés dans le *no man's land* qui prolongeait la zone industrielle. Chris Jones, Milton Brabeck et lui sortirent et refermèrent silencieusement les portières.

La grille de la madrasa était close. Malko risqua un œil et aperçut, non loin du bâtiment, un feu allumé sur le sol, entouré de silhouettes assises. Les Afghans. Il revint vers les deux gorilles et fit le point.

– Si la grille est ouverte, expliqua-t-il, nous entrons et

nous fonçons. Vous neutralisez les gens qui sont dans la cour, et moi, je pars dans le bâtiment à la recherche d'Elko. Si elle est fermée, Chris, vous la faites sauter. O.K. ?

– *Let's roll*[1], fit simplement Chris Jones.

Le Glock au poing, il était parfaitement calme. Tout en pensant sans arrêt à Ilona. Malko se glissa le premier le long du mur, posa la main sur la poignée de la grille et tourna. Elle grinça, mais s'ouvrit : elle n'était pas fermée à clef ! En un clin d'œil, ils se glissèrent tous les trois dans la grande cour. Ils l'avaient déjà à moitié traversée quand on s'aperçut de leur présence. Une voix cria quelque chose en arabe. Puis, comme ils ne s'arrêtaient pas, un des hommes assis autour du feu se leva et vint à leur rencontre. Milton Brabeck fit un pas en avant. Le bras tendu, il avança jusqu'à l'homme habillé à l'afghane – *kamiz* et *charouar* –, lui colla le canon de son pistolet sur le front et lança :

– *Don't move*[2] !

N'importe qui aurait obéi. Mais les Afghans n'étaient pas n'importe qui. D'un revers de main furieux, l'homme balaya l'arme et se mit à agonir d'injures Milton Brabeck ! Pas du tout impressionné. Aussitôt, ses compagnons, alertés par l'algarade, se levèrent et s'approchèrent, menaçants. Ils étaient une douzaine, tous barbus, farouches et visiblement très méchants. Pistolets sortis, Milton et Chris leur faisaient face, décontenancés. Malko, lui aussi l'arme à la main, pris de court, vit qu'on était à un cheveu du bain de sang. Tous les Afghans étaient armés de couteaux et n'hésiteraient pas à les attaquer.

Tout à coup, un appel fit sursauter Malko.

– *Ihre Hoheit*, je suis là !

Il tourna la tête et distingua dans l'ombre du bâtiment la silhouette voûtée d'Elko Krisantem qui venait vers eux.

---

1. Allons-y.
2. Ne bougez pas !

Le Turc accourut et la tension tomba d'un coup. Malko se sentit tout bête. Il s'était trompé. Les Afghans eux-mêmes semblaient désemparés. Elko Krisantem se plaça entre eux et les trois visiteurs et lança en anglais, puis en turc :

– Ce sont des amis !

– Rentrez votre artillerie, ordonna Malko aux deux gorilles.

Lui-même remit son arme dans sa ceinture. Les Afghans grognaient sans trop saisir ce qui se passait, mais ne manifestaient plus d'intentions offensives. Elko Krisantem s'approcha de Malko.

– J'étais prisonnier, mais ils m'ont relâché ce matin. Je ne sais pas pourquoi. Je n'ai pas pu sortir d'ici pour vous prévenir. Il faudrait aller voir au sous-sol. J'ai l'impression qu'ils y cachent quelque chose. Venez.

– Surveillez-les, lança Malko aux deux gorilles, en se dirigeant vers le bâtiment.

Les Afghans ne réagirent pas tandis qu'ils s'engouffraient dans la madrasa. Elko Krisantem dégringola un escalier étroit, Malko sur ses talons. De faibles ampoules éclairaient un sous-sol rustique. À gauche, une pièce avec des matelas par terre et des vêtements accrochés au mur. Devant, une porte de bois.

– C'est là, annonça Elko Krisantem. Cette porte est toujours fermée.

Malko s'avança. La porte était entrouverte et il la poussa, trouvant un interrupteur électrique sur la gauche. L'ampoule jaunâtre éclaira un réduit absolument vide. Il eut beau scruter tous les recoins, cette pièce ne contenait rien. Vexé, Elko Krisantem remarqua :

– C'est la première fois que je vois cette porte ouverte. D'habitude, il y a toujours un gros cadenas et plusieurs Afghans qui veillent dans la pièce voisine. Ils interdisaient à tous, même aux Tablighis de la madrasa, de venir ici...

– En tout cas, il n'y a plus rien, dit Malko. Venez avec nous, c'est trop dangereux de vous laisser ici.

— Mais je suis grillé, alors ! protesta Elko Krisantem.
— Ça vaut mieux que d'être mort, trancha Malko. Et même s'il y a eu quelque chose ici, il n'y a plus rien.

Il ne voulait pas prononcer le mot « or », par superstition... Ils remontèrent au rez-de-chaussé et Elko Krisantem sortit en premier pour rejoindre les Afghans toujours tenus en respect par les deux gorilles. Malko se trouvait encore dans le hall quand il entendit un bruit derrière lui. Il se retourna.

Tapi dans un coin, Tawfiq al-Banna, le géant qui avait assassiné Touria Zidani, fixait sur lui son regard de fou. Il tenait à deux mains une énorme hache dont la lame luisait dans la pénombre. Il déplia tout à coup des deux cent dix centimètres, touchant presque le plafond, et se rua en avant, la hache haute, en hurlant :

— *Allah ou akbar !*

Paralysé par la surprise pendant quelques fractions de seconde, Malko plongea la main dans sa ceinture pour y prendre le Glock. Au moment où il allongeait le bras pour viser, d'un moulinet, le géant frappa le canon du pistolet qui fut arraché des doigts de Malko et vola à travers la pièce. Il dut reculer pour éviter d'être coupé en deux et aussitôt le géant glissa le long du mur pour lui couper la retraite. Le pistolet était à deux mètres devant lui, mais s'il se baissait, Tawfiq al-Banna lui fendrait le crâne à la hache. Les yeux brillants, marmonnant des mots indistincts, il balançait sa hache, cherchant comment attaquer.

Tout à coup, il hurla de nouveau « *Allah ou akbar* » et fonça en direction de Malko, la hache levée.

# CHAPITRE XVIII

Tawfiq al-Banna abattit sa hache de toutes ses forces là où se trouvait la tête de Malko une seconde plus tôt.

Heureusement, sa taille immense rendait parfois ses gestes imprécis. La hache s'enfonça dans le mur, soulevant un nuage de plâtre. Il la retira aussitôt et balaya l'air à l'horizontale, acculant Malko dans un coin. Celui-ci était en nage, son cœur cognait contre ses côtes et il lui semblait être là depuis des heures. Bien campé devant la porte, le géant reprenait son souffle, une lueur mauvaise dans les yeux. La barbe en avant, les yeux presque fermés, il se voûta, se préparant pour le prochain assaut. Le Glock était toujours par terre, presque à portée de la main de Malko, en réalité à des années-lumière. À peine une minute s'était écoulée depuis le début de l'attaque mais cela semblait des siècles à Malko.

– *Allah ou akbar!*

Le cri sauvage glaça à nouveau le sang dans les veines de Malko. Le regard halluciné, Tawfiq al-Banna, courbé en deux, la hache tenue à deux mains, avançait vers Malko, glissant sur le sol comme une immense araignée blanche. Acculé, Malko avait envie de se fondre dans le mur. Il pensa ôter sa veste et la jeter à la figure du géant, mais cela donnerait le temps à ce dernier de le frapper.

Tout à coup, la porte donnant sur la cour s'ouvrit derrière Tawfiq al-Banna qui, concentré sur Malko, ne s'en aperçut même pas. Celui-ci devina plus qu'il ne vit la silhouette un peu voûtée d'Elko Krisantem et faillit l'appeler. Heureusement, il n'en fit rien. En un clin d'œil, le Turc avait jaugé la situation. Alors que Tawfiq al-Banna bandait ses muscles pour l'estocade finale, Elko Krisantem bondit et, avec une dextérité de prestidigitateur, lui passa son lacet autour du cou !

L'islamiste, surpris, se redressa instantanément. Il était si grand qu'Elko, accroché à son lacet et ne lâchant pas prise, décolla du sol. Collé comme une sangsue au dos du géant, il serra son lacet de toutes ses forces.

Les deux hommes se mirent à tournoyer dans la petite pièce. De la main gauche, Tawfiq al-Banna essayait de desserrer le lacet, continuant à tenir la hache de sa main droite. Il réalisa vite qu'il n'y parviendrait pas et la laissa tomber à terre. Prenant le lacet à deux mains, il parvint à l'écarter un peu de son cou et se pencha violemment en avant, faisant passer Elko Krisantem par-dessus sa tête. Celui-ci retomba lourdement sur le sol et lâcha son lacet.

Profitant de la confusion, Malko fonça vers la porte, ramassa son pistolet au passage et cria :

– Venez, Elko !

Elko Krisantem se releva au moment où Malko franchissait le seuil et où Tawfiq al-Banna, plus enragé que jamais, récupérait sa hache. Obéissant à Malko, le Turc se glissa à l'extérieur. Inutile d'affronter ce fou furieux. Au pas de course, ils rejoignirent les deux gorilles qui tenaient toujours en respect les Afghans.

– On file, lança Malko.

Inutile de déclencher une bataille rangée dans une mosquée...

Ils foncèrent tous les quatre vers la sortie, laissant les Afghans médusés. Dix secondes pour s'entasser dans la Mercedes et Malko enclencha une vitesse. Au moment où le véhicule s'ébranlait, une silhouette immense surgit du portail : Tawfiq al-Banna, plus écumant que jamais, brandissait sa hache. Sans hésiter, il fonça sur la Mercedes et l'abattit sur le pare-brise !

Instinctivement, Malko écrasa le frein, se rejetant en arrière. Le tranchant de la hache avait fendu le pare-brise. De l'autre côté brillait le regard fou de l'islamiste. Celui-ci parvint à dégager sa hache et recula.

– *Holy cow!* murmura Milton Brabeck dans le dos de Malko.

Chris Jones jaillit de la voiture, Glock au poing, alors que le géant prenait son élan pour abattre la hache sur la glace côté conducteur. Il y eut deux détonations assourdissantes et Tawfiq al-Banna sembla rejeté en arrière par une main invisible, tandis que son visage explosait dans une gerbe de sang. Sans lâcher sa hache, il tituba et tomba en arrière, les bras en croix.

Malko appuya sur l'accélérateur, zigzagua un moment dans les rues désertes de la zone industrielle n° 11 puis retomba dans Al-Wahda Street. Il arrivait à peu près à distinguer la route à travers le pare-brise fracassé.

Encore choqué, il n'en menait pas large. En ce moment, les dirigeants de la madrasa devaient être en train d'appeler la police... Le meurtre d'un citoyen émirati n'était pas une broutille. Tout en conduisant, il composa sur son portable le numéro de Richard Manson. Heureusement, les occupants de la madrasa n'avaient pas pu relever le numéro de leur voiture et il faisait nuit. Mais s'ils se faisaient arrêter par la police et fouiller, ils étaient très, très mal partis. Il ne se détendit qu'en arrivant à l'*Intercontinental*. Laissant la voiture aux deux gorilles pour qu'ils retournent au World Trade Center et mettent leur artillerie au frais, dans les locaux du consulat, il leur dit :

– Emmenez Elko, qu'il se repose. Vous ne sortez pas votre hôtel. Si la police vous demande, allez vous réfugier au consulat.

***

Une file ininterrompue de dockers était en train de vider les cales du *Sikka Star*, déposant les caisses sur le quai après avoir traversé l'autre *dhaw* amarré à quai. Yosri al-Shaiba surveillait ceux qui déchargeaient le bateau, leur faisant remplir un petit fourgon blanc. Le déchargement dura une demi-heure, le marchand paya et repartit au volant de son fourgon. Arrivé dans sa rue, Yosri al-Shaiba gara son véhicule dans une petite cour attenante à sa boutique, dont il referma le portail.

***

Richard Manson semblait soucieux. Elko Krisantem se reposait à l'hôtel, mais les deux gorilles étaient là, muets et penauds. Richard Manson se tourna vers Chris Jones :
– Le mieux serait que vous quittiez les Émirats le plus vite possible. Les gens de la mosquée Amer-bin-Fouhairah ont tout raconté à la police et donné de vous un signalement précis. Ce Tawfiq al-Banna était citoyen émirati et son meurtre constitue un crime extrêmement sérieux. Les occupants de la madrasa prétendent que vous avez tenté de vous y introduire pour y mettre le feu et que Tawfiq al-Banna, courageusement, vous a repoussés à coups de hache, au risque de sa vie. Tous les témoins présents confirment cette version. Heureusement, ils n'ont pas le numéro de la voiture. Je vous avais interdit d'intervenir là-bas, ajouta-t-il à l'intention de Malko.

Celui-ci soutint son regard.

– J'ai souvent désobéi, remarqua-t-il avec un sourire froid. Et l'Agence a souvent, très souvent, bénéficié de mes « désobéissances ». Je sais qu'Elko Krisantem n'est pas citoyen américain, mais sa vie est très précieuse à mes yeux.

Richard Manson se rembrunit encore plus.

– Je comprends à la rigueur vos arguments, dit-il, mais M. Chris Jones, lui, est fonctionnaire de l'Agence, et je suis son supérieur. Il devait m'obéir.

Chris Jones piqua du nez vers sa chaussure, voyant s'envoler sa pension... Et, en plus, pour une bonne action.

– J'ai juste tiré deux coups de semonce, bredouilla-t-il. C'est le règlement.

Richard Manson s'étrangla.

– Des coups de semonce *dans la tête* !

– Il a bougé, prétendit piteusement le gorille.

Malko vola à son secours.

– Richard, dit-il, vous ne m'aviez pas dit que les autorités émiraties étaient plutôt compréhensives à votre égard ? Vous m'avez même raconté qu'un jour, vous aviez provoqué un accident, blessant sérieusement un citoyen émirati, et que la police de Dubaï, alors qu'on le transportait en réanimation à l'hôpital, avait signé un rapport prétendant qu'il ne souffrait que de contusions légères... Alors qu'il était aux trois quarts mort.

Un ange couvert de bandages traversa le bureau en volant maladroitement, et Richard Manson vira à l'écarlate.

– Ce n'est pas la même chose, bredouilla-t-il. C'était un simple accident. Dans votre cas, il s'agit d'un problème religieux. C'est beaucoup plus grave.

– Je vous signale quand même, souligna Malko, que Chris Jones n'a fait qu'abattre, en état de légitime défense, l'assassin de l'informatrice de l'Agence, qui vous était, paraît-il, précieuse.

Richard Manson était au supplice.

– O.K., admit-il, je ne prendrai aucune sanction administrative à l'égard de M. Chris Jones, mais il est plus prudent qu'il quitte les Émirats.

– Je comprends votre souci, répliqua Malko, mais je risque, dans un avenir très proche, d'avoir besoin de lui.

N'oubliez pas la raison de mon enquête ici : retrouver l'or d'Al-Qaida. Je pense que nous avons désormais beaucoup d'éléments, mais si nous avons l'occasion d'intervenir, cela peut se passer brutalement. Oui ou non, voulez-vous récupérer cet or ?

– *Of course !* répondit aussitôt Richard Manson.

– Moi, je veux rester, dit soudain Chris Jones. Je ne laisserai pas Milton tout seul.

Malko sourit intérieurement. Lui connaissait la *vraie* raison de l'obstination du gorille à ne pas quitter les Émirats. Ilona. À tort ou a raison, Chris Jones se sentait coupable de ce qui pouvait lui être arrivé.

– Très bien, finit par dire Richard Manson. Dans ce cas, il faut me signer une décharge, précisant que l'Agence ne peut être responsable de problèmes encourus à la suite de cet incident. Si vous êtes inquiété, vous bénéficierez de la protection due à n'importe quel citoyen américain, mais pas plus.

– O.K., fit Chris Jones, philosophe. Je signerai, mais dommage que je ne sois pas un Marine.

– Pourquoi ? demanda Richard Manson, intrigué.

Chris Jones le regarda droit dans les yeux.

– Vous ne regardez pas CNN ? À Nassiriya, en Irak, les Marines ont envoyé une petite armée récupérer dans un hopital irakien une jeune soldate blessée. Tout le monde a trouvé ça formidable. Il faut dire qu'elle était sacrément mignonne.

Richard Manson rougit, ouvrit la bouche pour répliquer vertement et se contenta de dire platement :

– *For God's sake*, nous n'en sommes pas encore là.

Plus que jamais, la CIA méritait le surnom dont l'affublaient certains aigris : CYA, « Cover Your Ass[1] ». L'Américain se tourna vers Malko, décidé à évacuer au plus vite le sujet qui fâchait.

---

1. Ouvrez le parapluie.

– Où en sommes-nous concernant cet or ? demanda-t-il. Je dois envoyer un rapport aujourd'hui à Langley. Maintenant que l'Irak est presque derrière nous, ils s'excitent à nouveau sur Al-Qaida, à Washington.

– Il y a encore beaucoup de trous, admit Malko, mais je pense avoir reconstitué l'échelon *local* de cette opération. De l'or en quantité importante – plusieurs centaines de kilos – est arrivé en plusieurs fois du Pakistan et d'Afghanistan. Tantôt par des « mules » extérieures à Al-Qaida, tantôt par des membres de l'organisation ou d'anciens talibans. Une partie de cet or a transité par Abdul Zyad, qui se chargeait de le « laver » et le remettait ensuite à un ou plusieurs intermédiaires. Il y a de grandes chances que cet or ait ensuite été stocké dans la mosquée Amer-bin-Fouhairah, mais je n'en ai pas la preuve absolue. Ils ont dû le déménager très récemment, pendant qu'Elko Krisantem s'y trouvait prisonnier. Ce qui explique sa libération.

– Et *où* peut-il se trouver maintenant ?

Malko eut un geste d'impuissance.

– Je l'ignore. Nous savons qu'Al-Qaida a de nombreux liens avec les tribus de Ras al-Khaïmah, à la frontière omanaise. J'ai été personnellement témoin de l'implication d'un marchand de miel de Sharjah, Yosri al-Shaiba, dans le meurtre de Touria Zidani. Peut-être participe-t-il aussi au transfert de l'or.

– Vous n'avez rien d'autre ?

– Si. Feriel Shahin, arrivée ici il y a plusieurs mois. Elle a abattu Abdul Zyad et a tenté de me tuer. *Elle* appartient à Al-Qaida où son mari occupait un poste important. Je pense qu'elle a été chargée de coordonner ce déménagement d'or. Seulement, elle est dans la nature, dispose de plusieurs identités, parle arabe et porte le *hijab*. Autant dire qu'elle peut déjeuner en face de vous au restaurant sans prendre le moindre risque. Et si vous essayez de lui ôter son *hijab*, c'est vous qui vous retrouverez en prison.

Un ange, voilé, traversa la pièce et se perdit dans la brume de chaleur du désert. Richard Manson joua quelques instants avec son Zippo, sans trouver une réplique sanglante, puis demanda presque humblement :

– Alors, que nous reste-t-il ?

– Airbuzz, dit Malko. La compagnie de Victor Bout. Là non plus, nous n'avons pas de certitude. Sinon son passé et ses relations, et un seul fait : Ilona a suivi un jour Feriel Shahin et celle-ci s'est rendue dans les bureaux d'Airbuzz, au Cargo Building de l'aéroport de Sharjah. Peu de temps après, Feriel Shahin a disparu, Ilona également, et nous avons été victimes d'une tentative de meurtre au fusil-mitrailleur. Plus dans le style de la mafia russe que dans celui d'Al-Qaida. En outre, je ne pense pas que les islamistes veuillent prendre le risque de se mettre à dos les autorités émiraties en faisant ce genre de choses. Ici, c'est une base arrière.

– Où peut se trouver Ilona ?

– Il y a trois jours, elle était encore vivante puisque j'ai entendu sa voix, répliqua Malko. Pour me tendre un piège. Ou elle a été retournée ou elle est prisonnière ou morte. Où, je n'en sais rien.

– Chez Airbuzz ? suggéra l'Américain.

– Peut-être.

– On pourrait y faire un tour, suggéra Chris Jones. Ces enfoirés ne me font pas peur.

Richard Manson le calma aussitôt.

– L'histoire de la mosquée ne vous suffit pas ? Eux aussi sont sous la protection des Émiratis. Impossible d'y aller sans preuve absolue de leur culpabilité.

– Même la nuit ? demanda Chris Jones, têtu. Quand il n'y a personne dans les bureaux ? On peux passer par le tarmac. C'est désert.

– Oui, mais l'entrée de la zone de fret est gardée par l'armée, objecta Richard Manson. Au premier fait suspect, la sentinelle alertera le poste militaire de l'aéroport de Sharjah.

Chris Jones jeta un regard implorant à Malko qui s'empressa de dire :

– Évidemment, si nous retrouvions Ilona *vivante* dans les locaux d'Airbuzz et qu'elle ait été kidnappée par les gens de Victor Bout, cela changerait les choses et nous donnerait quelques certitudes. Mais, c'est vrai, il s'agit d'une opération à hauts risques. Et je pense que si elle est vivante, elle a été plutôt emmenée du côté de Ras al-Khaïmah, là où des Bédouins nous ont tendu un guet-apens.

Richard Manson soupira.

– Il faut que vous compreniez ma position. Je ne peux pas risquer la vie d'un chef de mission aussi renommé que Malko Linge et celle des membres de la *Company* pour venir au secours d'une prostituée russe dont nous ne savons même pas le nom. Et encore moins si elle ne nous a pas trahis.

– Cette prostituée, remarqua Malko, c'est *moi* qui l'ai recrutée et je me sens un peu responsable. Si elle avait trahi, elle serait restée avec nous pour renseigner nos adversaires. Mais elle est peut-être morte. En tout cas, nous avons affaire à des tueurs professionnels. L'attaque dont nous avons été victimes ressemblait à une opération militaire.

Richard Manson hocha la tête, approbateur.

– Nous savons par la station de Moscou que Victor Bout emploie beaucoup d'anciens de la Force « Alpha ». Des brutes bien entraînées qui ont généralement servi en Tchétchénie et ont été rayés des cadres pour leur manque d'éthique.

Un ange passa, en pouffant de rire. Vu le niveau d'éthique pratiqué par l'armée russe en Tchétchénie, il fallait vraiment avoir du sang jusqu'aux sourcils pour y avoir des problèmes. Richard Manson regarda sa montre.

– Bon, conclut-il, je vous donne mon feu vert pour une

mission exploratoire destinée à localiser cette Ilona. Mais pas de bavure : je ne vous couvrirai pas.

Chris Jones était déjà debout. Malko pouvait entendre claquer sa mâchoire comme celle d'un chat qui se prépare à croquer une souris.

– *Thank you, sir*, dit-il, nous ferons *extrêmement* attention.

À ne pas laisser de témoins vivants !

Ils se séparèrent sur ces bonnes paroles. Dans l'ascenseur, Chris Jones demanda timidement :

– Est-ce qu'Elko peut nous accompagner ?

– S'il est d'accord, oui, dit Malko. Mais vous savez ce qu'on risque. Ces gens ont au moins un fusil-mitrailleur et savent s'en servir. Nous ignorons leur nombre et la disposition des lieux. Et beaucoup d'autres choses : d'abord si Ilona est toujours vivante.

On aurait pu annoncer à Chris Jones qu'il allait descendre au cœur de l'Etna avec une échelle de corde, il y serait allé.

– Nous sommes quatre, remarqua-t-il. On a du matos et des couilles. Ça devrait suffire.

Ils se retrouvèrent dans le parking écrasé de soleil et Malko suggéra :

– Si on passait d'abord au *Sharjah Beach Hotel* ? Au cas où on reverrait votre client ?

Ils avaient la journée pour réfléchir. Attaquer de nuit les locaux d'Airbuzz était presque une mission suicide, étant donné les gens qui pouvaient s'y trouver. Mais il ne pouvait pas refuser ça à Chris Jones.

# CHAPITRE XIX

Il était très difficile de s'orienter dans le désert piqueté de lumières éparses. À des kilomètres autour de l'aéroport de Sharjah, il n'y avait que de rares constructions sur des étendues plates comme la main. Depuis une heure, Malko, au volant de la Mercedes, étudiait le moyen d'atteindre discrètement le bâtiment occupé par Airbuzz. Chris Jones, Milton Brabeck et Elko Krisantem, silencieux, attendaient le résultat de sa réflexion.

L'entrée était gardée par un soldat émirati qui s'étonnerait de voir des visiteurs à cette heure tardive. Le grand hangar du rez-de-chaussée donnait sur le tarmac, mais celui-ci était clôturé par un grillage. Il possédait certes une autre entrée, à deux kilomètres environ, mais gardée, elle aussi. Malko avait arrêté la voiture un peu à l'écart de la route qui, longeant le tarmac de la zone de fret, reliait le Cargo Building à la route principale allant de Sharjah à l'aéroport. Dissimulée derrière des buissons, la Mercedes était invisible de la route.

– Regardez ! dit soudain Chris Jones.

Des phares venaient de s'allumer dans la cour, en face du *Cargo Building*. Une voiture apparut bientôt dans leur champ de vision, éclairant la barrière qui se leva pour la laisser passer. Elle accéléra : les phares venaient droit vers eux. Ils la virent passer à quelques mètres, filant en direction de l'autoroute Sharjah-aéroport. Impossible de distinguer ses occupants. C'était une Mercedes blanche.

– Elle était garée en face d'Airbuzz, remarqua Chris Jones, tout excité.

C'était plus que probable étant donné l'endroit où les phares s'étaient allumés. Malko démarra aussitôt, phares éteints. Dieu merci, la lune brillait et le ruban noir de l'asphalte était bien visible. En un clin d'œil, ils rejoignit la route et tourna à gauche. Juste au moment où, un kilomètre plus loin, l'autre voiture atteignait l'autoroute. Il accéléra, rejoignit à son tour l'autoroute et alluma enfin ses phares. Quelques minutes plus tard, il s'était assez rapproché pour pouvoir lire la plaque de la Mercedes. Une plaque verte de Sharjah. Il ralentit pour ne pas donner l'éveil à ses passagers. La Mercedes entra dans Sharjah, franchit plusieurs ronds-points en direction de la mer. Arrivée à Wahda Square, au lieu d'emprunter le pont autoroutier qui menait à Dubaï, elle tourna à gauche, dans Al-Khan Road, une voie qui se terminait dans Al-Mina Road, où se trouvaient plusieurs hôtels réservés aux touristes, dont le *Grand Hôtel* et le *Sharjah Beach Hotel*.

– *My God!* fit Chris, ils vont au *Sharjah Beach!*

Ce qui se révéla exact.

La Mercedes stoppa dans le parking et deux hommes en sortirent, pour entrer aussitôt dans l'hôtel. Des costauds, en chemise. Chris Jones avait déjà sauté de la voiture.

– Je vais voir si je les connais, lança-t-il avant que Malko puisse l'arrêter.

Ils attendirent, tendus. Dix minutes plus tard, Chris Jones ressortit, courant presque.

– C'est le *motherfucker* que j'ai vu avec Ilona, annonça-t-il sobrement. Il est avec un de ses copains et ils ont rejoint une bande de Russes. Ils sont en train de boire autour de la piscine.

Malko sentait qu'il grillait d'aller faire un carton. Ce qui serait déplacé et contre-productif.

– C'est peut-être le moment de retourner au *Cargo Building*, suggéra-t-il. Nous en aurons deux de moins à affronter, s'il y a un problème.

\*\*\*

Le grillage entourant les pistes ne résista pas trente secondes à la pince coupante de Milton Brabeck. En un instant, ils se retrouvèrent sur l'herbe du tarmac, après avoir planqué la voiture un peu plus loin à l'écart de la route, dans le désert. L'air était délicieusement tiède. Ils se mirent en marche en direction du long bâtiment abritant les différents bureaux du fret, passant près d'un DC-10 stationné en face.

Le hangar d'Airbuzz était ouvert et donnait directement sur le tarmac. Un très grand trou noir et silencieux. Après s'être immobilisés à son entrée durant d'interminables secondes, n'entendant aucun bruit, ils entrèrent, se dirigeant à tâtons et n'osant pas de servir de leurs Maglite.

Il y avait quand même assez de lumière pour distinguer les formes des objets. Cela semblait un incroyable capharnaüm. Arrivés au bout du hangar, ils découvrirent un petit hall d'où partait un escalier métallique. Toujours aucun signe de vie. Chris Jones leva la tête, sortit son Glock et, sans rien demander, s'engagea silencieusement sur les marches. Les trois autres furent bien obligés de suivre.

Ils atteignirent un palier. Là, l'obscurité était presque totale. D'un bref coup de Maglite, Chris Jones éclaira l'escalier qui continuait vers un second étage et une porte en face d'eux. À part leur respiration, le silence était absolu. Chris Jones tourna doucement la poignée de la porte et elle s'ouvrit. L'intérieur était totalement noir.

Nouveau coup de Maglite, révélant un bureau désert. Ils allaient ressortir quand un bruit faible brisa le silence. Ils se figèrent. Le bruit se reproduisit. Cela ressemblait à une respiration sifflante, et provenait d'une pièce devant eux.

Chris Jones n'hésita pas une seconde et alluma sa Maglite. Le faisceau lumineux éclaira un couloir qui desservait d'autres bureaux. Le gorille fit quelques pas dans cette direction, la lampe dans une main, le pistolet dans l'autre. Malko souffla à Milton Brabeck :

– Restez près de la porte.

Le second étage pouvait très bien être occupé.

– *God damn it !*

La voix de Chris Jones, brisant le silence, venait d'un bureau, un peu plus loin. Malko l'y rejoignit et sentit son pouls grimper vertigineusement. Une forme humaine était allongée à terre, recroquevillée, les chevilles entravées et les mains menottées derrière le dos. La chaîne des menottes était passée autour du pied d'un gros bureau. L'odeur était épouvantable : un mélange d'urine, de matières fécales, de sueur, de tabac froid et d'autre chose de plus fade. Le corps étendu sur le sol était celui d'Ilona. On la reconnaissait à ses cheveux blonds. Elle respirait lourdement et ne semblait pas s'être aperçue de leur présence. Chris Jones s'accroupit à côté d'elle, posa son Glock et prit son pouls. Il releva aussitôt la tête.

– Elle est faible mais elle semble O.K. !

Il appela :

– Ilona.

D'abord, la jeune femme ne parut pas réagir, puis elle ouvrit les yeux et les referma, éblouie par la lampe. Chris Jones la prit avec précaution et la fit pivoter. Poussant aussitôt un juron atroce. Sous le corps d'Ilona, il y avait un objet rond qui venait d'émettre un léger sifflement. Une grenade, dont la goupille était maintenue par le poids du corps de la Russe. Selon son détonateur-retard, elle allait exploser au bout d'une à quatre secondes. Déchiquetant la prisonnière et ceux qui se trouvaient là.

Malko eut un réflexe quasi automatique. Sans réfléchir, il shoota dans la grenade comme dans un ballon, à la seconde où la cuillère s'écartait du corps de l'engin. Dieu était de son côté. La grenade fila à l'horizontale, heurta la porte et ricocha dans le couloir. Ils n'eurent même pas le temps de se baisser. L'explosion assourdissante se produisit trois secondes plus tard. Un souffle violent balaya la pièce, les cloisons tremblèrent, une fumée âcre envahit le couloir et ce fut tout.

– Milton ! cria Malko.

– Je suis O.K., répondit aussitôt le gorille, heureusement planqué sur le palier.

Déjà, Chris Jones se précipitait. L'explosion pouvait avoir alerté le soldat de garde qui demanderait sûrement du renfort. Il souleva le bureau tandis qu'Elko Krisantem faisait glisser la chaîne des menottes. Ensuite, il ramassa Ilona et la jeta sur son épaule, déclenchant un hurlement de la jeune femme.

– *Everything is gonna be allright !* lui dit le gorille. *Don't panic.*

Elle ne paniquait pas mais souffrait visiblement beaucoup, gémissant sans arrêt.

Milton Brabeck ouvrant la marche, un pistolet dans chaque main, ils redescendirent en toute hâte, puis foncèrent à travers le hangar. Il était temps : quelqu'un tambourinait à la porte donnant sur la cour de chargement en criant quelque chose en arabe.

Silencieusement, les quatre hommes traversèrent le tarmac, protégés par l'obscurité, jusqu'à la brèche dans le grillage, où ils durent s'y mettre à deux pour faire franchir l'obstacle à Ilona, incapable de se tenir debout. Elle semblait très mal en point, bien qu'elle n'ait aucune blessure apparente. Chris Jones l'étendit à l'arrière de la voiture, la tête sur ses genoux et le bas de son corps sur ceux de Milton Brabeck. Il posa une main sur son front.

– *Holy Christ !* murmura-t-il, elle a au moins 40 de fièvre.

Malko fonçait en direction de l'autoroute, Elko Krisantem à son côté.

– On va à l'American Hospital, lança-t-il. Chris, prévenez Richard Manson.

C'était préférable, l'accueil de l'hôpital risquait de se poser des questions en les voyant arriver avec une femme menottée et blessée... Dès qu'il fut dans Al-Wahda Street, Malko accéléra, pied au plancher. Heureusement, il n'y avait pratiquement pas de circulation.

\*\*\*

Richard Manson attendait en face du bureau des admissions de l'American Hospital, en compagnie de deux infirmiers munis d'une civière et du médecin de garde. Chris tint à étendre lui-même Ilona sur la civière, et elle fut aussitôt emmenée vers la salle d'examen.

Ils s'assirent tous les cinq dans le petit salon central, en face de la boutique fermée, et Malko résuma à Richard Manson leur expédition. Le médecin réapparut une demi-heure plus tard, visiblement bouleversé.

– Je n'ai jamais vu cela, avoua-t-il. C'est absolument horrible. Il faut prévenir la police.

– Qu'est-ce qu'elle a ? jappa Chris Jones.

Le médecin le leur expliqua. Chris Jones avait pris la couleur d'un bâton de craie. Il en tremblait. Malko ne l'avait jamais vu dans cet état. Le gorille se tourna vers lui et dit, d'une voix blanche :

– On retourne au *Sharjah Beach*...

– Attendez ! fit Malko.

S'adressant au médecin, il demanda :

– Est-ce que c'est très grave ?
Le praticien hocha la tête.
– Les blessures en elles-mêmes, non. Il faudra lui mettre un anus artificiel provisoire pour la guérison, mais nous ignorons jusqu'où l'infection s'est étendue. Elle est déjà sous antibiotiques. Il n'y a rien d'autre à faire pour le moment. Elle est très faible. Nous lui injectons du sérum. Je pense qu'elle n'aurait pas survécu longtemps. Il faut la réhydrater aussi. Et puis lui enlever ses menottes.
– Pour les menottes, je m'en charge, fit Chris Jones.
Le praticien le fixa, stupéfait.
– Mais, *sir*, il faut laisser faire la police. Cette femme a été torturée d'une façon abominable. On lui a déchiré les intestins *volontairement*.
– *Fuck the police*[1], fit Chris Jones, déchaîné. Et laissez-moi lui enlever ces putains de menottes.
Dépassé, le médecin indien le précéda dans la chambre. Chris Jones réapparut quelques minutes plus tard, toujours blanc comme un linge, les menottes à la main.
– On y va ! fit-il sombrement.
Malko comprit qu'il ne pourrait pas s'interposer. Il se tourna vers Richard Manson.
– Veillez à ce que tout se passe bien ici, fit-il simplement.

*\*\**

Les quatre hommes n'échangèrent pas un mot durant le trajet jusqu'au *Sharjah Beach Hotel*. Chris Jones jaillit alors du véhicule et fonça dans l'hôtel, Malko et les deux autres sur ses talons. Il n'y avait plus grand monde à la piscine et ils se rendirent vite compte que les deux Russes n'étaient plus là.

---

1. Que la police aille se faire foutre !

– O.K., fit Chris Jones, on va là-bas !

Une demi-heure plus tard, ils étaient en vue de la zone de fret. Une voiture de police, gyrophare en marche, stationnait devant l'entrée. Malko pila et se tourna vers Chris.

– Chris, soyez raisonnable. On les retrouvera plus tard. On ne va pas aller se jeter dans la gueule du loup.

– *Buddy*[1], renchérit Milton Brabeck, je te jure que je viendrai avec toi.

Chris ne protesta pas quand Malko effectua un demi-tour et repartit vers Dubaï, roulant un peu moins vite. À l'American Hospital, ils retrouvèrent Richard Manson un peu plus détendu.

– Tout est en ordre, affirma-t-il. J'ai parlé avec le directeur de l'hôpital qui ne préviendra pas la police. Et dès qu'elle sera en état de parler, il nous avertira. Mais on ne sait toujours pas son nom, elle n'avait pas de papiers.

Ilona avait sûrement des choses précieuses à raconter. Mais, bourrée de morphine, il lui faudrait un certain temps avant de parler.

– O.K., fit Chris Jones, rentrez, je reste là.

– Mais Chris, objecta Milton, elle ne va pas reprendre connaissance avant plusieurs heures.

Chris Jones lui jeta un regard noir.

– Et si ces *motherfuckers* viennent ici l'achever ? C'est pas les infirmières qui vont la défendre.

– O.K., fit Milton Brabeck, résigné, je reste avec toi...

Malko repartit en compagnie d'Elko Krisantem. La satisfaction d'avoir sauvé Ilona, même en mauvais état, effaçait son sentiment de frustration. La jeune Russe pourrait peut-être leur fournir d'utiles éclaircissements lorsqu'elle pourrait parler, mais elle ignorait sûrement où se trouvait l'or d'A-Qaida. Cette mortelle partie de cache-cache risquait de se terminer brutalement par leur

---

1. Mon pote.

défaite. De toute évidence, les autorités émiraties ne lèveraient pas le petit doigt pour les aider. Leurs adversaires, à leurs yeux, n'avaient commis que des péchés véniels. Assassiner une prostituée marocaine ou en torturer une russe, ce n'était pas très grave. Le reste ne pouvait pas être prouvé.

Seule certitude, l'or qui avait très probablement été entreposé à la mosquée de Sharjah ne s'y trouvait plus. Épuisé nerveusement, l'adrénaline revenu à un niveau normal, Malko se dit que demain serait un autre jour.

*
* *

Serguei Polyakof était blême de fureur. La police de Sharjah l'avait dérangé en pleine nuit pour l'informer qu'il se passait des choses étranges dans son entrepôt et qu'il devait s'y rendre immédiatement. En y arrivant, il avait trouvé Dimitri Serguine et Vladimir Ogoroznik penauds, qui venaient de faire visiter les locaux aux policiers sans trouver autre chose que les traces de l'explosion d'une grenade défensive qui avait dévasté un couloir. Discrets, et bien huilés de dirhams, les policiers n'avaient pas insisté, acceptant la thèse d'un rôdeur entré par le tarmac. À peine avaient-ils plié bagages que Serguei Polyakof s'était rué sur Dimitri Serguine.

– Où est la fille ?

Le Russe avait dû avouer qu'il n'en avait pas la moindre idée. Normalement, lui et son copain ne devaient pas bouger de l'entrepôt, mais ils en avaient eu marre et avaient filé boire un verre au *Sharjah Beach Hotel*. À leur retour, ils avaient trouvé la police...

– *Amerikanski*..., gromela Serguine.

C'était évident : les Américains avaient fait une descente pour récupérer leur *stringer*. Serguei Polyakof se creusa la tête pour essayer de résumer ce qu'elle pouvait leur apprendre. Dieu merci, pas grand-chose. Sinon que les Russes l'avaient utilisée pour monter un guet-apens. Ce que leurs adversaires savaient déjà. Ils auraient dû la liquider. Pour faire du zèle, Dimitri Serguine proposa :

– Vous voulez qu'on essaie de la retrouver ? Elle doit être dans un hôpital.

– Vous n'êtes pas en Tchétchénie ! cingla Serguei Polyakof. Les hôpitaux sont sous la protection de la police locale. Vous n'allez plus bouger d'ici, jusqu'à nouvel ordre.

De toute façon, grâce à Ilona, il savait où demeurait le chef de mission américain. Au moment choisi, il enverrait les deux tueurs l'éliminer. Histoire de gagner un peu de temps. Seulement, il y avait un gros problème, apparemment sans solution : désormais Airbuzz était surveillée par la CIA. Dès que l'Ilyouchine 76 chargé du transport de l'or arriverait, les Américains s'activeraient. Ce qui pouvait se révéler extrêmement fâcheux. Sa secrétaire émergea du bureau et lui tendit un portable.

– C'est pour vous.
– Serguei ?

Il reconnut immédiatement la voix de Feriel Shahin. Celle-ci ne perdit pas de temps.

– Je suis en ville, annonça-t-elle. Dans une heure devant le cinéma Al-Massa. Sur la corniche Al-Buheirah.

Elle avait déjà raccroché. Il se demanda comment lui avouer ce qui s'était passé la nuit précédente. Il connaissait la raison de son appel. De son côté à elle, le compte à rebours était entamé et, désormais, la suite des opérations reposait sur lui.

*
* *

Ilona avait repris connaissance. Une bouteille de Taittinger Comtes de Champagne Blanc de Blancs attendait dans un seau à glace à côté d'un énorme bouquet de roses, pour que la jeune Russe reprenne goût à la vie. En dépit de sa souffrance, elle arrivait à parler. Chris Jones avait recueilli sa confession et ils savaient désormais que Victor Bout avait envoyé trois tueurs de Moscou pour sécuriser une opération très importante. Laquelle ne pouvait être que le transfert d'or d'Al-Qaida. Ilona pensait qu'un des trois hommes avait été tué car, après l'expédition du *Radisson*, elle n'en avait plus aperçu que deux. Malko avait pris connaissance de son récit par la bouche de Chris Jones, transformé en infirmier. Heureusement, pour l'instant, il n'avait pas besoin de lui. Il laissa les deux gorilles à l'hôpital américain et prit le chemin de Cheikh-Zayed Road pour un briefing avec Richard Manson.

*\*\**

Yosri al-Shaiba, en sueur, s'arrêta quelques instants pour souffler. À son âge, il était pénible de transporter des caisses pesant chacune plus de dix kilos. Il regarda son modeste fourgon à la peinture écaillée ; les roues touchaient presque la carrosserie tant il était chargé. Pourtant, les caisses formaient un tout petit tas au milieu, bien qu'elles pèsent une tonne.

Une tonne d'or.

Le marchand d'épices n'avait même pas eu la curiosité d'ouvrir une des caisses pleines de lingots. Et encore moins la tentation d'en soustraire une, ce qui aurait été facile. Pendant leur long voyage, ces lingots étaient passés entre plusieurs mains, sans aucun contrôle écrit. Mais cet or appartenait à Allah et à ceux qui se dévouaient pour sa plus grande gloire. Seul un mécréant aurait pu s'en emparer. Et de toute façon, Yosri n'avait pas besoin d'argent. Son commerce lui rapportait largement de quoi vivre, et faire de surcroît de nombreux dons à la mosquée voisine.

Le muezzin commença son appel. Il referma soigneusement la porte du fourgon et partit en trottinant jusqu'à la mosquée. Après la prière, il irait porter l'or où on lui avait dit.

*\*\**

Serguei Polyakof ralentit, cherchant des yeux celle avec qui il avait rendez-vous. Al-Buheirah Corniche Road longeait le Khaled Lagoon, en bordure d'un quartier encore partiellement bâti. Quelques constructions neuves s'élevaient au milieu du sable, sur cette langue de terre coincée entre les deux lagons, au nord de Sharjah. Il aperçut l'enseigne du cinéma Al-Massa et quitta l'asphalte pour cahoter sur le sable. Une douzaine de personnes traînaient autour du bâtiment. Dès qu'il s'arrêta, une femme dissimulée sous une *abaya* et un *hijab* se détacha du groupe et vint vers lui, sans hésiter. Il ouvrit la portière et elle prit place à côté de lui.

– Roule ! fit-elle sèchement.

Feriel Shahin attendit que la voiture se soit éloignée pour enlever son *hijab*. Bien qu'habitué aux durs, Serguei Polyakof se sentait mal à l'aise avec cette femme qu'il savait capable de tout. Il ignorait où elle se cachait et ne lui avait posé aucune question. Ils roulèrent un moment, puis il tourna à gauche, remontant vers Al-Mina Road, la promenade de bord de mer, où se trouvaient plusieurs vieux hôtels, dont le *Sharjah Beach*. Il s'arrêta dans le sable et coupa le moteur. Feriel Shahin lui jeta un regard glacial.

– Que s'est-il passé ? Je n'ai rien vu dans les journaux.

Le *Khaleej Times* était assez bien fait et l'exécution de trois étrangers ne serait pas passée inaperçue. Serguei Polyakof avala sa salive.

– Nous avons eu un problème, avoua-t-il.

Il lui raconta tout. Enfin, presque tout, omettant le traitement subi par Ilona. Mais Feriel Shahin n'était pas tombée de la dernière pluie et demanda aussitôt :

– Cette fille, vous l'avez liquidée, naturellement ?

Il faillit dire « oui », mais avec elle, un mensonge de cette espèce le grillerait à tout jamais. De nouveau, il se fit tout petit pour répondre. Les prunelles de la Marocaine s'étaient rétrécies.

– Vous voulez dire, martela-t-elle, que cette fille est avec les Américains. Qu'elle a pu tout leur raconter.

– Elle ne savait pas grand chose…, plaida-t-il.

Feriel Shahin plongea la main dans son sac et un torrent d'adrénaline se rua dans les artères du Russe : elle allait l'abattre. Dans un mouvement de panique, il plongea la main dans sa ceinture et en arracha un gros Makarov. Voyant son geste, Feriel Shahin saisit à son tour son pistolet. Ils se retrouvèrent face à face, chacun menaçant l'autre. Un bain d'adrénaline. Puis, le premier, Serguei Polyakof baissa son arme, avec un sourire crispé.

– Excusez-moi, bredouilla-t-il, j'ai cru que…

– J'ai encore besoin de vous, jappa la Marocaine.

Il fut certain à cette seconde qu'elle avait planifié la liquidation de toute son équipe. Par discrétion. Elle remit son pistolet dans son sac et conclut :

– Donc, désormais, les Américains savent que vous préparez quelque chose. Ils ne vont plus vous lâcher.

Serguei Polyakof demeura silencieux, cherchant une parade, en vain.

– Vous savez de quoi il s'agit, non ? Nous nous sommes adressés à vous parce que vous avez déjà rendu des services et mes chefs vous considèrent comme fiable…

– Je suis fiable, protesta le Russe. Le problème n'est pas venu de moi.

— Bon, coupa la Marocaine, il faut trouver une solution. J'ai une idée.

Elle la lui exposa et Serguei Polyakof dut admettre qu'elle était géniale… Bien que délicate à mettre en application. Mais cette fois, c'était à lui de se débrouiller.

— O.K., dit-il, je m'occupe de tout. Comment je peux vous joindre ?

— Quand vous serez prêt, dit-elle simplement, appelez le *Sharjah Beach* et laissez un message à la réception pour moi à Driss. Dites-lui que ma réservation est confirmée. Maintenant, ramenez-moi au cinéma.

Il n'y avait plus rien de sexuel entre eux et elle transpirait sous la pesante *abaya*. Cinq minutes plus tard, elle descendit de la voiture, de nouveau tout en noir, et fila vers la sienne, garée derrière le cinéma. Maîtrisant mal sa fureur.

Elle fonça ensuite vers le centre de Sharjah, gagnant le quartier d'Al-Arouba. En arrivant devant la boutique de Yosri al-Shaiba, elle jura entre ses dents. C'était fermé ! Et ce n'était pas l'heure de la prière. Elle comprit aussitôt : le marchand de miel, sans contrordre, avait fait ce qui était prévu. De nouveau, elle fonça dans la circulation démente de Sharjah. Il lui fallut plus d'une demi-heure pour rejoindre la zone industrielle, et filer le long de Al-Khan Road, vers le sud. C'est en tournant autour du rond-point marquant le début de la zone industrielle n° 11 qu'elle aperçut le fourgon de Yosri al-Shaiba, qui se traînait sur la file de droite. Elle le doubla et klaxonna. Le marchand de miel ne broncha pas… Il fallut que Feriel Shahin lui fasse une queue de poisson pour qu'il tourne enfin la tête. À ce moment, elle ôta son *hijab* et lui fit signe de se garer. Il était temps : un kilomètre plus loin, il atteignait la mosquée Amer-bin-Fouhairah, qui pouvait déjà être sous la surveillance des Américains.

**
* *

Richard Manson arborait une mine de déterré. Il avait peu dormi et les nouvelles n'étaient pas bonnes, à part l'amélioration de l'état de santé d'Ilona, dont il se moquait totalement. Une chose le rendait particulièrement nerveux : l'or d'Al-Qaida était en train de leur filer sous le nez et Washington l'en rendrait responsable. Les experts de la CIA savaient que l'organisation d'Oussama Bin Laden avait impérativement besoin de cet or pour financer une prochaine vague d'attentats. Si on ne les en privait pas, la belle victoire irakienne serait gâchée.

– Avez-vous une idée de ce qui se passe ? demanda-t-il à Malko.

– Pas vraiment, dut avouer celui-ci. Tant que nous n'aurons pas retrouvé la trace de Feriel Sahin, nous serons dans le noir. C'est elle qui coordonne cette opération, j'en suis pratiquement certain.

– Et l'or ? Où est-il ?

– Je l'ignore aussi, reconnut Malko. Peut-être les gens d'Al-Qaida, alertés par notre présence, ont-ils décidé de retarder son transfert. Ou de le faire par bateau, ce qui n'est pas difficile.

Le visage de Richard Manson s'allongea encore.

– *My God !* Pourvu que vous vous trompiez !

On frappa à la porte et sa secrétaire déposa un papier sur son bureau. L'Américain le parcourut et releva la tête, transfiguré. Comme si George W. Bush en personne venait de lui apparaître.

– On m'annonce qu'un Ilyouchine 76 immatriculé ST AGY vient de se poser sur l'aéroport de Sharjah, en provenance de Kiev, en Ukraine. Son plan de vol indique une halte de quarante-huit heures, avant un redécollage à destination de Luanda, en Angola, avec une escale technique à Khartoum.

Il marqua un temps, et conclut :

– D'après nos documents, cet appareil appartient à Victor Bout. C'est sûrement lui qui vient chercher l'or d'Al-Qaida.

# CHAPITRE XX

Enfin une bonne nouvelle ! Le stop à Khartoum était révélateur. Oussama Bin Laden avait vécu au Soudan de 1992 à 1996 et y avait conservé de nombreux liens, même si son grand ami Tourabi, le chef spirituel des islamistes soudanais, était désormais en résidence surveillée. La CIA savait qu'il existait toujours à Khartoum et à Port-Soudan des cellules d'Al-Qaida très actives. L'or s'y trouverait en sûreté, d'autant que les Américains n'étaient pas très présents dans le pays. Malko tira immédiatement la conclusion de cette nouvelle.

— Ce n'est plus la peine de chercher l'or, dit-il, on va nous l'apporter sur un plateau. Il suffit d'intervenir juste avant que l'Ilyouchine ne décolle.

Richard Manson lui jeta un regard de commisération.

— Intervenir *comment* ? Je vous rappelle que le commerce de l'or est libre dans les Émirats. Les Russes peuvent charger leur avion jusqu'à la gueule de lingots, c'est légal.

— Même si c'est l'or d'Al-Qaida ?

— Prouvez-le ! laissa tomber l'Américain. Même si *nous*, nous le savons, nous ne possédons pas de *hard evidences*[1] capables de convaincre mes homologues. En plus,

---

1. Preuves tangibles.

il s'agit d'un appareil civil qui opère légalement, avec un plan de vol.

Malko sentit la moutarde lui monter au nez. Au moins sept personnes étaient mortes à cause de l'or d'Al-Qaida : Aziz Ghailani, la «mule», Touria Zidani, la taupe de la CIA, Abdul Zyad, le milliardaire indien, Baghlaf al-Zafer, le changeur, un Bédouin et un Russe non identifiés, Tawfiq al-Banna, sans parler d'Ilona, peut-être estropiée à vie... Et, au dernier moment, on allait se réfugier dans le légalisme pour ne rien faire !

– De toute façon, souligna-t-il, il faut empêcher cet or de quitter le territoire des Émirats. Sinon, nous ne le reverrons jamais. Avec Chris, Milton et Elko, je pense que nous pouvons neutraliser les Russes.

– Et ensuite, vous emportez l'or sur votre dos ?

– Il y a des véhicules pour cela...

Richard Manson secoua la tête, accablé.

– Malko, dit-il, vous ne réalisez pas que nous sommes dans le désert, qu'il s'agit d'un pays *relativement* civilisé... À la seconde où vous interviendrez, Serguei Polyakof va ameuter le pays, la police, l'armée, tout ce qu'on veut. C'est comme si vous faisiez un hold-up à Kennedy Airport. Oubliez.

Silence. Malko releva soudain la tête.

– Y a-t-il un moyen de connaître la cargaison officielle de cet avion ?

– Non, il est en zone franche ; pourquoi ?

– Nous pourrions alors intervenir *légalement*. Si vous signalez à vos homologues la présence d'une cargaison d'armes illégales destinées à Al-Qaida, ils seront obligés de faire quelque chose.

– C'est vrai, reconnut Richard Manson. Là, on peut mettre la pression. Mais s'il n'y a pas d'armes ?

– Cela permettra de visiter l'avion. De vérifier la présence d'or.

– Et on se retrouve à la position A, soupira l'Américain. On aura le droit de compter les lingots, et encore...

Malko le regarda bien en face.

– Vous voulez vraiment que cet or soit récupéré ?
– Évidemment.
– Dans ce cas, il y a un moyen simple et sûr. Une fois que vous êtes certain que l'or est à bord de l'Ilyouchine, vous le laissez décoller et il a un « accident ».
– Que voulez-vous dire ?

Richard Manson avait pâli.

– Vous le savez très bien, fit Malko froidement. Soit on s'arrange pour placer une charge explosive à bord, soit on agit de l'extérieur. Avec un missile sol-air ou mer-air.
– Mais ce serait un crime, protesta Richard Manson. Et l'équipage ?
– Cela s'appelle des dommages collatéraux, répliqua Malko. Il y en a tous les jours en Irak. Vous présenterez vos excuses à Victor Bout et aux familles de l'équipage. Comme effet secondaire, cela refroidira Victor Bout.

L'Américain demeura un long moment silencieux.

– Je ne peux pas décider de cela à mon niveau, avoua-t-il. Vous vous en doutez bien. Je vais demander des instructions à Langley. Mais cela me paraît une solution folle. L'alternative, c'est le hold-up, comme vous dites. Ensuite, on transfère cet or sur un navire de l'US Navy. Il n'en manque pas dans la région. Je crois que je préférerais encore cela.

Malko se leva.

– Je vais à l'American Hospital. Contactez-moi dès que vous aurez du nouveau. N'oubliez pas que nous avons moins de quarante huit heures pour prendre une décision.

\*\*\*

Ilona était blanche comme un cadavre et avait des tuyaux enfoncés partout. Pourtant, la bouteille de Taittinger avait été entamée, ce qui était plutôt bon signe. Chris Jones, sage comme une rosière, lisait dans un fauteuil, une flasque pleine de Defender devant lui. Par l'entrebâillement de sa veste, Malko aperçut la crosse de son gros pistolet. Milton Brabeck, installé dans le hall, servait de « sonnette ».

– Vous allez mieux ? demanda-t-il à Ilona.

La Russe eut un sourire diaphane.

– Oui. On me bourre de morphine et je ne souffre pas trop, mais je ne peux pas bouger. On m'a posé une « dérivation », sinon je ne pourrai jamais guérir. Mais la fièvre a beaucoup baissé.

Elle ne se plaignait même pas. Chris Jones soupira :

– Tout ce que je demande à Dieu, c'est de retrouver l'ordure qui lui a fait ça !

– Vous allez peut-être en avoir bientôt l'occasion, dit Malko. Il y a enfin du nouveau.

Chris Jones l'écouta avec la ferveur d'un séminariste écoutant le pape.

– C'est quand vous voulez, laissa-t-il tomber. Même si c'est *unlawful*. De toute façon, c'est un pays de bougnoules ici.

Décidément, il était amoureux... Malko prit congé, et mit le cap sur le souk de l'or, afin de trouver un cadeau pour Alexandra. Il n'y avait pas qu'Al-Qaida qui aimait l'or...

*\*\**

Feriel Shahin regarda les caisses de bois empilées dans la petite pièce, à côté de son lit. C'était une maison de pierres sèches sur une colline, au nord de Ras al-Khaïmah, à l'extrémité d'un village. Peu de gens venaient dans cette région montagneuse tenue par la tribu des Al-Sheni. Des fondamentalistes haïssant l'Occident et même les Émiratis décadents. Ici, elle se sentait en parfaite sécurité. À condition de ne jamais quitter son *hijab*, elle était respectée comme une combattante de l'Islam. Une vingtaine d'hommes armés veillaient sur le village et une centaine pouvaient être rameutés en très peu de temps. La police ne se hasardait jamais dans les parages. En cas de problème, il suffisait d'une heure de route pour se retrouver dans une zone désertique du sultanat d'Aman.

La Marocaine alluma une cigarette avec un Zippo U.S. Army cabossé qu'elle traînait depuis l'Afghanistan, souvenir de l'époque où les Américains équipaient les *moudjahidin*. Encore vingt-quatre heures à patienter. Impossible de communiquer. Elle ne reverrait Serguei Polyakof qu'au dernier moment, à l'aéroport. Lui resterait à Sharjah, elle monterait à bord car elle devait accompagner l'or jusqu'à sa destination finale. Cette fois, il ne devrait pas y avoir de problème. Elle enrageait intérieurement. À cause des Américains, leurs plans avaient été bouleversés. L'or arrivé du Pakistan sur le *Sikka Star* n'avait pas été « lavé ». Il y avait de tout, des lingots indiens en tolas, de l'or afghan, pakistanais, des chaînes. Mais elle ne pouvait pas se permettre de prendre le risque de le faire raffiner comme la première partie. Il serait moins facile à écouler, mais c'était quand même de l'or.

La porte s'ouvrit sur Yosri al-Shaiba. Il la salua, la main sur le cœur.

– *Salam aleykoum.*

– *Aleykoum salam*, répondit Feriel Sahin. Que se passe-t-il ?

– Je viens te souhaiter un bon voyage, dit le marchand de miel, je retourne à Sharjah, je dois m'occuper de ma boutique. Mais j'ai un cadeau pour toi.

Il posa un paquet à terre et précisa :

– C'est du miel de Sanaa. Le meilleur. Prends-en une cuillerée tous les matins et, *Inch Allah*, tu vivras cent ans.

Feriel Shahin, touchée, le remercia. Le vieil homme se retira et elle entendit la pétarade de sa camionnette.

Il n'avait rien demandé pour les risques qu'il courait. Comme les membres de la tribu qui lui avaient rendu les lingots d'Abdul Zyad, prétendant qu'ils n'en avaient pas l'usage, alors qu'ils étaient extrêmement pauvres. Mais, à leurs yeux, le djihad passait avant le confort matériel.

Dans ce village isolé, les heures s'écoulaient lentement. Il n'y avait ni radio ni télévision. La vie était rythmée uniquement par les appels du muezzin de la petite mosquée voisine.

La Marocaine adressa une prière au ciel pour que les Russes ne commettent pas de bavures et que l'avion soit à l'heure. Chaque minute supplémentaire passée dans les Émirats représentait désormais un risque.

*\*\**

Richard Manson rayonnait, visiblement soulagé. Il ne demanda pas de nouvelles d'Ilona mais annonça d'entrée :
— Nous avons trouvé la solution. La vôtre a été écartée, mais nous avons mis la pression sur les Émiratis. Ils acceptent de nous laisser inspecter l'avion à la recherche d'armes.
— Et pour l'or ?
— Si nous trouvons l'or, il sera confisqué au nom de la lutte antiterroriste. Afin d'éviter toute contestation légale, nous verserons une caution bancaire de l'équivalent de sa valeur à la Banque centrale d'Abu Dhabi. Si les propriétaires apparents de l'or obtiennent le remboursement, on leur rendra de l'argent *officiel*, sur un compte bancaire qu'on pourra par la suite suivre à la trace.

C'était bien monté.
— On y va quand ? demanda Malko.
— Demain matin. Neuf heures. Le départ de l'Ilyouchine est prévu à onze heures, donc il aura terminé son chargement. S'il décidait d'anticiper, la tour de contrôle

est prévenue et l'empêchera de décoller avant notre intervention. Rendez-vous ici, à huit heures. Chris Jones et Milton Brabeck nous accompagneront.

\*\*\*

Ils avaient été pris en charge par une voiture de la police de Sharjah qui précédait celle contenant l'équipe du CID. Jusqu'au dernier moment, Richard Manson avait dû négocier pied à pied, et même l'ambassadeur US était intervenu. Les Émiratis y allaient à reculons. Finalement, Elko Krisantem faisait partie du voyage, dans une autre voiture, en compagnie des deux gorilles, Malko et Richard Manson se trouvant dans la voiture de ce dernier.

Ils approchaient. En longeant le grillage du tarmac, Malko aperçut l'Ilyouchine 76 blanc. Avec son nez vitré, il ressemblait à un bombardier. En voyant les voitures de police, le soldat du poste de garde se hâta de lever la barrière. Tout le monde sortit des voitures et s'engouffra dans le local d'Airbuzz. Il n'y avait qu'une demi-douzaine de manutentionnaires indiens qui finissaient de charger le gros-porteur. Une cargaison de pneus. Le patron du CID se fit connaître et on partit chercher le responsable.

Serguei Polyakof apparut, détendu, souriant, très poli. Il eut à peine un regard pour l'équipe de la CIA, puis écouta le policier émirati expliquer sa requête : il devait examiner la cargaison de l'Ilyouchine, soupçonné de transporter une cargaison d'armes illégale. Le Russe ne se troubla pas et précisa aussitôt :

– Une partie de la cargaison se compose en effet de munitions et d'armes légères, mais il s'agit d'une transaction parfaitement légale entre le gouvernement russe et le gouvernement angolais. Ce matériel est comptabilisé dans le manifeste qui est à votre disposition.

Richard Manson et Malko échangèrent un regard inquiet. Le représentant de Victor Bout se montrait étrangement coopératif et détendu. Sans un regard pour eux, comme s'ils n'avaient pas existé. L'Américain se rapprocha du superintendant du CID et lui souffla à l'oreille :

– Ne vous laissez pas faire : il est *indispensable* de vérifier toute la cargaison.

Tous gagnèrent le tarmac. La porte arrière de l'Ilyouchine 76 était encore ouverte et Malko aperçut l'intérieur de l'avion. Heureusement, il n'y avait, en dehors d'une importante cargaison de pneus de camions, qu'une douzaine de palettes. Cela prendrait quand même deux ou trois heures.

Où pouvait bien se trouver l'or d'Al-Qaida ?

– Il faut prévenir la tour de contrôle, remarqua Serguei Polyakof, flegmatique comme un golfeur britannique. Nous allons prendre pas mal de retard.

Il ne semblait pas bouleversé. De nouveau, Malko ressentit une impression de malaise, notant que les deux tortionnaires d'Ilona n'étaient pas là. À moins qu'ils ne se trouvent en haut, dans les bureaux.

\*\*\*

Toutes les palettes d'armes et de munitions avaient été redescendues sur le tarmac et vérifiées une à une. Cela correspondait exactement au manifeste. Pour la dixième fois, le policier du CID examinait l'*end-user* correspondant au chargement litigieux. Il semblait parfaitement en règle, tamponné par les autorités russes et par le représentant de l'Angola à Moscou. Même si c'était un faux, il était impossible de s'en rendre compte.

Malko enrageait ! Il n'y avait pas un gramme d'or à bord ! On avait même fouillé le cockpit. Le représentant de la police émiratie s'approcha de Richard Manson, dissimulant mal son exaspération.

– Tout est en ordre, annonça-t-il. Il n'y a rien d'illégal

dans cette cargaison. Je suis obligé de laisser partir cet avion.

– Faites ! laissa tomber l'Américain.

Lui et Malko se mirent à l'écart, regardant les manutentionnaires recharger l'avion. L'équipage était dans le cockpit. Même si quelques kilos d'or avaient pu être dissimulés dans l'appareil, il n'était pas question d'y cacher une cargaison importante. La trappe arrière se referma enfin et on ôta les cales.

Les réacteurs soulevèrent des volutes de sable et ils durent reculer. Richard Manson se tourna vers Malko, amer.

– Ils nous ont baisés ! fit-il simplement, et je passe pour un zozo auprès des Émiratis. On leur a fait perdre la face.

Malko ne répondit même pas. Depuis qu'ils étaient arrivés, il sentait que le Russe les attendait. L'or devait être resté planqué et partirait plus tard. Ils avaient échoué. À pas lents, ils regagnèrent les bâtiments de la zone de fret, tandis que les réacteurs de l'Ilyouchine 76 se déchaînaient et que le gros appareil commençait à rouler. Malko ne le perdit pas de vue une seule seconde, jusqu'au moment où ses roues quittèrent le sol. Personne n'avait pu intervenir. Bientôt, le gros-porteur ne fut plus qu'un point dans le ciel. Ils se séparèrent froidement des policiers émiratis et regagnèrent leurs voitures.

Chris et Milton Brabeck étaient catastrophés.

C'est sur la route de l'aéroport que Malko eut soudain une illumination.

– Ils ne sont pas partis pour de bon ! s'exclama-t-il.

Richard Manson tourna la tête, encore hébété de son échec.

– Que voulez-vous dire ?

– Il y a d'autres aéroports dans les Émirats ?

– Oui. Dubaï, Al-Aïn, Abu Dhabi. Pourquoi ?

– Imaginez que l'Ilyouchine revienne se poser et

charge l'or à ce moment-là, avant de repartir immédiatement.

— C'est presque impossible, objecta l'Américain, ce sont des aéroports internationaux avec beaucoup de trafic. Il y a des contrôles. Il faudrait qu'ils soient prévenus.

— Il n'y a vraiment pas d'autre aéroport ?

L'Américain hésita quelques instants.

— Si, reconnut-il. Celui du petit émirat d'Oum al-Qaïwaïn, entre Sharjah et Ras al-Khaïmah. Il se trouve près du village d'Hamraniyah, mais il n'est fréquenté que par des appareils de tourisme. D'ailleurs, en novembre dernier, on avait arrêté un type d'Al-Qaida qui venait y louer des avions pour aller survoler le détroit d'Ormouz. *My God*, fit-il soudain, vous...

— On y fonce ! dit Malko. Si mon idée est juste, c'est là qu'ils vont se rendre. L'Ilyouchine 76 peut se poser sur des terrains très courts et, avec sa rampe de chargement, se passer d'élévateurs.

Il prit son portable et prévint aussitôt Elko et les gorilles de leur nouvelle destination.

Ils avaient environ quatre-vingts kilomètres à parcourir, vers le nord-est. La route filait en plein désert, loin de la côte. Ils roulèrent une demi-heure sans échanger un mot.

— On approche ! annonça Richard Manson.

— Regardez ! fit Malko, tendant la main vers le nord-ouest.

Un point grossissait dans le ciel bleu. Un avion, qui semblait venir dans leur direction. Cinq minutes plus tard, alors qu'ils apercevaient les bâtiments d'un petit aéroport, ils le distinguèrent plus nettement : c'était un Ilyouchine blanc, qui, train sorti, se préparait à se poser.

\*\*\*

Alignés devant le petit bâtiment de l'aérogare d'Oum al-Qaïwaïn, il y avait quatre véhicules. Une BMW et trois

Land Rover couleur sable entourées de Bédouins en keffieh. À côté d'eux, une femme en *abaya* et *hijab*. Dimitri Serguine et Vladimir Ogoroznik bayaient aux corneilles, car les neuf Bédouins suffisaient largement à la protection du chargement. À l'arrière de leur voiture, dissimulé sous une couverture, ils avaient emporté le Poulimiot, sa boîte-chargeur engagée.

Une douzaine d'avions légers étaient alignés non loin de là. Quelques Piper, un Cessna et, encore plus loin, un vieux Dakota et un Beechcraft bimoteur qui assuraient les petites liaisons. Il n'y avait ni douane ni police, juste une minuscule tour de contrôle, occupée par un seul homme. Il venait d'être averti qu'un appareil de transport allait se poser sur l'unique piste de 900 mètres, à cause d'une avarie hydraulique ne pouvant être réparée en vol. La réparation terminée, il repartirait. Le contrôle aérien était prévenu.

– Dans une heure, on est partis, soupira Dimitri Serguine.

Il avait hâte d'être de retour à Moscou, avec ses dix mille dollars. Accoudé à la glace ouverte, il regardait le gros Ilyouchine blanc en approche finale. Les Bédouins, eux aussi, étaient fascinés. L'appareil toucha la piste. Il y eut un petit nuage de fumée et il ralentit, roulant en direction de l'aérogare. Le hurlement de ses réacteurs était assourdissant. Il arriva tout près, tourna et se plaça, l'arrière vers les bâtiments.

Tous se retournèrent, à cause des flots de poussière jaune soulevés par les réacteurs. Puis, ceux-ci diminuèrent leur puissance, sans stopper complètement.

Le panneau arrière de l'Ilyouchine s'abaissa jusqu'à toucher le sol, permettant le chargement, sans aucun engin de manutention. Aussitôt, les Bédouins s'affairèrent, ouvrant les hayons des Land Rover. Trois d'entre eux, Kalachnikov au poing, se disposèrent de façon à couvrir l'unique voie d'accès, tandis que les autres transportaient les caisses de bois dans l'avion. Un des membres d'équipage se chargeait ensuite de les arrimer. Un va-et-vient de fourmis. Un peu à l'écart, Feriel Shahin comptait les caisses. Il y en avait exactement deux cent une. Un peu plus de deux tonnes d'or. Vingt millions de dollars. Dans trois heures, elles seraient à Khartoum, réceptionnées par l'antenne locale d'Al-Qaida, et ensuite mises en lieu sûr. De là, elles repartiraient, au fur et à mesure des besoins, aux quatre coins du monde.

De l'or intraçable. Les Américains pouvaient toujours s'épuiser à traquer les circuits bancaires. Feriel Shahin transpirait sous son *hijab*, mais demeurait en plein soleil. Les Bédouins n'arrêtaient pas et, peu à peu, les Land Rover se vidaient. La Marocaine regarda sa montre. Déjà vingt minutes. Même si les autorités émiraties trouvaient bizarre ce détour de l'avion, quand elles se réveilleraient, l'Ilyouchine serait loin. Dieu merci, c'était un appareil conçu pour les terrains de fortune.

Enfin, les dernières caisses furent chargées. Les Bédouins, calmement, remontèrent dans leurs Land Rover et s'éloignèrent dans un nuage de poussière.

Feriel Shahin arracha son *hijab*, n'en pouvant plus, et courut vers l'appareil. Au moment de monter sur la rampe, elle se retourna pour dire aux deux Russes qu'ils pouvaient partir. Elle crut que son cœur s'arrêtait. Deux Mercedes venaient de surgir et de stopper en face de la petite aérogare.

\*\*\*

Chris Jones attendait ce moment-là depuis trois jours. Il sauta de la Mercedes avant même qu'elle ne stoppe. Le Glock dans la main droite et le deux-pouces dans la gauche. Milton Brabeck bondit à terre une seconde plus tard, suivi par Elko Krisantem. Malko jaillit du premier véhicule et courut à son tour vers l'avion.

Dimitri Serguine comprit une seconde trop tard. Son regard croisa celui de Chris Jones et il se retourna aussi vite qu'il le put vers la banquette arrière pour y saisir le Poulimiot. Il était encore à demi retourné quand Chris Jones ouvrit le feu. Tirant des deux mains.

Vraiment très énervé.

À cette distance-là, c'était du massacre. Les balles s'enfoncèrent dans le dos, la nuque et la tête du Russe, foudroyé sur-le-champ et qui resta tordu en arrière, une main agrippée à la crosse du fusil-mitrailleur. Chris Jones ne s'arrêta qu'une fois son chargeur vide.

Milton Brabeck avait fait le tour de la voiture. Il cueillit le second Russe au moment où celui-ci effectuait un roulé-boulé en saisissant son Makarov. Il n'eut pas le temps de s'en servir. Posément, comme au stand, Milton Brabeck le massacra. D'abord, deux balles en pleine poitrine, puis deux dans la tête, et le reste un peu partout. Vladimir Ogoroznik n'était plus qu'un pantin inanimé allongé sur le sol, saignant de partout.

Les Bédouins n'étaient pas encore très éloignés, mais le rugissement des réacteurs de l'Ilyouchine avait couvert le bruit des détonations.

\*\*\*

Malko vit la femme en *abaya* plonger la main dans son sac. Il leva son pistolet et cria :

– Arrêtez !

Le grondement des réacteurs de l'Ilyouchine noya ses paroles. Ou alors, elle ne voulut pas l'entendre. Il eut le temps de voir surgir une arme et appuya sur la détente de son Glock. Trois fois, sans réfléchir. Feriel Shahin s'écroula comme une masse, sur le tarmac. Un petit tas de tissu noir soulevé par le vent. Malko continua sa course, braquant son arme en direction de l'homme qui avait commencé à relever la rampe. Celui-ci ne l'entendit certainement pas, mais comprit et lâcha le flexible. Il était temps : la rampe se trouvait déjà à cinquante centimètres du sol. Elko Krisantem sauta le premier à l'intérieur et se rua sur le Russe. En un clin d'œil, ce dernier se retrouva avec le lacet autour du cou.

Milton Brabeck courait lui aussi vers l'avion. Il se hissa à bord et cria à Malko :

– Chris ne vient pas.

Il s'en serait douté.

– Elko, hurla Malko, lâchez-le !

Le Turc obéit et Malko lança aussitôt au Russe, dans sa langue :

– Remontez la rampe, nous partons.

Laissant Elko Krisantem veiller à la manœuvre, il gagna le cockpit où l'équipage ne s'était aperçu de rien. Le pilote sursauta en le voyant surgir, pistolet au poing. Malko lui arracha ses écouteurs et annonça en russe :

– On décolle. Tout de suite.

Le pilote ne discuta même pas. Les réacteurs hurlèrent et le gros Ilyouchine commença à rouler. Lorsqu'il vira, Malko aperçut Feriel Shahin, petit tas noir sur le tarmac, ainsi que Richard Manson et Chris Jones qui se préparaient à repartir. Puis, il ne vit plus que la piste devant lui. Il se pencha vers le pilote et cria dans son oreille :

– Nous allons au Qatar, à Doha. Mettez-vous en contact avec la tour de contrôle de l'aéroport de Doha, vous recevrez des instructions. Ensuite, vous pourrez continuer votre route sur Khartoum et Luanda.

Le Qatar était à peine à une demi-heure de vol. L'Ilyouchine allait se poser sur la base américaine de Doha. Là où se trouvait le CentCom[1] de la guerre contre l'Irak. Un terrain militaire contrôlé par les Américains. L'or d'Al-Qaida serait en de bonnes mains.

Le hurlement des réacteurs devint assourdissant et

---

1. Commandement Central.

l'Ilyouchine s'éleva lentement au-dessus de la piste, filant vers la mer. Ensuite, il vira sur la gauche et prit la direction du nord, laissant Dubaï à sa gauche.

Malko prit place sur la grande banquette derrière le poste de pilotage. Comme à la fin de chaque mission, il avait l'impression d'avoir cent ans.

*Achevé d'imprimer sur les presses de*

**BUSSIÈRE**
GROUPE CPI

*à Saint-Amand-Montrond (Cher)
en mai 2003*

Mise en pages : Bussière

ÉDITIONS GÉRARD DE VILLIERS
14, rue Léonce Reynaud - 75116 Paris
Tél. : 01-40-70-95-57

— N° d'imp. : 32877. —
Dépôt légal : mai 2003.

*Imprimé en France*